जंगलगाथा

लोकबाबू

राजपाल

ISBN : 9789393267450

पहला संस्करण : 2023 © लोकबाबू
JUNGLEGATHA (Stories)
by Lokbabu

राजपाल एण्ड सन्ज़

1590, मदरसा रोड, कश्मीरी गेट, दिल्ली–110006
फोन : 011–23869812, 23865483, 23867791
e-mail : sales@rajpalpublishing.com
www.rajpalpublishing.com
www.facebook.com/rajpalandsons

क्रम

जंगलगाथा

प्राकृतिक सम्पदा से सम्पन्न छत्तीसगढ़ की सम्पन्न धरती पर गरीबी घास-फूस की तरह पनपती रही। इसी घास-फूस पर सिर उठाये एक छोटा-सा गाँव आबाद है—कंडेल गाँव। धमतरफ़ ज़िले के इस गाँव के बारे में कुछ लोग कहते हैं कि यहाँ कभी महात्मा गाँधीजी के पाँव पड़े थे। सात-आठ दशक पुरानी बात गाँववालों को अब कम ही याद है। उस पीढ़ी के लोग भी अब रहे नहीं। मगर केशव...केशव का नाम बच्चे-बूढ़े सभी जानते हैं। वो घेंघरा टुरा (हकलाने और नाक के बल बोलने वाला लड़का) जो आदमियों को देखकर डरता भी था! गाय बनाते-बनाते भगवान ने उसे मानुष रूप दे दिया था।

पतली-दुबली काया पर लम्बी केशराशि, मटमैला श्याम शरीर, शरीर पर अजीब, अपर्याप्त, गंदे कपड़े। उसकी घिघियाती ज़बान और आँखों में स्थायी भय। अट्ठारह साल के केशव को सबके बीच अलग से पहचाना जा सकता था। पाँच ही साल तो हुए हैं उसे गाँव से गये, मगर अब भी कहीं वह भीगी बिल्ली-सा चुपके से आ प्रकट हो तो सब उसे पहचान लेंगे।

केशव के माँ-बाप मर चुके थे। वह भैया-भाभी के पास रहता था। भैया ने उसे लतेलू दाऊ के यहाँ साल के दो खंडी धान (लगभग 1200 कि.ग्रा.) के बदले में नौकर रख छोड़ा था। वह तीन वर्षों से वहाँ काम कर रहा था, दाऊ की बकरियाँ चराने का काम। केशव को यह काम भाता तो था, मगर शाम को लौटने पर दाऊ की बेगारी उसे खलती थी। विधुर दाऊ उससे अपने पैर दबवाता, चिलम भरवाता, बिस्तर लगवाता और कभी-कभी अपने साथ बिस्तर पर खींच भी लेता। उसके घिघियाने पर लात भी जमा देता। उसके भोजन की फ़िक्र न भैया-भाभी को थी, न दाऊ को। एक को साल में मिलने वाले धान से मतलब था और दूसरे को बेगारी से।

मानसिक रूप से ज़रा कमज़ोर केशव से बकरी चराने के अलावा और

कोई काम ठीक से होता भी नहीं था। उसे सब तरफ़ से डाँट और मार पड़ती। कभी खाना न मिलने पर वह घर से बाहर घिघियाता पड़ा रहता। बिना बुलाये घर के अंदर जाने का उसे साहस नहीं होता। बाहर के लोग भी उसकी उपेक्षा करते। बड़े तो बड़े, छोटे बच्चे भी उसका मज़ाक उड़ाते। अनेक बार उसने मर जाने की कोशिश की। एक गर्मी की रात वह तालाब में जा डूबा, मगर गाँव का एक लावारिस कुत्ता साथ-साथ तैरता हुआ उसे खींचता रहा। गर्मी में पानी भी ज़्यादा नहीं था। बेचारा मर न पाया। एक बार चूहा-मार दवा पानी में घोल पी गया, मगर मात्रा कम होने के कारण बच गया।

सपने में उसे अक्सर भूत-प्रेत दिखायी पड़ते। वह उठ बैठता। घिघियाती ज़बान में भजन गाने लगता। रात में उसकी बेसुरी आवाज़ खौफ़नाक लगती और गाँववालों की नींद उड़ा देती। लोग उसे चुप करा जाते या दूर कहीं भगा देते। वह गाँव से बाहर तालाब की मेड़ पर जा बैठता। गाँव का वही लावारिस कुत्ता, जो सबका था और किसी का नहीं, उसके पीछे हो लेता। केशव को लगता कि यह कुत्ता ही उसे समझता है, उसका साथी है।

~

एक दिन कंडेल गाँव में नागा बाबाओं का आगमन हुआ। वे चार थे। अमरकंटक से आ रहे थे। उनका असल डेरा वहीं था। वे इधर प्राचीन सप्तर्षियों में अंगीरा, शृंगी, मचकुंद और गौतम के आश्रमों की परिक्रमा पूरी करने के लिए निकले थे। कपिल, भृगु और अगस्त मुनि के आश्रम के दर्शन तो उन्हें अमरकंटक में ही रोज़ हो जाते थे। दण्डकारण्य (बस्तर) के इस भाग की यात्रा के बिना उनकी परिक्रमा अधूरी ही थी। नागा बाबाओं को जीवन की सार्थकता के लिए यह यात्रा भी ज़रूरी थी। कंडेल गाँव से यह दूरी लगभग सौ किलोमीटर की थी। यात्रा पैदल थी, इसलिए जगह-जगह विश्राम की ज़रूरत पड़ती। एक रात उन्होंने कंडेल गाँव में विश्राम किया।

प्रात: चार बजे वे आगे की यात्रा के लिए निकले। पलटकर गाँव की ओर देखा तो एक किशोर को अपना अनुगमन करते पाया। यह किशोर केशव था। नागा बाबा रुके। केशव उनके चरणों में जा गिरा। घिघियाकर बोला, ''महाराज, मय घलो चलहूँ! मना मत करना!''

~

तीन दिनों की यात्रा के बाद वे नगरी-सिहावा होते हुए मचकुंद ऋषि के आश्रम वाली पहाड़ी पर पहुँचे। रास्ते में शृंगी ऋषि के आश्रम, सिहावा में भी एक रात विश्राम किया था, मगर वह जगह बाबाओं को पसंद नहीं आयी थी। शृंगी ऋषि की पहाड़ियों का सौन्दर्य नष्टप्राय था। चारों तरफ़ आबादी घिर आई थी। इसकी तुलना में सोंढूर बाँध के किनारे मचकुंद ऋषि का आश्रम अपने चारों तरफ़ प्राकृतिक सौन्दर्य के साथ विराजमान था। हर तरफ़ जंगल, पहाड़...केशव का मन भी प्रफुल्लित हो गया। ऐसा दृश्य तो उसने पहली बार देखा था। उसे लगा कि उसके जीवन को शायद इसी जगह की तलाश थी। अब वह यहाँ से कहीं नहीं जायेगा!

मगर भोजन को लेकर उसे यहाँ भी थोड़ा दुख था। उसके भोजन की अलग से व्यवस्था नहीं थी। सभी बाबाओं के खाने से बचा हुआ हिस्सा ही उसके भाग में आता। एक सुबह युवा बाबाओं को लेकर एक भक्त दूर पहाड़ी पर चढ़ता दिखायी दिया। केशव गिरता-पड़ता उनके पीछे हो लिया। भूख उसे ठीक से चलने नहीं दे रही थी। उस पर पहाड़ी में तेंदुओं, भालुओं का डर। जगह-जगह उनकी लीद पड़ी थी। रास्ते में उसने बेल का एक पेड़ देखा। पेड़ पर पके बेल लटके थे। पेड़ के नीचे भी बेल पड़े थे, मगर फूटे हुए, जिनके अंदर का गूदा गायब, सिर्फ़ खोल पड़े थे। भालुओं ने शायद गई रात यहाँ बेल तोड़ खाये होंगे। नीचे ज़मीन पर चारों तरफ़ दृष्टि डालने पर केशव को दो बेल साबुत मिल गये। केशव ने झटपट दोनों बेल उठा लिये। पत्थर पर रखकर फोड़ा और खा गया। अब शरीर में थोड़ी जान आयी। वह फिर युवा बाबाओं का पीछा करता हुआ आगे पहाड़ी पर चढ़ने लगा। अंतत: वह पहाड़ी की ऊँचाई पर पहुँच ही गया।

उसे यह देखकर प्रसन्नता हुई कि वहाँ साफ़ पानी का भरा हुआ तालाब भी है। मगर पानी जितना साफ़ था, नीचे उतना ही कीचड़। वह पानी पीने नीचे उतरा तो घुटनों तक कीचड़ में जा फँसा। हिलने-डुलने से पानी कमर तक आ गया। कपड़े भीग गये। किसी तरह उसने कीचड़ से अपने को अलग किया और पानी पर तैरने लगा। उसे मज़ा आया। कपड़ों सहित उसने जी भर कर स्नान किया।

थोड़ी देर बाद वह पानी से बाहर आया। दूसरे कपड़े तो उसके पास थे नहीं। उसने आस-पास बाबाओं को तलाशा, मगर उसे अपने सिवा कोई जीव

नज़र नहीं आया। अब क्या किया जाये!...उसने अपने सारे कपड़े उतारे और दूर एक झाड़ी पर सूखने के लिए डाल दिये। अब निर्वस्त्र कहाँ घूमे! वह पास की एक गुफ़ा में घुस गया। गुफ़ा में एक दिशा से कूलर जैसी ठंडी हवा आ रही थी। वह लेटा तो उसे नींद भी आ गई। जल्दी ही उसकी नाक बजने लगी। जैसे वह मुँह से घिघियाता था, उसकी नाक भी अजीब-सी डरावनी आवाज़ निकालती थी।

तालाब के किनारे खड़े दो छोटे-छोटे मन्दिर दिखाने के बाद, आस-पास की अन्य पहाड़ी-गुफ़ाओं और मूर्तियों को दिखाता भक्त, युवा बाबाओं के साथ केशव वाली गुफ़ा के पास पहुँचा। दोपहर हो गई थी, मगर गुफ़ा में अंधेरा था। बाहर सूरज की रोशनी में चौंधियायी आँखों से अंदर और घना अंधेरा प्रतीत होता था। भक्त युवा बाबाओं को बता रहा था कि अब यह जो सामने गुफ़ा है, इसके अंदर से एक रास्ता है। रास्ते से उस पार निकलने पर पूरा इलाका साफ़ दिखाई पड़ता है, जैसे हम हवाई जहाज़ में बैठकर नीचे देख रहे हों। अन्य गुफ़ाओं के बनिस्बत यहाँ ज़्यादा ठंडी और मोहक हवा चलती है। मुझे तो लगता है मचकुंद ऋषि यहीं रहकर तपस्या किया करते होंगे।

भक्त के पीछे तीनों उत्सुक बाबा गुफ़ा के संकरे रास्ते से अंदर जाने को हुए, तभी भक्त हड़बड़ाता हुआ बाबाओं को धक्का देता पीछे लौटा। उसके पीछे नागा बाबा भी गिरते-पड़ते वापस भागे।

''क्या था, क्या था?'' सरपट दौड़ मची थी।

''मुझे लगता है कि वहाँ काला तेंदुआ सोया है, जल्दी भागो यहाँ से। यदि वह जागकर पीछे आया तो कोई यहाँ से ज़िंदा नहीं उतरेगा!'' भक्त ने हाँफ़ते, दौड़ते, भागते बताया।

बाबाओं ने कभी काला तेंदुआ नहीं देखा था। अब जान जोखिम में डालकर उन्हें यह मंजूर भी नहीं था। बावजूद इसके वे भागते हुए पीछे पलटकर देखते भी जा रहे थे, क्या पता दिख ही जाये! और इसलिए भी कि पता तो रहे कि उनके और तेंदुए के बीच कितना फ़ासला है!

बड़ी जल्दी वे पहाड़ी से नीचे के मन्दिर में हाँफ़ते-काँपते पहुँचे। बीमार पड़े बुजुर्ग बाबा ने उनसे पूछा, ''क्या हुआ? सब देख आये?''

''हम लोग एक गुफ़ा में घुस रहे थे। वहाँ काला तेंदुआ सोया पड़ा था।

हमको देखकर गुर्राया। हम प्राण बचाकर भाग आये !''

''जंगली जानवर है, गुर्रायेगा ही। यही उसकी जुबान है !'' बुजुर्ग बाबा उपदेश देने लगे, ''तुम लोग नाहक डर गये। हो सकता है कि वह तुम्हें देखकर नाराज़ न हुआ हो, तुम्हारा स्वागत कर रहा हो ! इधर तो सैकड़ों पहाड़ियाँ हैं। बहुत-सी चर्चित हैं, पवित्र हैं। सप्तर्षियों का यह आवास रहा है। तेंदुआ भी कोई साधारण न रहा होगा ! हो सकता है कि किसी जन्म का ऋषि ही हो ! ऋषि मचकुंद भी हो सकते हैं। उन्होंने अपनी दिव्य दृष्टि से तुम्हें देखा होगा। तुम्हारा यहाँ आना सार्थक हुआ बालको ! प्रभु का नाम लो और बैठकर ऋषि मचकुंद का दस मिनट ध्यान करो।''

शाम चार बजे केशव की नींद खुली। बहुत गहरी नींद सोया था वह। उसने दूर झाड़ी में टँगे अपने कपड़े उतारे और पहन लिए। फिर पहाड़ी के आस-पास छान मारा, कोई और दिखायी नहीं दिया। वह पुन: तालाब के किनारे पहुँचा। इस बार सँभलकर उसने पानी पिया। फिर और बेल ढूँढ़ते, उठाते, खाते वह पहाड़ी से नीचे उतरा। अब अंधेरा होने लगा था। युवा बाबा आस-पास टहल रहे थे। दो-तीन ग्रामीण बुजुर्ग बाबा के साथ गांजा पीते लोक-परलोक की बातें कर रहे थे। बाबा कह रहे थे, ''जानवरों में भेड़िया सबसे हिंसक है। उनकी टोली में यदि कोई दूसरा भेड़िया अपाहिज हो जाये, बीमार या कमज़ोर पड़ जाये तो बाकी उसे मार कर खा जाते हैं !''

केशव सीधे बड़े बाबा के पास जाकर उनके पाँव दबाने लगा। खाट पर लेटे बाबा ने अपने पैर और ज़रा लम्बे कर लिये। तभी किसी बात पर बुजुर्ग बाबा ने अपनी पोटली खींची और दुर्गा-सप्तशती की दो रुपये वाली पुस्तिका निकालकर उन ग्रामीणों को एक-एक दे दी। अपनी पोटली वापस बाँधते हुए उन्होंने कहा, ''सच्चे मन से इसका पाठ करो, तुम्हारा संकट जरूर टल जायेगा।''

एक ग्रामीण ने पुस्तिका उलट-पुलट कर देखी, फिर बोला, ''बाबाजी, मोला माफ़ करना। मैं पढ़ना नहीं जानता !''

बाबा ने वह पुस्तिका उससे ले ली, मगर पोटली तो बँध चुकी थी, और उसे खोलने की फिर मेहनत से बचने के लिए केशव की ओर पुस्तिका बढ़ा दी, ''बच्चा, तू कुछ पढ़ा-लिखा है ?'' केशव ने बां-बां कर 'हाँ' में सिर हिलाया।

उसके मुँह से निकला, ''दू किलास!''

दूसरे दिन अंगीरा ऋषि के आश्रम वाली पहाड़ी का कार्यक्रम बना। बुजुर्ग बाबा तो अपनी पिछली यात्राओं में इधर का चप्पा-चप्पा छान चुके थे, फिर अभी वे बीमार ही थे। अतः उन्होंने अपने दूसरे ग्रामीण भक्त को आदेश दिया कि वह इन युवाओं को अंगिरा ऋषि की पहाड़ी घुमा लाये। वह भक्त अतिप्रातः आया और युवा बाबाओं को लेकर चला गया। केशव जब जागा तो असमंजस में पड़ गया। वह अब क्या करे? उसकी ओर किसी का ध्यान ही न जाता था। ये लोग उसे कुछ समझते ही नहीं थे। बुजुर्ग बाबा भी आराम से अपनी खाट पर सोये पड़े थे। केशव थोड़ी देर तक गुमसुम बैठा रहा, फिर इधर-उधर टहलने लगा। युवा बाबाओं के पीछे जाने का मन न हुआ। वह मचकुंद ऋषि की पहाड़ी पर ही फिर चढ़ गया। पहाड़ी पर घूमते उसे बेल के अलावा अच्छी छानबीन पर तेंदू के फल भी ज़मीन पर गिरे, खाने को मिल गये। मगर ऐसे कितने ही फल खाने पर भी उसका जी नहीं भरता था।

~

केशव को नागाओं के साथ आये चार दिन हो गये थे। पीछे तो उसका कुछ था नहीं सिवा कंडेल के लावारिस कुत्ते और दाऊ की बकरियों के। भैया-भाभी तो ख़ुश होंगे कि उससे पीछा छूटा। अब ये जंगल, ये पहाड़ ही उसे भाने लगे थे। उसे लगता, वह भी इस जंगल का कोई एक जीव है। इन पहाड़ों और जंगलों के बीच बसे हुए छोटे-छोटे गाँव भी उसे इसी प्रकृति का हिस्सा लगते। अब वह अकेला टहलने दूर-दूर जाने लगा। कभी इस पहाड़ तो कभी उस पहाड़ पर वह जा चढ़ता। सरई, साल, तेंदू और न जाने कौन-कौन से पेड़ों से घने हो उठे इन वनों से होकर गुज़रना उसे भला लगता। बाबा के पास बैठकर गांजे के धुएँ से घिरे रहने से तो यह सब बहुत अच्छ था।

बुजुर्ग बाबा की तबीयत थोड़ी ठीक हुई तो वह युवाओं को लेकर एक दिन मंदागिरि पहाड़ की ओर चल पड़े। यह गौतम ऋषि के आश्रम वाली पहाड़ी थी। यहीं पर एक डोलता हुआ पत्थर था—डोलन पत्थर। पत्थर अलग-थलग खड़ा था, जिसे गौतम ऋषि की पत्नी अहिल्या देवी का रूप माना जाता था। युवा बाबाओं को इसी पहाड़ी को देखने की उत्कट इच्छ थी। बाकी यहाँ अमरकंटक

की तरह ऊँचे विशाल पर्वत न सही, रहने के लिए उचित आश्रम भी नहीं थे। मन्दिरों की कमी थी। भक्तों और दर्शनार्थियों के लाले पड़े हुए थे। पूजा-अर्चना और चढ़ावा तो लगभग था ही नहीं। कारण यह था कि इस इलाके का धार्मिक प्रचार-प्रसार हुआ ही नहीं था। मगर बुजुर्ग बाबा ने अभी कुछ माह मचकुंद ऋषि के मन्दिर में रहने का मन पहले ही बना रखा था। उन्होंने युवाओं को बताया कि पर्यटन के विकास के लिए सरकार इन पहाड़ियों का अब सौन्दर्यीकरण करवाने वाली है। अभी ही मौका है कि इस इलाके को उसके प्राकृतिक रूप में जी भर कर देख, घूम सकते हो! मगर युवाओं ने अब आपस में तय किया कि बाबा रुकना चाहते हैं तो रुकें, मगर अब हम यहाँ अधिक दिनों तक नहीं रहेंगे!

~

जिस दिन सुबह बुजुर्ग बाबा युवाओं को लेकर मंदागिरि पहाड़ी के लिए निकले थे, उसी दिन एक घंटा पहले केशव सोंढूर बाँध की ओर टहलने निकल गया था। कुछ दिन चढ़े मन्दिर में लौटा तो उसे कोई भी नज़र नहीं आया। अब वह भी अंदाज़ से मंदागिरि की ओर चल पड़ा। बाँध से मंदागिरि की दूरी तीन किलोमीटर थी। जंगल में अकेले चलते केशव रास्ता भटक गया। असमंजस में उसने सूखी सोंढूर नदी को पार किया और गादुलबाहरा गाँव पहुँच गया। गाँव में एक घर में शादी का मंडप तना था। मध्यम स्वर में टेपरिकॉर्डर से फ़िल्मी गाने बजाये जा रहे थे। मंडप के नीचे बैठे बहुत से लोग भोजन कर रहे थे। कुछ लोग इधर-उधर चहलकदमी भी कर रहे थे। शादी का कार्यक्रम हो चुका था। बारातियों के बाद गाँववालों के भोजन करने की बारी थी। केशव भी खाने की पंगत में बैठ गया।

आज उसने जी भरकर भोजन किया, फिर टहलता हुआ दूर खड़े एक आदमी के पास पहुँचा। वह आदमी अकेला बीड़ी पी रहा था। शादी के इस कार्यक्रम से उसे कुछ मतलब नहीं था। उसके मतलब का अपना अलग कार्यक्रम था। केशव ने उससे मंदागिरि जाने का पता पूछा। केशव की घिघियायी जुबान से पहले तो वह चौंका, ये किस जीव की आवाज़ है भाय! फिर सहज होकर बोला—

''पहाड़ कि गाँव ?''

''पहाड़!''

''वो सामने त आय!''

''अऊ गाँव?''

''पहाड़ के खाले, वो किनारे म।''

''पहाड़ के रस्ता?''

''मंदागिरि गाँव के पास ले।...तैं मंदागिरि पहाड़ जाबे का?''

''हव।''

''मय उही मंदागिरि गाँव के हंव। अब गाँव जाहूँ।''

''त चल न भई, मय रस्ता भटक जाहूँ।''

''मेरा एक मित्र रात की व्यवस्था के लिए गया है। आ रहा होगा। तुम मंदागिरि (पहाड़ और गाँव का नाम भी है) किसके घर जाओगे?''

''किसी के घर नहीं, पहाड़ पर जाऊँगा। मैं नागा बाबा का शिष्य हूँ। बाबा आज सुबह पहाड़ पर गए हैं और मैं रास्ता भटक गया हूँ।''

''सँन्यासी हावव?''

''...हव!''

उस आदमी ने अब दो बीड़ी सुलगायीं और एक केशव को देकर दूसरी खुद पीने लगा। इतने में उसका दूसरा साथी भी आ गया। उसके हाथ में एक गंदी-सी खाद की थैली में प्लास्टिक का चार लीटर का डिब्बा धरा हुआ था। डिब्बे में महुए की शराब भरी हुई थी। वे दोनों इसी व्यवस्था में गादुलबाहरा आये थे। पहले वाले आदमी ने उससे पूछा—

''मिलिस?''

''हव, चार बोतल!''

''पइसा मांगिस का?''

''नहीं, गांजा के बदला म दिस।...ये कोन हे?''

''ये नागा बाबा के चेला हावय। पहाड़ म जाहि।''

''अब त सांझ हो गय। येला तेंदुआ खा डारहि।...चल हमर गाँव, विहनिया उठ के चढ़ जाबे पहाड़ म!''

केशव उनके साथ हो लिया। उन दोनों के पास एक ही साइकिल थी। तीनों पैदल चलने लगे। पैदल चलते, उन दोनों के गाँव पहुँचते, अंधेरा हो चुका

था। एक घर के सामने वे रुके। बाहर आँगन में गाय, बछड़े, मुर्गी और सुअरों की रेल-पेल मची थी। सब इसी घर के सदस्य थे। थोड़ी दूर भारी मात्रा में धान की पराली रखी हुई थी। सूखी जलाऊ लकड़ियों के कई गट्टर पड़े हुए थे। यह घर केशव से बाद में मिले आदमी का था। उस आदमी ने जानवरों के बीच रास्ता बनाया और घर के अंदर गया। लोटे में पानी, खाली गिलास, प्याज, सूखी मिर्च और नमक लेकर वह लौटा। बाहर आकर उसने सारा सामान एक खाट पर रख दिया और टहलते जानवरों को उनके अलग-अलग दड़बों में बंद कर दिया। फिर फुरसत से आकर इन दोनों के पास दूसरी खाट पर बैठ गया। घर के अंदर से जनाना और छोटे बच्चों की आवाज़ बीच-बीच में यहाँ तक आ जाती थी। पहले आदमी का घर भी यहाँ से पास ही था।

''नागा बाबा के चेला हो त ग्यानी-ध्यानी होबे करहू?''

केशव कुछ न बोला। पड़ोस में जिस आदमी का घर था, उसने तीन गिलास में कच्ची शराब डाली। केशव ने मना किया, ''मय दारू नइ पीवंव जी!

''तुम हमर मेहमान हावव, थोरकुन पी लो! ये शरम के बात नइ हे। हम तुम्हर नागा बाबा ल बतायबर घला नइ जाने वाला!''

''दारू सब दुस्करम के जड़ हे जी, मय नइ पीवंव!''

''जंगल म रहना है, हाड़तोड़ मिहनत करना है, बिना उमीद अउ मकसद के जीना है...दारू न रहय त आदमी चार दिन के बदला, दू दिन म मर जाय!''

''मय बीड़ी पीहुं जी!''

उनमें से एक ने उसे बीड़ी और माचिस दी और फिर उन दोनों ने बिना पानी या और कुछ मिलाये, अपना गिलास खाली कर दिया। फिर एक ने केशव के गिलास की दारू अपने गिलास में डाल ली, तो दूसरे ने डिब्बे से निकाल अपना गिलास फिर भर लिया। वे दोनों मिर्च और प्याज में नमक लगाकर बीच-बीच में चख भी रहे थे।

''हमर संग दारू पी लौ त तुमला खाना भी मिलहि!''

''मय कभू दारू नइ पीयेंव जी!''

''आज पी लो।''

''जबरदस्ती हे का जी?''

केशव बोला, लेकिन फिर स्वयं डर गया। रात का यह आसरा छोड़ना पड़ा

तो वह जंगल के अंधेरे में कहाँ जायेगा !

''ज़बरदस्ती नइ हे। हम पीयत हन त तहु ल देवत हन।...महुआ के फूल कभी त मुंहु म डारे होबे ? ये ह उही फूल के रस आय, बस !''

''अच्छा त, थोरकुन दे दो जी !''

उन दोनों ने अपना गिलास फिर भरा और केशव का भी। केशव ने साँस रोकी और गटगट शराब को अपने हलक के अंदर उतार लिया। महुए के इस रस की तेज़ गंध उसे विचलित कर गई। उन बहादुरों ने अपना तीसरा गिलास भी साफ़ कर दिया। इतने में घर के अंदर से खाना आ गया। भाजी, दाल और भात। सभी अब भोजन में जुट गये। भोजन के बाद गांजे का दौर शुरू हुआ। उधर एक ही पैग में केशव का दिमाग चकरा रहा था। थकान के मारे नींद भी आ रही थी, मगर उन दोनों के जागते वह सो नहीं सकता था। गांजे में उन्होंने केशव को भी सहभागी बनाया। एक ने पूछा, ''बाबा जी, कभू कोनो बाई संग सोय हस ?''

''नहीं तो क्यों जी ?''

''दुनिया ल बाई बिना कइसे जान पाहू ?''

''ये ज़रूरी हे का जी ?''

''अगर संसार को पकड़ोगे नहीं तो छोड़ोगे किसे ? संन्यासी बनने के पहले संसार को जान तो लो !''

''मय जान गेंव जी !''

''का जानगे ?''

''इही के ये दुनिया आनी-जानी हे। कुछु अपन नइ हे। एक दिन सब ला मरना हे !''

''अगर मरना तय है, और कुछ अपना भी नहीं है तो दूसरों का भी नहीं है ! फिर तो मज़ा लूटकर मरना ही भला, नहीं क्या ?''

''दारू आदमी ल तामसी बना देथे। तुम नइ...ये दारू बोलत हे !''

''दारू त अब तैं घला पीये हस ! तंहु तामसी हो गय !''

''मय त आप लोगन के मन राखे वास्ते पी परेंव। मगर भगवान सब देखत हे। वो ह दण्ड दिहि, ज़रूर !''

''भगवान किसको दण्ड देगा जी ? हम तुमको दारू भी पिलायें और दण्ड भी पायें ?...अच्छा देखते हैं, दण्ड कौन पाता है ?''

गांजे की पाइप में अंगार भरने के लिए लोहे का एक चिमटा पास ही रखा था। एक आदमी ने उसे उठाया और केशव की पीठ में दे मारा। केशव घबरा कर उठ खड़ा हुआ। दूसरे आदमी ने पहले वाले से चिमटा छीन लिया, ''अरे, अइसे नइ, अइसे लगाना चाही!''

दूसरे ने झमाझम केशव की पीठ को पीटना शुरू कर दिया। केशव को लगा कि अब यहाँ खैर नहीं। ये लोग उसे मार ही डालेंगे। वह प्राण बचाकर अंधेरे में भागा। पहाड़ और साल वृक्षों के बीच अंधेरा और घना था। केशव असमंजस में था कि किधर भागे, कहाँ छिपे। कुछ ही दूरी पर उसे एक और घर नज़र आया। उस घर के बाहर भी धन की पराली का ऊँचा टीला था। उसने पलट कर देखा। मारने वाले दोनों पीछे नहीं आये थे। उसने झट पैरा में जगह बनायी और रात भर वहीं पड़ा रहा। शरीर चिमटे की मार से व्याकुल था, नींद नहीं आयी। सुबह की पहली किरण के साथ वह पैरा से बाहर निकला। आस-पास कोई दिखाई नहीं दिया। वह धीरे-धीरे मंदागिरि पर चढ़ने लगा।

~

सुबह शराबियों का होश ठिकाने आया। वे जंगल के आदिवासी थे, एक संन्यासी को अकारण मारने का पाप उनके मन में डर पैदा कर गया। अपने किये पर पछतावा हुआ। उन्होंने मंदागिरि गाँव में उसकी खोज की। वह नहीं मिला। अतिप्रात: साल के बीज बटोरने निकली एक महिला से उनकी भेंट हुई। उससे पूछताछ की। उस महिला ने इन्हें बताया कि घंटा भर पहले उसने एक लड़के को मंदागिरि पहाड़ पर अकेले चढ़ते देखा है।

वे दोनों भी पहाड़ पर चढ़ने लगे। जब ये ऊपर पहुँचे तो सुबह के नौ बज रहे थे। गर्मी की धूप अभी से तेज़ होने लगी थी। एक गुफा के सामने पेड़ की छाया में उन्होंने केशव को लेटे हुए देखा। वह अपनी घिघियाती जुबान में दुर्गा सप्तशती का पाठ कर रहा था। इनकी आहट पाकर वह कहीं भाग न जाये, इसलिए वे दबे पाँव उसकी ओर बढ़ने लगे। इधर पहाड़ पर साल के अलावा तेंदू, गुलशुखरी, बेल, आँवला आदि के वृक्ष खड़े थे। उन वृक्षों से लदी लतायें लटक रही थीं। भ्रम होता था कि ये लतायें ऊपर से नीचे आयीं या नीचे से ऊपर गई हैं! तभी एक मोटी लता पर उनके पाँव पड़ गये। वह लता आँवले के एक

वृक्ष पर चढ़ी थी। आँवले की एक डाल पर, जिसमें लता ने भी अपना विस्तार किया था, मधुमक्खियों का छत्ता लटक रहा था। लता हिली तो छत्ता भी हिल उठा। क्रोधित मधुमक्खियों ने उन दोनों पर धावा बोल दिया।

यक-ब-यक वे चिल्ला पड़े। केशव भी उठ खड़ा हुआ। उन्हें अपनी ओर बेतहाशा भागकर आते देख वह थर-थर काँपने लगा। इस पहाड़ पर चढ़ने-उतरने के रास्ते पर तो वे दोनों ही थे और किसी रास्ते का ज्ञान केशव को नहीं था। अभी वह पहाड़ की भूल-भुलैया और रक्त-शिराओं से अपरिचित था। पीछे खाई थी। भागने का अब कहीं कोई मौका नहीं था। बाबा और उसके युवा शिष्यों का भी ऊपर कहीं पता नहीं चला था। शायद वे सभी संध्या को ही इस पहाड़ से उतर कर चले गये थे। केशव एक चट्टान का सहारा लेकर, आँखें बंद कर खड़ा हो गया। उसके होंठ बुदबुदाने लगे, ''हे भगवान, हे गौतम ऋषि, ये मानुस जात ले मोला बचा ले!''

मगर वे दोनों मानुस जात दौड़ते हुए केशव के करीब पहुँचे और उसके चरणों से लिपट गये। अपने छत्ते से अधिक दूरी अथवा पर्याप्त मज़ा चखा देने की तृप्ति अथवा संयोगवश, मधुमक्खियों ने उनका पीछा छोड़ दिया और अपने छत्ते पर लौट गयी थीं। इधर दर्द से कराहते शराबियों ने पुनः दण्डवत् प्रणाम किया, क्षमा माँगी। निवेदन किया कि उनकी रात की गलतियों के लिए माफ़ी दे और नीचे गाँव चले। वह जब तक चाहे उनके गाँव-घर में रहे। उसके भोजन-पानी का सारा प्रबंध वे दोनों करेंगे। मगर केशव ने गर्दन हिलाकर लौटने से इनकार कर दिया। गत रात की ठुकाई वह भूला न था।

वे दोनों शराबी वापस नीचे आये। गाँव पहुँचकर उन्होंने लोगों में केशव की बड़ी प्रशंसा की। उसे चमत्कारी, गुणी संन्यासी बतलाया।...मधुमक्खियों ने कैसे इन पर आक्रमण किया था और कैसे वे केशव के कहने पर अपने छत्ते में लौट गई थीं! ''केशव पहुँचा हुआ बाबा लगता है। वह देखने और बोलने में अजीब लगता है तो क्या हुआ। बड़े लोगों में कुछ असाधारण तो होता ही है।...उसके हाथों में बड़ा जस है! वह मंदागिरि पर ही रहना चाहता है। अब हमारी ज़िम्मेदारी है कि उसे कोई कष्ट नहीं होना चाहिए। यह हमारा और मंदागिरि का सौभाग्य है। अब जो भी व्यक्ति मंदागिरि पर जाये, अपने साथ एक बाल्टी पानी और खाने का कुछ सामान लेकर जरूर जाये!''

केशव को मंदागिरि पहाड़ पसंद आ गया था। यहाँ दो-तीन जगह ऐसी थीं, जहाँ गर्मी में भी चट्टानों के बीच थोड़ा पानी भरा रहता था। जंगली फल और कंदमूल भी बहुत थे। और गज़ब तो यह कि, यह पहाड़ ऊपर कुछ समतल भी था। आस-पास अजीबोगरीब आकृतियों की चट्टानें उसे और सुन्दर बनाती थीं। इन्हीं पत्थरों पर लोग पौराणिक चरित्रों और उनके इस्तेमाल के सामानों का आरोपण करते थे। चारों तरफ़ का नज़ारा और मनभावन ठंडी हवा छोड़कर नीचे उतरने का मन न करता था। प्रकृति से जिनका जुड़ाव नहीं, उनकी बात अलग थी। केशव तो प्रकृति का ही अंग था। उसके लिए ख़ुशी की एक बात और थी...आबादी का अभाव!

~

केशव की प्रसिद्धि फैलने लगी थी। पहले ग्राम मंदागिरि, मेचका, गादुलबाहरा फिर खालगढ़, लीलांज, रिसगाँव आदि में वह प्रसिद्ध हो गया था। बाद में दूरदराज के गाँव में भी उसका नाम चमत्कारी बालक के रूप में लिया जाने लगा। सांकरा, नगरी-सिहावा, मैनपुर से भी लोग उसके दर्शन को आने लगे। मंदागिरि पर चढ़ने वाला व्यक्ति अपने साथ भेंट की सामग्री के अलावा एक बाल्टी पानी लेकर ज़रूर चढ़ता। बाहर से आये दर्शनार्थियों को पानी और प्लास्टिक की बाल्टी का इंतज़ाम ग्राम मंदागिरि के ग्रामीणों द्वारा किराये पर करवाया जाता। लौटते समय बाल्टी वापस कर दी जाती। ग्राम मंदागिरि के भाग जाग गये थे। ज़रूरी सामानों की छोटी-छोटी नई दुकानें खुल गई थीं। नये-नये दर्शनार्थियों, जान-पहचान और रिश्तेदारों के आने से भी ग्राम में एक नई हलचल शुरू हो गई थी। ग्रामीण बढ़ा-चढ़ाकर केशव से अपनी निकटता का बखान करते न थकते। केशव के नये-नये चमत्कार वे स्वयं गढ़ते और लोगों को चमत्कृत करते।

मंदागिरि पर्वत पर एक बड़ा-सा पत्थर का कोटर था। दर्शनार्थियों द्वारा लाया गया पानी उसी कोटर में डाल दिया जाता। एक बड़ी-सी गुफा में, जो दूसरी ओर खाई में खुलती थी, भेंट की सामग्री, भोजन आदि रख दिया जाता। वहीं एक गुफा में ऋषि गौतम की मूर्ति थी। लोग वहाँ पूजा-अर्चना करते। केशव के प्रत्यक्ष दर्शन भी करना चाहते, मगर यह मुश्किल था। इधर लोगों की

भीड़ बढ़ती जा रही थी और उधर केशव की घबराहट।

केशव लोगों से बात करने से बचता। लोग तरह-तरह के सवाल करते। उसे उत्तर न सूझता। वह मौन धारण कर लेता। अक्सर वह अलग-अलग गुफाओं में छिपा बैठा, नागा बाबा की दी हुई 'दुर्गा सप्तशती' का हिज्जा कर-करके पाठ करता। उसके पल्ले कुछ पड़ता तो नहीं था, मगर उसे तसल्ली मिलती। इधर उसके दर्शन को आये लोग प्रतीक्षा करते थक जाते और पहाड़ से यूँ ही नीचे उतर जाते। कुछ हठी दर्शनार्थी विभिन्न गुफाओं में उसे तलाशने लगते। केशव एक से दूसरी गुफ़ा में जा छिपता। कम ही लोग उसे ढूँढ़ पाते। जिसे उसके दर्शन हो जाते, वह अपने को धन्य समझता।

~

बुजुर्ग नागा बाबा को मचकुंद आश्रम में छोड़कर बाकी युवा बाबा अमरकंटक में लौट गये थे। बुजुर्ग बाबा ने मंदागिरि पर केशव के होने और उसकी प्रसिद्धि के किस्से सुने तो वह घबरा गये कि अब इस इलाके में उनकी उपेक्षा न होने लग जाये! वह एक दिन अकेले ही मचकुंद आश्रम से मंदागिरि की ओर चल पड़े।

जब नागा बाबा मंदागिरि पर पहुँचे तो उन्हें वहाँ एक अन्य व्यक्ति नज़र आया। उसने इन दिनों पहाड़ पर ही अपना स्थायी आवास बना रखा था। वह रमेशर था, गादुलबाहरा का रहवासी। बुजुर्ग था, मगर किशोर केशव का अंधभक्त बन गया था। शाम के चार बज रहे थे। दर्शनार्थी प्राय: सुबह से दोपहर तक ही रहते थे, मगर रमेशर चौबीस घंटे पहाड़ पर रहता था। खाने-पीने की उसे चिंता नहीं थी। केशव के नाम पर आया चढ़ावा, उसके लिए भी पर्याप्त होता। अपने खाने के बाद वे बाकी बचा भोजन जंगली जानवरों के लिए भी छोड़ देते थे।

रमेशर नागा बाबा को पहचानता था। उनका वह पुराना भक्त था। बाबा को देखते ही वह, उनके चरणों में लोट गया। बाबा ने पूछा, ''रमेशर, तुम्हारी टाँगें तो बेकार हो गई थीं, मुश्किल से चल-फिर पाते थे, ऐसा लोगों ने बतलाया था! यहाँ तुम पहाड़ पर चढ़े दौड़ रहे हो?''

रमेशर ने गद्गद होकर कहा, ''केशव महाराज की कृपा है बाबा! पहली चार कदम चले म मोर पांव दुख ले भर जाय। केशव महाराज के दर्शन करे के एक दिन इच्छा होइस। घर ले निकलेंव त फेर पाछु पलट के नई देखेंव! पाँव के

दुख पहाड़ चढ़े म घला नइ जनाइस! सब केशव महाराज के कृपा है बाबा!''

नागा बाबा ने आस-पास नज़र घुमाकर रमेशर से केशव के बारे में पूछा तो रमेशर ने उन्हें बताया कि अभी दो घंटे और रुकना पड़ेगा। वह स्वयं प्रकट हो जायेगा। उसकी खोज करना बेकार है। वह अकेला न जाने कहाँ-कहाँ चला जाता है, छिप जाता है। दर्शनार्थियों से मिलने से वह कतराता है। हाँ, कभी मन होता है तो खुद बाहर आ जाता है। आजकल वह बातचीत भी नहीं करता। जाने कौन-सी जड़ी-बूटी उसने चख ली है कि उसकी जुबान बंद हो गई है!...मगर अब तो इस जंगल के जानवर भी उसको इज़्ज़त देते हैं। सब उसे पहचानने लगे हैं। परसों रात को इस आश्रम में हम दोनों धूनी रमाकर बैठे थे। एक काला तेंदुआ आया। धूनी के दूसरी तरफ़ बैठ गया। मैं तो डर के मारे काँपने लगा। मगर केशव आँखें बंद किये बैठा रहा। कुछ देर बाद आँखें खोलीं और अजीब-सी आवाज़ निकाली। वह भयानक जीव उठा और पलटकर गायब हो गया। फिर वह कभी नहीं दिखा। दूसरे तेंदुए रात अक्सर कभी भी यहाँ आ निकलते हैं। वे केशव के पास से ऐसे गुज़र जाते हैं जैसे वे गाँव-गली के कुत्ते हों! भालू तो रात में रोज़ आते हैं। कभी-कभी भेड़िए और लकड़बग्घे भी आ जाते हैं। अपने भोजन से बचा हुआ हम पत्थर पर रख देते हैं। वे आते हैं और खा जाते हैं। कभी-कभी वे आपस में झगड़ पड़ते हैं, पर हमारा नुकसान नहीं करते।...आप थक गये होंगे। आप विश्राम कीजिए। मैं आपके लिए पानी और शर्बत लाता हूँ।

संध्या के छह बज रहे थे। पहाड़ के पीछे सूरज डूब चुका था, मगर थोड़ी रोशनी अभी भी ऊपर पहाड़ पर थी। केशव प्रकट हुआ। नागा बाबा को देखकर 'बां बां' करता हुआ पास आया और बाबा के पैर छू लिए। नागा बाबा ने उसे आशीर्वाद दिया। इशारे से केशव ने बाबा से कहा कि आप यहाँ कुछ दिन रहिए, यहाँ कोई तकलीफ़ नहीं होगी!

~

एक दिन रिसगाँव के आदिवासी केशव के दर्शन करने आये। उन्होंने कुछ दिनों पहले एक हिरण का शिकार किया था। हिरण का मांस तो उन्होंने खा लिया, मगर समस्या थी कि खाल का क्या करें! तब तय हुआ कि इसे केशव महाराज को भेंट कर दिया जाये। नागा बाबा के रहते ही उन्होंने वह खाल केशव को भेंट

कर दी। नागा बाबा की नज़र उस खाल पर जमी थी। एक हफ़्ते तक बाबा वहाँ रुके, उसी खाल पर बैठते सोते रहे।

एक दिन बाबा वापस मचकुंद आश्रम सोंढूर जाने के लिए उद्धत हुए। केशव को अपने साथ चलने के लिए कहा। केशव का इस पहाड़ से नीचे उतरने का मन नहीं था, मगर बाबा की ज़िद पर एक दिन के लिए सोंढूर जाने के लिए तैयार हो गया। चलते समय बाबा ने हिरण की खाल अपनी बगल में दबा ली। केशव ने मना किया, मगर बाबा नहीं माने।

दूसरे दिन दोपहर के बारह बजे वे सोंढूर के करीब पहुँच रहे थे। आगे-आगे गुरु बाबा, पीछे-पीछे केशव। अचानक दो वनरक्षकों ने आकर गुरुबाबा को पकड़ लिया। वे वनरक्षक कानून के पक्के पुजारी थे। धर्म और धार्मिकों से उन्हें मतलब नहीं था। बाबा से उन्होंने खाल ज़ब्त कर ली। एक ने उनका हाथ पकड़ लिया। पास ही इनका ऑफ़िस था। उन्हें खींचकर ले चले। यहाँ उनके बड़े साहब बैठे थे। बाबा ने अपना हाथ छुड़ाते हुए कहा, ''हिरण की यह खाल मेरी नहीं है। मुझे तो केशव ने भेंट की है!''

गुरुबाबा के इस आचरण से केशव को दुख और आश्चर्य हुआ। गुरु के साथ उसे भी घेर लिया गया। साहब ने दोनों के खिलाफ़ संरक्षित जानवर मारने और खाल रखने के आरोप में चालान पेश कर दिया।...हाथ से खाल गई, मन से चैन! धमतरफ़ के कोर्ट में इन दोनों की पेशी हुई। मुकदमा चला और शीघ्र ही दोनों को छह माह की सज़ा हो गई।

अचानक आयी इस विपत्ति से मंदागिरि की रौनक जाती रही। मंदागिरि पर सनातन सन्नाटा फिर छा गया। पहाड़ पर चढ़ावा और पानी लेकर चलने का क्रम टूट गया। दर्शनार्थियों को दर्शन दुर्लभ हो गये। रमेशर भी मंदागिरि छोड़कर अपने गाँव गादुलबाहरा लौट आया। उसका कहना था, ''मंदागिरि के जानवर अब हिंसक हो गये हैं!''

~

छह माह की सज़ा भोगकर नागा बाबा और केशव बाहर आये। नागा बाबा ने मंदागिरि और मचकुंद आश्रम से तौबा कर ली। वह इधर नहीं लौटे। कुछ लोग कहते हैं कि वह लापता हो गये, तो कुछ का कहना था कि वह अमरकंटक चले

गये। जो भी हो, इतना सच है कि फिर दण्डकारण्य के इन जंगलों और पहाड़ों ने उनका चेहरा दोबारा नहीं देखा।

और केशव...! वह धमतरफ़ से वापस ग्राम मंदागिरि पहुँचा, पर अब पहाड़ पर चढ़ने की उसकी हिम्मत नहीं हुई। वह विक्षिप्त-सा हो गया था। उसके केश औरतों की तरह लम्बे और अस्नान की वजह से केशों में जगह-जगह गाँठें पड़ गई थीं। किसी की दी हुई लाल साड़ी लपेटे वह मंदागिरि पहाड़ के आस-पास के गाँवों में घूमता-घिसटता दिखायी दे जाता। मंदागिरि से उतरने के बाद उसका मान भी उतर गया था। छह माह की जेल ने बाकी कसर पूरी कर दी थी।

जंगल के छोटे-छोटे गाँव-टोले में घूमते उसे कभी कोई खाना दे जाता। लोगों की भीड़भाड़ से, उनके सवालों से, वह पहले से भी ज़्यादा बिदकने लगा था। उसे वे ही जगहें भली लगतीं, जहाँ बिना सवाल किये भोजन मिल जाता। भोजन के पहले या बाद में जहाँ सवाल उछलने की सम्भावना होती, ऐसी जगहों पर वह जाता ही न था।

≈

एक दिन भिलाईनगर से मास्टरों की एक टोली जंगल-पहाड़ घूमने उधर पहुँची। इनकी मोटरसाइकिलों की आवाज़ से भयभीत केशव खालगढ़ के एक घर की ओट में छिप गया। भोजन मिलने की आशा से वह अभी-अभी इधर आया था। मगर मास्टरों की पैनी नज़र उस पर पड़ ही गई। केशव भागने को हुआ, मगर मास्टरों ने उसे मोटरसाइकिलों के घेरे में ले लिया। पढ़े-लिखे लोगों से घिरकर केशव काँपने लगा।

उन मास्टरों में एक सेन मास्टर भी थे। आम लोगों की तरह उनके एक हाथ में ज्ञान-विज्ञान और दूसरे में लिजलिजी आस्था का पिटारा था। केशव की पूर्व प्रचलित प्रसिद्धि उन्हें ज्ञात थी। उन्हें विश्वास था, केशव में अब भी वह शक्ति है! केशव को देखते ही वह मोटरसाइकिल से उतरे। घिरे हुए केशव के पैरों में माथा टेककर उन्होंने व्यथित स्वर में कहा, ''हे केशव महाराज! मेरी पारिवारिक और नौकरी में आयी मुसीबतों से मेरी रक्षा करो, महाराज!''

केशव भयवश आँखें बंद किये था। ऐसे मौके पर ऐसे आस्थावादियों को उल्लू बनाने का पाठ वह कभी सीख न पाया था। वह तो स्वयं संकटग्रस्त और

दयनीय था। उसने मन-ही-मन भगवान को याद किया। दुर्गा सप्तशती के याद हो गये पदों को उच्चारने की कोशिश की। उसके होंठ हिले। केशव के होंठ हिलते देख सेन मास्टर ने समझा कि उन्हें आशीर्वाद दिया जा रहा है। उन्होंने फिर केशव के पाँव छुए। जेब से इक्कीस रुपये निकाले, गिने और केशव के पैरों के पास धर दिये।

इतने में आस-पास मोटरसाइकिलों में बैठे दूसरे मास्टर भी केशव के करीब आने के लिए अपनी गाड़ियाँ खड़ी करने लगे। उन्हें मुफ़्त के 'कीमती' आशीर्वाद से वंचित रहना कबूल न हुआ। इधर केशव का भय अचानक शक्तिशाली हो उठा। सेन मास्टर ने जैसे ही पैर छोड़े, उसने घने जंगल की ओर दौड़ लगा दी। उसे इस बात की सुध भी नहीं रही कि इस बेतहाशा दौड़ के कारण उसकी लपेटी हुई साड़ी खुल गई है। वह दिगम्बर हो चुका है।...वह सरपट भागता गया। साल के सघन, ऊँचे और घने वृक्षों ने उसे, उसके भय और उसकी नग्नता को अपनी ओट में छुपा लिया।

मुखबिर मोहल्ले का प्रेम

बस्तर के घने जंगलों में शाम होते ही अंधेरा घिर आता और बड़ी जल्दी रात उतर आती। रात को आने में जितनी जल्दी होती, सुबह जाने में उसे उतना ही आलस। ठंड में खूब ठंड, गर्मी में खूब गरमी और बरसात में पानी भी खूब गिरता था। बस्तरिया-जीवन प्रकृति की ताल में ताल मिलाता, एक लय से चल ही रहा था कि जंगलों में नक्सलियों और पुलिस बल की आमद हो गई। जंगल के शान्त जल में जैसे किसी ने पत्थर उछाल दिये हों। रात तो रात, दिन का उजाला भी डराने लगा। कब क्या हो जाये, किसी को पहले से अंदेशा न होता, न पुलिस को, न नक्सलियों को, न आदिवासियों को, न इस बियाबान जंगल को!

एक दिन जब रात के अभी नौ नहीं बजे थे और रात गहराने लगी थी, कस्बे के पास के जंगल से गोलियाँ चलने की आवाज़ आने लगी। पुलिस थाने के स्टाफ़ और सैन्यबल के कान खड़े हो गये। यह एक चुनौती थी कि शाम ढलते ही, उनके इतने करीब आकर नक्सली उन्हें ललकार रहे हैं! वे तुरंत एकत्रित हुए और गोलियों की आवाज़ की दिशा में धावा बोल दिया। आस-पास के आदिवासी गाँवों में सन्नाटा पसर गया। लोग अपनी साँसें रोके अपने-अपने घरों–दड़बों में बंद हो गये। बाहर जाकर ज़रा पतासाजी के लिए हिले कि फिर कभी हिलने के लायक ही नहीं रह जायेंगे!...मगर पास से ही तो गोलियाँ चली थीं...किसने चलायी होगी गोली, पुलिस ने या नक्सलियों ने? दहशत में आदिवासियों की नींद उड़ गई।...कौन मरा? उनका कोई अपना तो नहीं? अब दिन के पहले तो कुछ पता भी न चलेगा!

~

बस्तर पहले एक ज़िला ही था, मगर वह इतना बड़ा था कि इसकी तुलना केरल राज्य के क्षेत्रफल से की जाती थी। यहाँ आबादी बहुत कम थी, मगर व्यवस्थागत संकट भारी था। इसलिए आती-जाती राज्य-सरकारों ने इसे छोटे-छोटे सात ज़िलों में बाँट दिया। यह छोटा-सा कस्बा भी अब ज़िला बना दिया गया था, जिसके पास कहने को अपनी एकमात्र तहसील थी, जो कल तक ब्लॉक के रूप में जानी जाती थी। चारों तरफ़ जंगल और पहाड़ों का फैलाव। ज़िला बन जाने पर अब यह कस्बा कसमसाता, शहर बनने की प्रक्रिया में धीरे-धीरे अंगड़ाई लेता, मशरूम की तरह उठकर चौड़ाने लगा था। ज़िले के लिए ज़रूरी कुछ कार्यालयों की इमारतें खड़ी हो गई थीं और कुछ निर्माणाधीन थीं। कस्बे का छोटा-सा पुलिस थाना बड़ी इमारत में स्थानांतरित होकर अब बड़ा हो गया था। थाने के पास ही केन्द्रीय सुरक्षाबल की टुकड़ी का भी कैम्प आ लगा। धीरे-धीरे कस्बे की आबादी में विस्तार होने लगा। नये-नये अनजाने लोग हाट-बाज़ार में, नये कार्यालयों में दिखायी देने लगे। इन सब के बावजूद जो सबसे नई बात थी, वह यह कि इस थाने की बगल में, इसकी छत्रछाया में एक नया मोहल्ला बस गया था—मुखबिर मोहल्ला! यह कहानी इसी मोहल्ले के रहवासी मुखबिरों की है!

मुखबिर मोहल्ले का वैसे तो औपचारिक नाम 'शान्तिनगर' रखा गया था, मगर जंगल से भाग आये अशांत लोगों का वह ठिकाना था। इनमें ज़्यादातर पुलिस के मुखबिर थे। गाँव-जंगल में उन्हें अब नक्सलियों से खतरा खड़ा हो गया था। थाने ने उन्हें अपने बगल में जगह दे दी थी। सरकारी और पुलिस सहायता से उनके कच्चे मकान खड़े हो गये थे। इसके लिए उन्हें मुफ़्त की ज़मीन और मकान के लिए कच्ची सामग्री उपलब्ध करा दी गई थी। इन मुखबिरों में कुछ को उनकी योग्यता के आधार पर सहायक आरक्षक या आरक्षक भी बना दिया जाता था। पदोन्नत होते ही कुछ अन्यत्र शिफ़्ट भी हो जाते, मगर अपनी सुरक्षा का ख़याल कर ज़्यादातर उसी मोहल्ले में जमे रहते। उन्हें नियमित वेतन मिलता। उनमें कुछ ऐसे भी थे जिनके योग्य पुलिस के पास कोई पद नहीं था। ये अयोग्य और विचाराधीन भी उसी मोहल्ले में रहते थे।

पुलिस और प्रशासन ने बड़ी कोशिश की कि उस मोहल्ले को 'शान्तिनगर' के नाम से ही पहचाना जाये, मगर आम लोगों के दिलोदिमाग और जुबान पर

जो नाम चढ़ गया था उसे हाथ डाल, खींचकर बाहर भी तो किया नहीं जा सकता था। इस मोहल्ले के मुखबिरों के भी अनेक प्रकार थे। इनमें कुछ वे ग्रामीण आदिवासी थे, जो नक्सलियों की गतिविधियों की नियमित सूचना पुलिस को दिया करते थे, जिन्हें पुलिस ने गोपनीय सैनिक का दर्जा दे रखा था। इन गोपनीय सैनिकों में से कुछ की खबर नक्सलियों को हो गई थी, तो ये घबराकर इस मोहल्ले की शरण में आ गये थे। कुछ ऐसे लोग भी यहाँ थे, जो किसी समय नक्सली दल में शामिल थे, मगर बाद में उन्होंने पुलिस के आगे अपने हथियार डाल दिये थे। इनके अलावा कुछ ऐसे भी यहाँ आ बसे थे जो सलवा जुडूम आन्दोलन के समय नक्सलियों के मना करने के बाद भी अपना गाँव-घर छोड़कर दूरदराज के कैम्पों की शरण में चले गये थे। अब वापस अपने गाँव-घर लौटने का उनमें साहस नहीं रह गया था। इस तरह लगभग दो सौ से ज्यादा कच्चे मकान इस मोहल्ले का नाम रोशन कर रहे थे।

~

कोसा होड़ी झटपट कुछ पाने की होड़ में लगा एक युवक था और 'शहीद' होने के पहले तक इसी मोहल्ले में रहता था। दो साल पहले पुलिस-नक्सली मुठभेड़ के बाद जब दोनों दल मौके से वापस हो गये थे, एक मरे हुए सिपाही की छूटी हुई बंदूक उसे जंगल में हासिल हो गई थी। वह बेरोज़गार था, मगर अब उसने अपने लिए खुद रोज़गार खड़ा कर लिया। सरकार भी इन दिनों कहती थी कि रोज़गार माँगने वाला नहीं, देने वाला बनो! उसने सरकार से माँगा तो नहीं, मगर किसी को देने लायक अभी नहीं बना था। वह विशाल जंगल के सुनसान इलाके में अनजान, अकेले-दुकेले राहगीरों को अपने नक्सली होने का डर दिखाकर वसूली करने लगा था। जो हाथ आता, उससे वह अपने गाँव कुरुसनार में दबंगई से मगर अकेला रहता था। उसकी इस कारगुज़ारी की जानकारी मुखबिरों ने पुलिस तक पहुँचा दी। एक दिन आधी रात को पुलिस ने गाँव में छापा मारा। पुलिस को कुछ न मिला। किस्मत से वह उस दिन खुद अपने धन्धे में दूर कहीं निकला हुआ था। इन दिनों उसका धन्धा मंदा ही चल रहा था। लौटने पर जब उसे पता चला, तो उसने मान लिया कि अब इस धन्धे में खैर नहीं। किसी दिन पुलिस ने पकड़ लिया तो उसे छोड़ेगी नहीं। वह उसी समय नक्सलियों की शरण

में चला गया। नक्सलियों ने उसकी बंदूक ज़ब्त कर ली। उससे खूब पूछताछ हुई। उसने नक्सलियों को अपनी कमज़ोरी बता दी कि वह इन दिनों मजबूरी में उनके नाम पर वसूली के धन्धे में पड़ गया था। फिर नक्सलियों का विश्वास जीतने के लिए उसने अपने गाँव के चार पुलिस-मुखबिरों की जानकारी दी। नक्सली पुलिस मुखबिरों से बहुत चिढ़ते थे। उन्होंने अपनी बंदूकें तानीं और मुखबिरों को तत्काल दूसरी दुनिया में पहुँचा दिया। कुछ दिनों कोसा उनके साथ फिरता रहा। नक्सलियों के साथ यहाँ-वहाँ बारूद बिछाने, सरकारी और ठेकेदारी की मशीनों को आग लगाने, पुलिस के खिलाफ़ ग्रामीणों को लामबंद करने, उन्हें अपने कानूनी अधिकारों के लिए संगठित हो लड़ने, नक्सलियों का सामान ढोने आदि कामों में लगा रहा। वह जो भी काम उनके संग करता उसमें अपना सौ प्रतिशत दम लगा देता था। जल्दी ही नक्सली उसके काम से ख़ुश हो गये। उनके नाम से किये गये उसके पुराने धन्धे के लिए उसे माफ़ कर दिया और उससे ज़ब्त की गई बंदूक उसे लौटा दी।

एक दिन जब कोसा को लगा कि उसकी अब सुनी जा सकती है, उसने नक्सली कमान्डर से एक निवेदन किया। उसने कहा कि उसे अपने गाँव की एक लड़की से प्यार है और वह उसे भी यहाँ लाना चाहता है। उससे शादी करना चाहता है। कमान्डर ने यह कहते हुए इजाज़त दे दी कि उसे यहाँ ज़रूर ले आओ। हमें भी ज्यादा-से-ज्यादा लोगों की ज़रूरत रहती है। यहाँ हमारे साथ और भी युवतियाँ हैं, जो क्रान्ति के लिए काम करती हैं।...मगर शादी की फिर सोचेंगे!

कोसा होड़ी इतना सुनकर ही ख़ुश हो गया।

उसके गाँव में उसकी जो प्रेमिका थी, उसका नाम था सुकारो। सुकारो औसत ऊँचाई की साँवली-सी लड़की थी। आस-पास की सूखी देहों के जंगल में, गदबदाई देह वाली सुकारो की आँखें अक्सर झपकती-सी रहती थीं। इसे सामने वाला अपनी बातों का समर्थन समझ लेता था और प्रसन्न हो लेता था। कोसा से जब उसकी पहली बार आँखें मिलीं तो उसने इसे अपने लिए आमन्त्रण समझा। वह उसकी तरफ़ आकर्षित हो गया। इधर सुकारो भी कोसा होड़ी की दबंगई से प्रभावित थी। गाँव के ज्यादातर आम लोग पुलिस और नक्सलियों, दोनों से इतना डरते थे कि सामने देखकर थरथर काँपते। उनका यह दब्बूपना सुकारो को अखरता था। चित्त या पट्ट, इधर या उधर। हरेक की बात में सिर हिलाकर 'हाँ-जी

हाँ-जी' क्या करना। मगर वह लड़की की ज़ात, ज्यादा मुखर हो नहीं सकती थी।

नक्सलियों के दल में शामिल होने से पहले की बात है। एक दिन कोसा होड़ी ने उससे अपने रिश्ते की बात चलायी थी। सुकारो मुस्कुराई...''ठिकम आन्द कोसा, नना तियार मन्तोना (ठीक है कोसा, मैं तो तैयार हूँ), मगर अपने घर के लोगों से पूछना तो पड़ेगा ना!''

और दूसरे दिन कोसा होड़ी से मुलाकात होने पर उसने कहा, ''आमा परो कोसा (मुश्किल है कोसा)! घर के लोग तेरे साथ मेरा रिश्ता पसंद नहीं करते। तेरा तो कोई घर नहीं, कोई रिश्तेदार भी नहीं!''

''सुलंगा गाँव में मेरे काका तो हैं!''

''तो उनसे ही कहो कि आकर मेरे बाबो (पिताजी) से बात करें।''

प्रेम का मारा, कोसा बेचारा, उसी दिन रात को सुलंगा गाँव चला गया था। काका-काकी के पाँव छूए और अपनी इच्छ बता दी। काका को उसकी गतिविधियों की कुछ जानकारी थी। कहा— ''पहले तुम राहगीरों को डराने-धमकाने का काम छोड़ दो। कोई नेक काम करो। चाहो तो यहाँ हमारे पास आकर कुछ दिन रहो। मैं तुम्हें खुद पुलिस के पास ले चलूँगा। तुम पर पुलिस ने कोई केस बनाया होगा तो उससे पहले पार पाना होगा। आगे की बात फिर सोची जायेगी।''

कोसा उदास हो गया। अप्रत्यक्ष रूप से काका ने मना ही कर दिया था। उसे कुछ-कुछ मालूम था कि काका कहीं-न-कहीं पुलिस से मिले हुए हैं, पुलिस की मुखबिरी भी करते हैं। फिर पुलिस कोई काम जल्दी तो करती नहीं है। कहीं वह जेल में ही सड़ता न रह जाये। उसने एक दिन आकर सुकारो से कहा, ''निमा नाकुन बिचर कियालोन कि (तू मुझसे प्यार तो करती है ना) ?''

''हाँ!''

''तो चल फिर दोनों कहीं भाग जायेंगे!''

''कहाँ? खुद तेरा तो कुछ ठिकाना नहीं। मारा-मारा फिरता है। पुलिस तेरी खोज में रहती है!''

''ठीक है, मैं कोई और उपाय करता हूँ।''

और जब कोसा होड़ी नक्सली दल में शामिल हो गया तो समझो उसे एक ठिकाना मिल गया था। वह एक रात को फिर अपने गाँव पहुँचा और सीधे

सुकारो के घर बंदूक तानकर खड़ा हो गया। सुकारो के माता-पिता और भाई सभी उससे डरते थे और घृणा करते थे। उन्हें अंदाज़ा हो गया था कि कोसा की नज़र सुकारो पर है। उन्होंने सुकारो का खेतों में काम पर जाना, जंगल में वनोपज बँटोरने के लिए निकलना बंद करवा दिया था। मगर तालाब में नहाने, दिशा-मैदान जाने से रोक नहीं सकते थे। सो कोसा उससे इसी समय मिलता रहा था। अभी कोसा के हाथ में बंदूक देख वे और भयभीत हो गये। उन्हें पता चल गया था कि अब कोसा असली नक्सली बन गया है। डर के मारे उनकी घिग्गी बँध गई। कोसा ने सुकारो से कहा—''वाय नाकुन बिचर कियालोन तेके (चल आ जा, जो मुझसे प्यार करती है)।''

सुकारो ने अपने घर के लोगों के चेहरे देखे। सभी नाराज़, दुखी और भयभीत थे। इतने भयभीत कि उसे रोकने के लिए एक शब्द भी नहीं कहा। उसने अपने कपड़ों की छोटी-सी पोटली उठायी और कोसा के साथ-साथ घरवालों की नज़रों के सामने ही निकल पड़ी। डर-डरकर जीने से अच्छा है प्यार के लिए मर जाना! दोनों घने जंगल को पार करके चार घंटों में नक्सली कैम्प में पहुँचे। वहाँ सुकारो का स्वागत किया गया। सुकारो को यह जानकर ख़ुशी हुई कि वहाँ उसकी तरह की दस-बारह युवतियाँ भी थीं। सुकारो को उन्हीं की टोली में शामिल कर लिया गया। कोसा लड़कों के दल में पहले से था।

~

अब दिन पर दिन बीतते गये, चार माह हो गये। कोसा ने एक दिन मौका देखकर कमान्डर से कहा, ''कामरेड, अब तो हम दोनों की शादी कर दी जानी चाहिए!'' कमान्डर ने उससे कहा कि कम-से-कम छह माह और रुको, विचार करेंगे। तुमसे पहले सलामे और बुरंजी की शादी का प्रस्ताव है। अभी उन्हें भी ऊपर से इजाज़त नहीं मिली है।...यहाँ भाग-दौड़ की ज़िन्दगी है। शादी, फिर बच्चा, फिर परिवार...यह झंझट न पालो तो ही अच्छा! समझो तुम्हारी शादी 'क्रांति' से हो गई है, और अब उसी के लिए जीना है!...इन्कलाब ज़िंदाबाद!

कोसा का दिल टूट गया। उसने अकेले मौका मिलने पर यह बात सुकारो को बतलायी। सुकारो ने कहा, ''नना निकुनक आनह दूगा वातान (मैं तो तुम्हारे कारण यहाँ आयी)। अब भी जैसा तुम कहोगे, वैसा ही मैं करूँगी।...वैसे चाहो

तो कमान्डर की बात मानकर छह महीने और देख लो!''

''नहीं,'' कोसा ने पहले से कुछ तय कर रखा था। कहा, ''छह महीने बाद भी इजाज़त मिलेगी, ऐसा नहीं लगता। सलामे और बुरंजी तो साल भर से इंतज़ार ही कर रहे हैं। यहाँ तो बस इतना हो रहा है कि एक-दूसरे की आँखों के सामने हैं, बस। नहीं, ऐसा करते हैं, किसी हफ़्ते जब कभी मेरी रात में पहरेदारी की ड्यूटी लगेगी, तुम तैयार रहना। हम निकल चलेंगे।...इद जीवना बरा बोदे जीवना आन्द सुकारो (ये जीना भी कोई जीना है सुकारो)! यह तो जंगल में कैद होने जैसा है।''

''ठीक है, जैसा तुम कहो। मगर हम जायेंगे कहाँ?''

''मैंने देखा है, गाँवों में जगह-जगह पुलिस ने पोस्टर चिपका रखे हैं। उसमें लिखा है, 'लोन वर्राटू! घर वापस लौट आओ। पुलिस आपको संरक्षण देगी और पुनर्वास का मौका भी'।''

''अनह मरमींग बरा किसाकी (और शादी भी करवा देगी)?''

''पुनर्वास का और क्या मतलब होता है!''

''पता नहीं!''

''याद रखना, किसी को भनक भी न लगे। मैं मौका मिलने पर इस बीच काका से फिर मिलूँगा। मुझे लगता है कि उनकी पुलिस में कुछ चलती है। मैं उनसे हमारे सरेन्डर की बात करूँगा। वह पुलिसवालों को पहले से बता रखें तो अच्छ होगा।...पुलिस तो अंधाधुंध गोली चलाती है। उसे गोलियों की फ़िक्र भी नहीं होती।''

और एक रात दोनों नक्सली कैम्प से भाग खड़े हुए। काका के गाँव जा पहुँचे। काका ने सब तैयारी कर रखी थी। सादे वेश में पुलिस के बहुत से सिपाही कुछ दिनों से गाँव के आस-पास डेरा डाले हुए थे। उनके चौपाये वाहन भी दूर कहीं छुपाकर खड़े किये गये थे। इनके पहुँचते ही पुलिस ने सबसे पहले कोसा की बंदूक अपने हवाले की, फिर कोसा और सुकारो को वाहन में बिठाकर थाने ले आयी। यहाँ उनसे अच्छे से पूछताछ, जाँच-पड़ताल हुई। कहीं ये नक्सलियों की किसी चाल के मोहरे तो नहीं हैं? उनकी मुखबिरी करने के लिए सरेन्डर तो नहीं कर रहे हैं? जब आश्वस्त हुए तो अगले दिन दोपहर उन्हें कोर्ट में पेश कर दिया। कोर्ट ने उन्हें जेल में भिजवा दिया। यहाँ दोनों को अलग-अलग हिस्से में रखा गया। कुछ दिनों बाद उन्हें पुलिस ने फिर रिमांड पर

ले लिया और पूछताछ की। उनके, खासकर कोसा के पूर्व केसों को निकालकर देखा गया। ये केस शिकायती और ज़मानती थे। कोई गवाह नहीं था। इस बीच कोसा से पुलिस ने नक्सलियों के कुछ राज़ उगलवा लिये। कोसा ने उन्हें नक्सलियों के दो ठिकानों का पता दिया, जिनमें नक्सलियों ने अपने हथियार छुपा रखे थे। वह पुलिस को ऐसी कुछ जगहों पर भी ले गया, जहाँ नक्सलियों ने बारूदी सुरंग बिछा रखी थी। इस जानकारी से पुलिस प्रधान की बल्ले-बल्ले हो गई। इस पतासाजी की बिना पर शीघ्र ही पुलिस प्रधान की पदोन्नति हो गई। प्रधान ने इस एवज में कोसा और सुकारो की रिहाई के पक्ष में ऊपर पत्र लिखा और अगले कुछ माह में ही उन्हें जेल से निकालकर पुलिस थाने के हवाले कर दिया गया। बहुत जल्दी ही पुलिस में कोसा सहायक आरक्षक नियुक्त हो गया।...मगर बेचारी सुकारो रह गई!

कोसा ने मुखबिर मोहल्ले में एक कच्चा मकान खड़ा कर लिया और अकेला रहने लगा था। सुकारो को युवतियों के लिए निर्धारित एक कैम्प में, जो मुखबिर मोहल्ले में ही था, अलग डाल दिया गया। सुबह-शाम हाज़िरी लगवाओ और जो काम बताया जाये उसे करते जाओ। ये सभी विचाराधीन युवतियाँ पदहीन थीं। युवतियाँ थाने में, कैम्प में, आस-पास के पुलिस बंगलों में साफ़-सफ़ाई करतीं, झाड़ू-पोंछा लगातीं, मेस में खाना बनातीं और सुबह-शाम परेड में शामिल होती थीं।

एक दिन कोसा ने थाना-प्रधान साहब से भी सुकारो और अपनी शादी की बात की। साहब उस दिन बहुत ख़ुश था। बोला, ''तुम्हारी शादी तो बड़ी धूमधाम से होगी, कोसा। हमारे बड़े अधिकारियों का जब इधर दौरा होगा तो उस दिन उन्हीं के सामने तुम दोनों की शादी कर दी जायेगी। सुकारो कहीं भाग थोड़े रही है! उसे अच्छा खाना, कपड़ा मिल रहा है। चिंता की क्या बात है।... शायद अगले महीने ही अधिकारी इधर दौरा करें!

कोसा होड़ी बहुत ख़ुश हुआ। उसकी ख़ुशी यह सुनकर दुगनी हो गई कि उसकी शादी बड़े-बड़े अधिकारियों के सामने होगी। अखबारों में फ़ोटो छपेगी। सुकारो भी यह जानकर कितनी ख़ुश हो जायेगी, नहीं!...वाह क्या बात है कोसा! तेरी तो किस्मत चमक गई!

✿

उसी दिन शाम को मोहल्ले के तीन और सहायक आरक्षकों के साथ, जो उसके मित्र बन चुके थे, इस ख़ुशी के मौके पर पार्टी करने की सोची। ये मित्र उससे सीनियर थे और साल भर पहले वे यह पद पा चुके थे। इनमें से दो ने सैकण्ड हैंड मोटरसाइकिल भी खरीद रखी थी। शाम की परेड-ड्यूटी के बाद चारों पास के जंगल की ओर मोटरसाइकिल पर निकल पड़े। कोसा ने ही जब इन मित्रों को यह ख़ुशख़बरी देते हुए कहा था, ''आज मेरी ख़ुशी का दिन है यारों, आज मेस में नहीं खाना। मैं तुम्हें होटल में गले तक खिलाऊँगा!'' तो एक मित्र ने कहा, ''नेंद तो कोरक दाड़गो ना तिहार आयर (दारू-मुर्गा की पार्टी बनती है)! दाल-भात से काम नहीं चलेगा!''

कोसा तो ख़ुश ही हुआ, बोला, ''ठीक है, पीछे कौन हटता है, मगर यहाँ थाने से दूर निकलना पड़ेगा।''

सब तैयार हुए। उन्होंने होटल से मुर्गा बनवाकर पैक करवा लिया। दारू की तीन बोतलें साथ रख लीं। चूँकि उन्हें नक्सलियों से अपनी जान का खतरा था, अतः उन्हें आबंटित हथियार चौबीस घंटे अपने साथ रखने की अनुमति हासिल थी, उन्होंने अपनी बंदूकें भी लोडकर साथ रख लीं। उनमें पहले तय हुआ था कि पाल्की गाँव में उनकी महफ़िल सजेगी। वहाँ पहुँचकर उन्होंने एक बोतल खड़े-खड़े हलक में उतार ली, मगर यह जगह उन्हें पसंद नहीं आयी। दारू ने पेट में जाते ही अपना काम शुरू कर दिया था। चारों में अतिरिक्त साहस भर आया था। अब न उनको पीछे पुलिस का डर रहा, न आगे नक्सलियों का। वे वहाँ से पुसगाँव के करीब जा पहुँचे। आस-पास के दो और गाँवों के बीच के जंगल में खुले आसमान के नीचे अलग-थलग पड़ी चट्टान उन्हें पसंद आयी। वे उस पर जा चढ़े। चाँदनी के उजाले में उनकी पार्टी फिर शुरू हुई। चार आदमियों के लिए तीन बोतलें देशी दारू बहुत थी, मगर इधर उन्हें ज्यादा पीने से रोकनेवाला भी कोई न था। वे दारू पीते, मुर्गा खाते जंगल में मंगल कर रहे थे। उनकी हँसी-ठिठोली से इधर का जंगल गूँज रहा था। वे कभी नक्सलियों को ललकारते, कभी पुलिसवालों का मज़ाक उड़ाते, आपस में लोट-पोट होते रहे।

अचानक कोसा होड़ी को लगा कि महीना भर हो गया, उसने बंदूक को ढोया भर है, उसे चलाकर देखा ही नहीं। क्या पता मौके पर चले नहीं तो भद्द हो जायेगी। आज उसकी ख़ुशी का मौका है, सुकारो सुनेगी तो कितनी ख़ुश

होगी! उसे मन में थोड़ा दुख हुआ कि उसने अभी बेचारी को खबर ही नहीं की है।...उसने आकाश की ओर फ़ायर कर दिया। उसके साथी भी अब पीछे क्यों रहते। सभी जवान थे और अब दारू के साथ खून भी मचल रहा था। उन्होंने भी फ़ायरिंग शुरू कर दी। नशे में वे भूल गये कि वे कहाँ हैं और बंदूक के इस बेज़ा इस्तेमाल की मनाही है। वे बार-बार फ़ायरिंग करते रहे। लोट-पोट होते रहे।

उधर दूर जंगल में विचर रहे नक्सलियों ने फ़ायरिंग की यह आवाज़ सुनी तो सतर्क हो गये। वे जहाँ थे वहीं पोज़ीशन लेकर बैठ गये। उन्हें लगा कि पुलिसबल उनकी तरफ़ आ रहा है। इधर पुलिस और सैन्यबल के जवानों ने भी यह आवाज़ सुनी। उन्हें लगा कि नक्सलियों ने ही फ़ायरिंग की है। वे भी चौकन्ने हो गये। इतने करीब और शाम ढलते ही 'नक्सलियों' की यह फ़ायरिंग उनके लिए भारी चुनौती थी। उन्होंने तुरंत दल-बल सहित आवाज़ की दिशा में धावा बोल दिया। पुलिस ने जल्दी ही चाँदनी में चट्टान पर डोलती आकृतियों को चारों तरफ़ से घेर लिया। इसके पहले कि वे आकृतियाँ कुछ समझें, उन पर ताबड़तोड़ गोलियाँ भी चला दीं। जब वे चारों, चारों खाने चित्त हो गये तो पुलिसबल पास आया। वाहनों की रोशनी में उनकी पहचान की।...अरे ये तो उनके ही सहायक आरक्षक हैं! वे सभी डर गये। अब...! अपने ही ऊपर इन्क्वायरी बैठ जाने के डर से पुलिस ने 'नक्सली-मुठभेड़' का किस्सा गढ़ लिया। लाशों को झटपट उठाकर ले आये, पंचनामा, पोस्टमार्टम आदि जो ज़रूरी था, किया और उन चारों सहायक आरक्षकों को 'शहीद' की तरह दफ़्न कर दिया। अगले दिन उजाले में लोगों ने देखा, गई रात के 'शहीदों' की अखबारों में तस्वीरें छपी हैं। साथ ही पुलिस के गढ़े हुए इनकी बहादुरी के किस्सों को भी जगह मिली है। इस समाचार से नक्सलियों की जहाँ भद्द होती थी कि उन्होंने अपने ही आदिवासी जवानों को इस तरह मार कर अच्छा नहीं किया, वहीं पुलिस और सैन्यबल का मान बढ़ता था कि उनके जवान साथी मर गये, मगर नक्सलियों के आगे नहीं झुके। उनका डट कर मुकाबला किया!

~

कोसा के मरने की खबर पाकर सुकारो हतप्रभ रह गई। अपने असहाय होने के दुख में वह बेचारी अकेली कुछ दिन रोती रही। कोसा से शादी की उम्मीद में उसने परिवार छोड़ा था, गाँव-घर छोड़ा था। नक्सलियों के दल में शामिल हो

गई थी। जेल में रही, फिर इस मुखबिर मोहल्ले के पुलिसिया कैम्प में चली आई थी। मगर कोसा के साथ उसकी शादी नहीं हो पायी। ढंग का कोई काम भी उसे यहाँ नहीं मिल पाया था कि चार पैसे बचाकर घर के लोगों को जाकर दे सके और अपनी करनी के लिए माफ़ी ही माँग सके। माता-पिता के पास अब कौन-सा मुँह लेकर वह लौटे। बदनाम तो वह हो ही चुकी थी, उसके यूँ लौटने से परिवार की बदनामी में और इज़ाफ़ा हो सकता था।

~

कोसा होड़ी को 'शहीद' हुए दो माह बीत गये। अवसाद और उलझन में पड़ी सुकारो एक दिन साहब पर भन्ना उठी।

''निमा नाकुन सहायक पुलूस बदम पंडवी (आप मुझे सहायक आरक्षक क्यों नहीं बनाते) ?''

''नहीं, नहीं बना सकता।''

''मगर कोसा और दूसरों को तो बनवा दिया ?''

''वे सभी पाँचवीं पास थे और तुम चौथी फ़ेल। इसके लिए कम-से-कम पाँचवीं पास होना ज़रूरी है। मगर तुम घबराओ नहीं। तुम्हें जो कहा जाता है करती जाओ। तुम गाँव के जिस स्कूल में पढ़ी हो, वहाँ के हैडमास्टर से कहकर हम तुम्हारा पाँचवीं पास का सर्टिफ़िकेट बनवा देंगे।''

''और कितना समय लगेगा, साहब ?''

''भई, महीने दो महीने तो लग ही जायेंगे!''

सुकारो तब ठंडी पड़ गई। वह इंतज़ार के अलावा कुछ कर नहीं सकती थी। मगर बिना कुछ किये-धरे, जब दो माह भी बीत गये तो सुकारो फिर साहब पर तमतमा पड़ी।

''आपने न मेरे कागज़ बनवाये, न कोई स्थायी नौकरी ही दी अब तक, साहब ?''

''तुम्हारे गाँव के हैडमास्टर को संदेश तो भिजवाया था। वह बोला कि लिखकर दीजिए! साला बड़ा शरीफ़ बनता है। मुझसे लिखित में माँगता है! लिखकर मैं कैसे दे सकता हूँ! मेरी ही नौकरी चली जायेगी। अब उस मास्टर के रजिस्टर पर मैं ज़ोर-ज़बर्दस्ती तो कर नहीं सकता। मेरी भी इन्क्वायरी हो

जायेगी। चार साल मेरी नौकरी के बचे हैं। बदनामी होगी सो अलग!''

सुनकर सुकारो फफक कर रो पड़ी। रात का समय था। वह साहब के बंगले में थी। बंगले में उसके और साहब के अलावा कोई नहीं था। साहब अभी-अभी थाने से लौटा था। सुकारो ने किसी तरह अपने आँसू पोंछे और सिसकती हुई फिर बोली—

''साहब, आप मेरी शादी कोसा से करने वाले थे, मती ओन हव्कस हितुर (मगर उसे ही मार डाला)!...आपने मुझसे कहा, 'झाड़ू लगाओ', मैंने लगाया। आपने कहा, 'मच्छरदानी लगाओ', मैंने लगाई। मुझसे कहा, 'मेरा बिस्तर लगाओ', मैंने लगाया। मुझसे कहा, 'मेरे साथ सो जाओ', मैं सोयी साहब! आपने जो-जो कहा, मैं सब करती रही! अब आप अपनी बात से फिरते हैं साहब!''

''तो क्या कर लेगी तू मेरा?'' बाथरूम का दरवाज़ा खोलकर अंदर जाते साहब ने गरज कर कहा। मन में सोचा कि ये साले आदिवासी ज्यादा मुँह लगाने लायक नहीं हैं। इस साली को ही देखो, इसके भी पर निकलने लगे हैं!

अपने बंगले में आते ही साहब ने अपनी जर्सी, तमगे, और कमर की रिवॉल्वर उतारकर मेज़ पर रख दी थी। सुकारो की नज़र अब रिवॉल्वर पर जम गई। उसने झपटकर उसे उठा लिया और बाथरूम में घुसते साहब पर गोली चला दी। वह नौसिखिया थी। रिवॉल्वर का उसे अभ्यास नहीं था, मगर उसकी चलायी गोली साहब के सिर की जगह उसके एक काँधे को छू गई। वह बाथरूम में ही जा समाया। सुकारो ने खींचकर बाथरूम का दरवाज़ा बाहर से लगा दिया और रिवॉल्वर सहित जंगल की तरफ़ भाग खड़ी हुई।...'हय भगवन, नना मयाते हिरकलेना (हे भगवान, मैं प्रेम में पड़ गई थी)। प्रेम में गलतियाँ तो हो ही जाती हैं, मगर गलतियों के डर से क्या कोई प्रेम ही न करे! नाकुन मापी हियक भगवन (मुझे माफ़ करना भगवान)!'

~

इन दिनों नक्सली खूब नाराज़ चल रहे थे। वे नाराज़ थे कि पुलिस किसी को भी मारती है और नाम उनका ले लेती है। इस तरह की थोपी गई बदनामी से वे बौखला गये थे। उन्हें कुछ अरसा पहले धोखा देनेवाले कोसा होड़ी और सुकारो

की भी तलाश थी। कोसा को तो गत माह पुलिस ही मार चुकी थी, मगर सुकारो अभी जिंदा थी। लड़की होने के नाते उस पर उन्होंने जल्दी विश्वास कर लिया था। अब वह वहाँ जाकर पुलिस की चाकरी करने लगी है! न जाने उसने भी पुलिस को उनके बारे में क्या-क्या बता डाला है?...ऐसे मुखबिर इधर उनको भारी क्षति पहुँचा रहे थे। उनके दो गुप्त ठिकाने तक पुलिस पहुँच ही गई थी। उनकी बिछाई बहुत-सी बारूदी सुरंगों का पता पुलिस को चल गया था। गाँवों के उनके अपने मुखबिर भी आजकल दहशत में आ गये थे।

सुबह-सुबह उनके पहरेदारों ने उन्हें सूचित किया कि आस-पास पुलिस मूवमेंट की आवाज़ आ रही है। लगता है कि हमारी ओर ही पुलिस के वाहन आगे बढ़ रहे हैं। नक्सली सतर्क हो गये। वे पेड़ों और झाड़ियों का सहारा लेकर अपने ठिये से बहुत आगे बढ़ गये। आगे बढ़ते हुए उन्होंने एक तालाब की ऊँची मेड़ के नीचे की झाड़ियों में एक तरफ़ छुपकर बेहतर पोज़ीशन ले ली। वे बंदूकों में गोलियाँ लोडकर इंतज़ार करने लगे। उन्हें पता था, यदि पुलिस वास्तव में उनकी ओर बढ़ती है तो इसी तालाब की मेड़ को उन्हें पार करना पड़ेगा। इधर आगे बढ़ने का यही एकमात्र उपयुक्त रास्ता था।

~

इधर नक्सलियों के तालाब के करीब आकर पोज़ीशन लेने के पहले ही सुकारो तालाब तक पहुँच गई थी। उसने रात को कुछ खाया नहीं था। रात भर दौड़ते-भागते, यहाँ तक आते, वह थककर चूर हो गई थी। उसे ज़ोरों की प्यास भी लगी थी। तालाब की ऊँची मेड़ से किसी तरह नीचे उतरकर उसने पानी पिया। प्यास तो मिटी, मगर शरीर अभी और भागदौड़ की इजाज़त न देता था। वह तालाब के किनारे ही ज़मीन पर पैर लम्बे कर लेट गयी। उसने मन में सोचा, वह अब पुलिस से सुरक्षित इलाके में पहुँच गई है। वह नक्सलियों से कोसा के साथ भाग निकलने के लिए क्षमा माँग लेगी। उसने नक्सलियों का कुछ नुकसान भी तो नहीं किया था। वह उनके बारे में ज्यादा कुछ जानती भी नहीं थी कि पुलिस को कुछ बता सके। पुलिस से जो कुछ मुखबिरी हुई तो वह कोसा ने ही की थी। वह बेचारा तो अब इस दुनिया में नहीं है। हो सकता है कि मुझे नक्सली क्षमा

कर दें। वह उन्हें विश्वास दिलायेगी कि अब मरते दम तक उन्हीं के साथ रहेगी। वैसे भी बाहर के सारे दरवाज़े उसके लिए बंद हो ही गये हैं।...उसे नींद आने लगी थी। एक हाथ में रिवॉल्वर थामे वह गहरी नींद में खो गई।

~

पुलिसबल कई टुकड़ियों में, अलग-अलग दिशाओं में सम्भावित इलाकों की छानबीन करता निकला था। एक टुकड़ी को अपने ग्रामीण मुखबिरों से पता चला कि एकदम सुबह एक लड़की इधर के जंगलों की ओर भागी है। अब तक वह एक मील आगे तालाब तक या उससे ज़रा आगे निकल गई होगी। पुलिस की उस टुकड़ी में कुल दस हथियारबंद सिपाही थे। इधर उनके वाहन को आगे बढ़ने का रास्ता नहीं था। वे वाहन से उतर कर पैदल तालाब की दिशा में दौड़ पड़े। तालाब के दूसरे किनारे पर पहुँचकर वे ठिठक गये। इधर भी खूब झाड़ियाँ थीं। तालाब की ऊँची मेड़ पर झाड़ियों को हटाकर या काटकर ही चढ़ा जा सकता था। किसी तरह एक सिपाही रास्ता बनाकर सतर्कता से मेड़ पर आगे की टोह लेने चढ़ा। यह इलाका नक्सलियों के कब्ज़े में समझा जाता था। वह सिपाही झट से नीचे उतर आया। अपने साथियों को उसने बताया कि एक लड़की तालाब के करीब लेटी हुई है। ज़रूर यह वही होगी जो साहब के बंगले से भागी थी। मगर पता नहीं वह ज़िंदा है भी या नहीं!

सूरज अब ज़मीन से बित्ता भर ऊपर आ गया था। रात के अंधेरे की छुट्टी करता उजाला, चारों तरफ़ पसरने लगा था। अब उस टुकड़ी के बाकी सिपाही भी धीरे-धीरे झाड़ियों की आड़ में मेड़ की ऊँचाई की ओर चढ़ने लगे। उनमें से एक ने हवाई फ़ायर किया। आवाज़ सुनकर सुकारो उठ बैठी। उसे आस-पास कोई नज़र नहीं आया। वह दौड़कर तालाब की मेड़ पर चढ़ गई और...'बेके दाड़क' (किस ओर जाये)! यह सोचने के लिए एक पल ठिठकी ही थी कि सतर्क नक्सलियों की नज़रों में वह आ गई। उनकी तरफ़ से एक दनदनाती हुई गोली छूटी और सुकारो के उस हाथ में लगी, जिसमें उसने रिवॉल्वर थाम रखी थी। रिवॉल्वर उसके हाथ से छिटककर गिर गई। हाथ से खून झरने लगा। सुकारो खुद मेड़ पर गिर पड़ी। पुलिस की टुकड़ी भी अब मेड़ पर सरककर, सिर निकाले सुकारो पर गोलियाँ बरसाने लगी। नक्सलियों ने समझा, ये लड़की ही ज़रूर अपने साथ पुलिस को इधर ले

आई होगी। गुस्से में वे भी उसी पर और ताबड़तोड़ गोलियाँ बरसाने लगे। दोनों दलों को सुकारो का शरीर तो दिख रहा था, मगर दोनों दल एक–दूसरे की नज़रों से छुपे हुए थे। दोनों तरफ़ से आती गोलियों ने सुकारो का शरीर छलनी कर दिया। बावजूद इसके उस पर गोलियाँ बरसती रहीं। हर गोली के साथ सुकारो का जिस्म ज़रा–सा उछल जाता, गोया अपनी करनी के लिए दोनों दलों से माफ़ी माँग रहा हो !

थोड़ी देर बाद लड़ाई पुलिसबल और नक्सलियों में सीधे ठन गई। गोलियों की लगातार आती आवाज़ सुनकर पुलिस की बाकी टुकड़ियाँ भी इधर की ओर आ लगीं। अब पुलिस की ओर से ज़्यादा गोलीबारी होने लगी। नक्सलियों के पाँव उखड़ गये। उन्होंने वह जगह छोड़ने में ही भलाई समझी और जंगल के अपने बनाये रास्ते से पीछे लौट गये।

पुलिसबल अब पूरी तरह मेड़ पर चढ़ आया। उसके सामने सुकारो की देह पड़ी थी, जिसमें अनगिनत गोलियाँ धँसी हुई थीं। उन गोलियों में कितनी नक्सलियों की थीं और कितनी पुलिस की, बता पाना मुश्किल था। मगर मुखबिर मोहल्ले की वह लड़की, जिसे पुलिस नक्सलियों की और नक्सली पुलिस की मुखबिर समझ रहे थे, किसी की मुखबिर नहीं थी। वह कोसा के प्रेम में पीछे-पीछे चली आई थी और अब वहाँ पहुँचा दी गई थी, जहाँ कोसा पहले ही पहुँचा हुआ था।

होशियार आदमी

वैसे चालीस रुपये कोई बड़ी चीज़ नहीं थी, जब ज़रूरत की सारी चीज़ों के दाम आकाश छू रहे थे। आम जनता ने अपनी ज़रूरतें बहुत कम कर ली थीं और उम्मीद कर रही थी कि किसी तरह 'ये दिन भी गुज़र जायेंगे।' मगर दुर्भाग्य से उन चालीस रुपयों का बोझ इस कहानी के संवेदनशील नायक के लिये इतना भारी हो गया था कि वह उससे पीछा छुड़ाने के लिए बेचैन हो उठा था। वैसे वह पेंशनभोगी व्यक्ति थे और उन्हें थोड़ी, मगर निश्चित रकम हर माह मिल रही थी, जो उनकी ज़रूरतों के लिए पर्याप्त थी। अपनी पेंशन के हिसाब से उन्होंने पहले ही अपनी कुछ अनावश्यक आदतों और ज़रूरतों को तिलाँजलि दे रखी थी।

इस समय देश में कोरोना-काल के उत्पीड़न का दौर चल रहा था। देश भर में अलग-अलग राज्यों में अलग-अलग बंदिशें लगी थीं। ज़्यादातर लोग अपने को ठगा-सा महसूस कर रहे थे, मगर मजबूर थे। सार्वजनिक वाहन— रेल, बस, हवाई जहाज़ सभी की गति पर ब्रेक लगा दिया गया था। होटल, दुकानें बंद कर दी गई थीं। कुछ ज़रूरी कल-कारखानों और ऑफ़िसों को अपनी क्षमता के एक तिहाई में ही काम करने की छूट थी। सब्ज़ी बाज़ार और पेट्रोल पम्प वालों के लिए कुछ घंटों की छूट दी गई थी। सबसे ज़्यादा मुसीबत तो दैनिक मज़दूरी करने वालों, छोटे दुकानदारों पर आ पड़ी थी। कुछ मज़दूरों ने तो स्थानीय सागभाजी, फल-फूल बेचने के काम में अपने को लगा रखा था, ताकि किसी तरह परिवार की भूख-प्यास को थामा जा सके। सुना जा रहा था कि यूरोप, अमेरिका के कुछ देशों ने अपने इन गरीबजनों के लिये राहत में प्रतिमाह प्रति परिवार नकद रकम की व्यवस्था कर दी थी, ताकि उन्हें परेशानी न हो, मगर इस देश की गरीब जनता को कोरोना-काल के जल्द खत्म होने

का आश्वासन दिया जा रहा था और भगवान भरोसे छोड़ दिया गया था, मगर भगवान के मन्दिर भी बंद थे। कहा गया कि जनता की सुरक्षा और भलाई के लिए इन्हें बंद किया जा रहा है। पता नहीं इन्हें फिर खोला किसलिए गया था!

लोगों की सुबह-शाम की सैर पर भी पाबंदी थी, सबके लिए मास्क और दो गज़ की दूरी अनिवार्य थी। मगर आदत से मजबूर और अपनी सेहत का ख़याल रखने वाले कुछ बुजुर्ग सब्ज़ीभाजी लेने के बहाने निकल ही जाते थे। इन्हीं लोगों में वह भी एक थे। ऐसे ही एक सुबह सैर के समय उन्हें लगभग बीस साल का एक लड़का दिखायी दिया, जो अपने ऑटो से सिंघाड़ों की गठरी उतारकर बेचने के लिए ढेरी में सजा रहा था। इस मौसम के ये पहले सिंघाड़े लगते थे। सिंघाड़ों ने उनका ध्यान अपनी ओर खींचा था। वह उस लड़के के करीब गये और सिंघाड़ों का दाम पूछा। लड़का नया विक्रेता लगता था। उसने उनकी ओर सिर उठाकर भी नहीं देखा, गोया उसे अपने पहचाने जाने का डर हो या यह शर्म कि वह ज़्यादा दाम बता रहा है। अपने सिंघाड़ों की ढेरी पर झुके-झुके ही उसने कहा, ''अस्सी रुपये किलो है!''

सिंघाड़े लाल और गहरे हरे रंग के थे और ताज़े लगते थे। कल शाम को ही किसी तालाब या डबरी से इन्हें बेचने के लिए निकाला गया लगता था। उन्होंने लड़के से आधा किलो सिंघाड़े तौलने के लिए कहा। लड़के ने जुगाड़ में पायी अपनी तराजू बाट सँभाली और आधा किलो सिंघाड़े तौलकर एक थैली में भरकर उनकी ओर बढ़ा दिये। उन्होंने सिंघाड़े लेकर सौ रुपये का एक नोट उसे दिया, मगर उस लड़के के पास लौटाने के लिए साठ रुपये नहीं थे। सच कहें तो उसके गल्ले में दस रुपये के अलावा कुछ भी नकदी नहीं थी। दुर्भाग्य से नायक के पास भी चिल्लर नहीं थी। असल में वह कुछ खरीदने तो अभी आये नहीं थे। घर में सब्ज़ी की ज़रूरत ज़रूर थी, मगर उसके लिए नौ-दस बजे का समय उन्होंने तय कर रखा था, जब ज़्यादा सब्ज़ी विक्रेताओं की दुकानें लग चुकी होतीं और सब्ज़ियों के ज़्यादा विकल्प होते। इतनी सुबह छह-सात बजे से तो उनका आना ही शुरू होता था।

उन्होंने सड़क के दोनों ओर देखा। दो-तीन सब्ज़ी विक्रेता अपनी साइकिल या स्कूटी से आकर अपनी सब्ज़ियों की बिक्री के लिए बोरे बिछा रहे थे। उनमें से एक विक्रेता, गाँव से यहाँ तक की अपनी थकान मिटाने के लिए खड़े-खड़े

बीड़ी पी रहा था। लड़का उनका दिया नोट लेकर उन लोगों से चिल्लर माँगता रहा, मगर उन लोगों ने उसे साफ़ मना कर दिया। एक को तो उन्होंने कहते सुना, ''यहाँ अभी हमारी 'बोहनी' नहीं हुई और तुझे चिल्लर की पड़ी है!''

लड़का निराश लौटा और उनका नोट लौटाते हुए बोला, ''साहब, किसी के पास खुल्ला नहीं है। आप तो घूमने निकले हैं, तो ज़रूर आपका घर आस-पास ही होगा। आप बाद में आकर दे दीजिएगा। हो सकता है कि तब तक मेरे पास भी खुल्ला आ जाये!''

उधारी से नायक को नफ़रत थी। मगर अब तौला लिए गये अपनी रुचि के सिंघाड़ों को लौटाने का उनका मन न हुआ। वैसे वह चाहते तो सौ का नोट उसी के पास छोड़ सकते थे। उन्हें नौ बजे के आस-पास घर की सब्ज़ी के लिए आना ही था। मगर तब उनके दिमाग में यह बात आयी ही नहीं। खैर, उन्होंने सिंघाड़ों से भरी थैली उठाई और घर आ गये। बहू ने किचन में सिंघाड़े उबालने के लिये नमक डालकर चूल्हे पर चढ़ा दिये। बाद में नायक ने सुबह के नाश्ते के साथ कुछ सिंघाड़े भी खा लिये। सिंघाड़े उन्हें बहुत अच्छे लगे थे। वे नरम थे और उनमें मिठास थी। घर के लोगों ने भी सिंघाड़ों की तारीफ़ की। उन्होंने सोचा, 'अच्छा होता अगर मैंने एक किलो ही ले लिये होते।'

नौ बजे वह फिर सब्ज़ी-बाज़ार जाने के लिए तैयार हो ही रहे थे कि अचानक उनके एक मित्र का फ़ोन आ गया। वह पास के एक गाँव से बोल रहा था। वह कल से गाँव में ही था, जहाँ उसकी बूढ़ी माँ का देहावसान हो गया था। उसने उन्हें और भी कुछ लोगों को सूचित करने का निवेदन किया था। स्वाभाविक था कि उन्हें अभी उसके गाँव को निकलना था। बाज़ार जाने की उनकी योजना स्थगित हो गई। उन्होंने अपने परिचित ड्राइवर को फ़ोन लगाकर शीघ्र आने के लिए कहा। उनके पास कार तो थी, मगर वह उसे चलाना न सीख सके थे। वैसे कार चलाना कठिन काम नहीं था, मगर कार चलाते समय जो एकाग्रता ज़रूरी होती है, उसकी वे अपने में कमी महसूस करते थे। सेवानिवृत्ति के एक साल पहले ही तो उन्होंने कार खरीदी थी, जिसका मौके पर इस्तेमाल उनका बेटा कर लिया करता था। रोज़-रोज़ कार की ज़रूरत नहीं पड़ती थी। कार चलाने की उनकी अरुचि उन पर इतनी हावी थी कि उन्होंने इधर ध्यान ही नहीं दिया। सेवानिवृत्ति के बाद तो उनका मन और फिर गया।

पत्नी ने उनके घर से निकलते वक्त कहा, ''ज़रा पता तो कर लो, माता जी की मौत कोरोना से तो नहीं हुई ?''

ओह, सच में उन्होंने मित्र से यह जानने की कोशिश ही नहीं की थी। झिझकते हुए उन्होंने मित्र को फिर फ़ोन लगाया और पूछ ही लिया। मित्र ने बताया कि माता जी की मौत स्वाभाविक हुई है। छह माह से वे बीमार चल रही थीं। नब्बे की उमर पार कर चुकी थीं और कुछ दिनों से खाना-पीना भी मुश्किल से कर पा रही थीं। उन्होंने पत्नी को बतलाया ताकि वह भी निश्चिंत हो सके। वैसे कोरोना मरीज़ों को सरकार ताबड़-तोड़ सीधे अस्पताल में भर्ती कर रही थी और मृत्यु हो जाने पर लाश को परिवार के सुपुर्द भी नहीं किया जाता था।

ड्राइवर, जो बीस मिनट में ही आ गया था, के आते ही वह कार में मित्र के गाँव की ओर चल पड़े। उन्होंने मित्र की पहचान वाले दो लोगों को सूचित कर दिया था, मगर इस कोरोना-काल में उनकी बातों से नहीं लगा कि उनमें से कोई अभी तत्काल गाँव जाने को तैयार होगा। खैर, उन्होंने अपने कर्तव्य की पूर्ति कर ली थी और दूसरों के कर्तव्यों के लिए वह ज़िम्मेदार नहीं थे। ड्राइवर ने आते ही कार उस दिशा में दौड़ा दी थी, जिस तरफ़ सुबह का बाज़ार नहीं लगता था। जब कार कुछ आगे निकल गई, तब उन्हें याद आया कि उन्हें ड्राइवर को पहले ही सूचित कर देना था। अब वापस बाज़ार की तरफ़ से जाने में लम्बा रास्ता पार करना पड़ सकता था। फिर कुछ घंटों के बाज़ार में अब भीड़ का भी डर था। हॉर्न बजा-बजाकर, धीरे-धीरे निकलने में गाँव जाने में देर भी हो सकती थी। संकरी सड़क पर कार को वापस मोड़ना भी सम्भव नहीं था। उन्होंने मन में तय किया कि वापसी में वह बाज़ार के रास्ते ही आयेंगे और बेचारे लड़के के रुपये दे देंगे।

वह देर होने से डर रहे थे, मगर उस गाँव में किसी को जल्दी नहीं थी। मरने वाली भी आराम से पूरा जीवन जी कर मरी थी और गाँव-परिवार के लोग भी बिना ज़्यादा हो-हल्ला, रोना-कलपना किये धीरे-धीरे शव को ले जाने की तैयारी कर रहे थे। खैर, गाँव का श्मशान पास ही नाले के किनारे था और बाकी का काम, जो अब परिवार के दीगर लोगों ने सँभाल लिया था, कुछ जल्दी-जल्दी निपटाया जाने लगा। जब सब क्रियाकर्म लगभग हो गया तो उन्होंने जल्दी से मित्र से छुट्टी माँगी। उन्हें मित्र के दुख की चिन्ता से ज़्यादा चिंता उस लड़के के रुपये लौटाने की थी।

वापसी में वे बाज़ार के रास्ते ही लौटे, मगर अब इधर देर हो ही गई थी और सड़क के दोनों छोर के बाज़ार में सन्नाटा पसरा हुआ था। इक्का-दुक्का लोग सड़क पर पैदल या अपने वाहन से आ-जा रहे थे। मकानों के द्वार और दुकानों के शटर पहले ही बंद थे। उस पर उनकी कार के पीछे पुलिस का वाहन हॉर्न बजाता, भूले-भटकों को चेताता चला आ रहा था।

उन्होंने मन में तय किया कि कल सुबह प्रात: भ्रमण में उनका पहला काम उस लड़के के रुपये लौटाने का ही होगा। घर पहुँचकर उन्होंने दोबारा स्नान किया। कपड़े बदल कर अगले दिन सुबह पहनी जाने वाली कमीज़ की जेब में चालीस रुपये अलग से रख दिये।

रात में नींद में उन्हें उस लड़के की उधारी और उसके सिंघाड़ों के सपने आते रहे। अगले दिन वह प्रात: भ्रमण को निकले और शायद ज़रा जल्दी ही निकल गये थे, क्योंकि सब्ज़ी विक्रेताओं का आना अभी शुरू ही हो रहा था। उस लड़के की दुकान लगाने की और आस-पास की जगह भी खाली ही पड़ी थी। वह चलते हुए आगे निकल गये और कुछ ज़्यादा ही दूर तक चले गये, ताकि उस लड़के को आने और अपनी दुकान लगाने का भी अवसर मिल सके। आम तौर पर वह इतनी दूर पैदल आते नहीं थे।

जब वह वापस लौटे तो उन्हें फिर निराशा हुई। आस-पास सब्ज़ियों की दुकानें तो लग गई थीं, मगर उस लड़के के बैठने वाली जगह खाली ही थी। उन्होंने घर के लिए कल भी सब्ज़ी नहीं खरीदी थी। सोचा, 'आज नौ बजे सब्ज़ी खरीदने आना ही होगा, तब तक तो ज़रूर वह लड़का उन्हें मिल जायेगा।'

घर पहुँचकर उन्होंने स्नान आदि से निवृत्त हो नाश्ता किया और थैला लटकाकर वापस बाज़ार की ओर पैदल चल पड़े। वह सीधे सबसे पहले उस लड़के की जगह पर ही गये। मगर यह क्या, उस लड़के की जगह अब भी खाली पड़ी थी। उस जगह से थोड़ी दूरी पर एक तेलगू महिला फलों की दुकान लगाये बैठी थी और सड़क से गुज़रते हुए ग्राहकों को बड़ी आत्मीयता से, जैसे बरसों की पहचान हो, फल खरीदने के लिये निवेदन कर रही थी। वह यह भी कह रही थी कि चाहे तो फल न खरीदो, मगर एक बार देख तो लो! ऐसे फल आपको पूरी मार्केट में कहीं नहीं मिलेंगे बाबूजी!

वह उस फलवाली के पास पहुँचे। उसके पास दो खरीदार महिलाएँ भी

फल लेने तभी आ खड़ी हुईं। नायक के घर में फलों की ज़रूरत अभी नहीं थी, फिर भी उन्होंने केले के दाम पूछे और एक दर्जन लेकर रख लिए। इतने में वे दोनों खरीदार महिलाएँ चली गई थीं। उन्होंने फलवाली से पूछा कि कल आपकी बगल में एक लड़का सिंघाड़े बेच रहा था, वह आज नहीं आया?

वह महिला कुछ स्मरण करते हुए असमंजस में दिखी, फिर उन्हीं के शब्दों को दोहरा दिया, ''हाँ, कल एक लड़का यहाँ सिंघाड़े बेच तो रहा था, मगर वह आज नहीं आया।''

फिर वह महिला आते-जाते नये ग्राहकों को आकर्षित करने के लिए हाँक लगाने लगी, ''आइये, आइये बाबूजी, ऐसे फल आपको पूरी मार्केट में कहीं नहीं मिलेंगे...बहनजी आप आइये, देखिये ये सेब, ये मुसम्बी एकदम मीठे और रस भरे!'' मगर उसकी पुकार के बावजूद न कोई बाबूजी आया, न कोई बहनजी। नायक ने अपने लिए मौका समझकर उससे फिर पूछा, ''आपके ज़रा पास ही तो उसने दुकान लगायी थी, आप तो उसे जानती होंगी?''

''यहाँ तो रोज़ नये दुकानदार पैदा हो रहे हैं, किस-किस को पहचानती रहूँगी बाबू?'' महिला के स्वर में उसके दूसरे ग्राहक खोने का अफ़सोस और रंज समाया हुआ था और एक किस्म से नायक के लिए चेतावनी भी थी कि अब मेरा टाइम खराब मत करो। केले लेने थे, सो आपने ले लिए, अब टरो!

वह उस महिला की दुकान के पास से हट गये और अपने मन को तसल्ली दी कि आज न सही, कल-परसों वह ज़रूर मिल जायेगा! आखिर उसे भी इस कोरोना-काल में अपने घरद्वार की चिंता होगी ही!

अगले दिन वह फिर उस लड़के को तलाशते रहे। दूर-दूर तक छिटकी मंडी में बैठे लोगों से उस लड़के के चेहरे का मिलान करते रहे, जिसे पहले दिन ही उन्होंने ध्यान से नहीं देखा था। घर के लिए ज़रूरी सब्ज़ियाँ लेते हुए भी वह दूसरे फल-सब्ज़ीवालों में उसकी तलाश यह सोचकर करते रहे कि हो सकता है कि उसने दूसरा सामान बेचना शुरू कर दिया हो!

वह निराश हो घर लौटने ही वाले थे कि मोबाइल पर पत्नी का फ़ोन आया। वह कह रही थीं, ''मुरुगन होटल से दोसा पैक करा लीजिए। पोते ने नाश्ता नहीं किया है, 'दोसा ही खाऊँगा' कह रहा है। दो लेते आइये!''

वह मुरुगन होटल की ओर गये। लोगों की वहाँ दूरी बनाकर लाइन लगी

थी। बैठकर खिलाने का रिवाज कोरोना के कारण बंद था। कुछ दिन पहले तक तो सारे होटल भी बंद थे। वह भी लाइन में लग गये। पास ही लाइन से अलग एक प्रौढ़ व्यक्ति खड़ा था, जिसकी दाढ़ी-मूँछ और सिर के बाल लम्बे बढ़े हुए थे। उसके शरीर पर नाममात्र के कपड़े थे, जो धूल से सने थे। वह भिखारी जैसा लगता था, और नहीं भी। जाने किन परिस्थितियों ने उसे ऐसा बना दिया था।

उसके चेहरे पर बेबसी की मुस्कान थी और वह रह-रहकर थोड़ी देर में होटल के मालिक की ओर देखकर अपना हाथ बढ़ाता-सा बस इतना ही कह पाता था, ''एक दोसा!'' होटल का मालिक शायद उसको रोज़ कुछ-न-कुछ अन्त में खिला दिया करता होगा। मगर अभी ग्राहकों की लाइन में वह उस मुफ़लिस की ओर ध्यान देने की ज़रूरत नहीं समझता था। नायक के वहाँ रहते उसने एक बार उससे 'बाद में आना' कहा था, मगर मुफ़लिस अपनी भूख के चलते होटलवाले की परेशानी नहीं समझ पा रहा था।

जब नायक की पारी आयी तो उन्होंने होटलवाले को तीन दोसे का ऑर्डर दिया और कहा कि दो को अलग पैक कर दीजिए और एक को अलग। उन्होंने एक सौ बीस रुपये चुका दिये। होटल के कर्मचारी रफ़्तार से हाथ चला रहे थे। दो दोसों का पैकेट उन्हें पहले दे दिया तो उन्होंने झट होटल मालिक से कहा, ''तीसरा दोसा उस 'सज्जन' को दे दीजिएगा।''

वह जल्दी से वहाँ से खिसक भी लिये। उन्हें लगा, उनके पीछे खड़े लोगों की नज़र उन पर ज़रूर होगी कि आखिर ये कौन दानवीर आ गया जो 'भिखारी' के लिए अपने चालीस रुपये नष्ट कर रहा है! नायक को थोड़ी शर्मिन्दगी महसूस हुई कि वह सिंघाड़ेवाले लड़के के चालीस रुपयों का कर्ज़ इस तरह चुका रहे हैं। खैर, उन्हें आशा थी कि होटलवाले ने उनके पीछे उस मुफ़लिस को ज़रूर दोसा दे दिया होगा।

रोज़ प्रातः भ्रमण उनकी दिनचर्या में था। अगले दिन सुबह वह फिर बाज़ार वाली सड़क पर निकले। रोज़ की बनिस्बत वह आज आधा घंटा देर से निकले थे। पत्नी ने ही टोका था कि एकदम सुबह ज्यादा ठंड होती है, अधेड़ उम्र है, ज़रा देर से निकला करो। जब वह उस सिंघाड़ेवाले लड़के के स्थान के पास से गुज़र रहे थे तो देखा कि उसकी जगह कोई नया सब्ज़ीवाला बैठा है। उन्हें लगा, यह ज़रूर उसका कोई रिश्तेदार होगा! वह उसके पास गये और

पूछा, ''परसों आपकी पहचान वाला कोई लड़का यहाँ सिंघाड़े बेच रहा था?''

उस व्यक्ति ने उन्हें इस तरह देखा मानो पूछ रहा हो, ''क्या मतलब?''

उन्होंने समझाया, ''असल में उसके चालीस रुपये बकाया हैं!''

उस व्यक्ति ने समझा कि वह उससे ही चालीस रुपये वसूलने आये हैं। उसने साफ़ मनाकर दिया। कहा, ''न मैं, न मेरा कोई आदमी यहाँ सिंघाड़े बेचने आया था। मैं भी यहाँ पहली बार दुकान लगा रहा हूँ। असल में मैं दूसरी तरफ़ दुकान लगाता था, मगर पीछे वाले घर के लोगों ने, जिनके घर का द्वार सड़क पर खुलता था, वहाँ दुकान लगाने से मना कर दिया तो आज मैं इस खाली जगह पर आ गया।''

''आपकी दुकान उस जगह से एकदम सामने थी सड़क के पार। उस लड़के को तो देखा ही होगा। मुझे उस लड़के को ही रुपये देने थे। अगर आप उसकी पहचान के होते तो मैं आपको ही रुपये सौंप देता!'' उन्होंने कहा।

उस व्यक्ति के चेहरे और जुबान पर उभरा तीखापन कम हो गया। बोला, ''साहब, मैंने उसे सिर्फ़ उसी दिन देखा था और मैंने भी उससे अपने घर के लिए सिंघाड़े लिए थे।...हाँ, याद आ रहा है, उस दिन वह लड़का ऑटो में आया था। यहाँ से चार दुकान छोड़कर, जो नीली कमीज़ वाला आदमी बैठा है, वह भी अपनी सागभाजी लेकर उसी ऑटो में आया था। वह आदमी ज़रूर उसके बारे में बता सकता है।''

आशान्वित हो वह उस नीली कमीज़वाले सब्ज़ी विक्रेता के पास पहुँचे। उसके पास कोई ग्राहक नहीं था। उन्हें पास आता देख उसके चेहरे पर मुस्कान उभरी। वह बोल पड़ा, ''कुंदरु, करेला, बरबट्टी तीनों पचास रुपये किलो। गोभी और गंवार साठ रुपये किलो!'' उन्होंने कहा, ''सब्ज़ी मैं फिर लूँगा। पहले मुझे उस लड़के के बारे में बतलाओ, जिसके साथ ऑटो में आप परसों यहाँ आये थे। आज भी तो आये होंगे?'' उसने बताया, ''वह लड़का तो गनियारी गाँव का है। सवारी ऑटो चलाता है। अभी तो उसका ऑटो बंद है। मैं हमेशा साइकिल से ही सब्ज़ी बेचने आता रहा हूँ। एक दिन पहले मेरी साइकिल का टायर फट गया था और गाँव में कोई मैकेनिक नहीं था। मैंने शाम को इस लड़के को साइकिल से कहीं जाते देखा था और जानता था कि इसके पास ऑटो है। मैंने उससे अगले दिन सब्ज़ी मार्केट के लिए ऑटो लाने के लिए कहा। वह तैयार हो गया।

चार-पाँच घंटे बाद उसी से लौटने की बात भी हो गई थी। लड़के ने सोचा, 'ऑटो को बारह बजे तक वहाँ खड़े रखना ही है और उसके गाँव की डबरी से सिंघाड़े निकाले जा रहे हैं' तो वह भी सिंघाड़े खरीदकर बेचने आ गया था।...उसके बाद का मुझे नहीं मालूम। दूसरे दिन मेरी साइकिल बन गई और मैं इसी से आता हूँ। रोज़-रोज़ ऑटो का खर्चा मैं तो नहीं उठा सकता। यहाँ तो मुश्किल से कुछ रुपये की कमाई होती है।...कुछ सब्ज़ी लेंगे साहब?''

''वैसे उसका नाम क्या है? जानते तो होगे?''

''उसको मैं यादव सरनेम से जानता हूँ। उसका नाम तो मुझे भी पता नहीं। न उसने बताया, न मैंने पूछा।''

''उससे कब मुलाकात हो सकती है आपकी?''

''ये कैसे बतलाऊँ साहब, उस दिन तो देवयोग से वह रास्ते में मेरे गाँव से जाते दिख गया था। उसका गाँव मेरे गाँव से एक कोस आगे है। उसने बतलाया था कि उसके गाँव में भी हमारी मरार जाति के दो परिवार हैं, मगर ज्यादा सब्ज़ी नहीं उगा पाते। जितनी उगाते हैं, उसी गाँव में 'खप' जाती है।...सब्ज़ी लेंगे साहब?'' उसकी दी जानकारी से उनके मन में कुछ और चलने लगा था। उन्होंने जल्दी में उससे एक किलो करेले लिए और घर आ गये।

सेवानिवृत्ति के बाद उनके पास वक्त की कमी नहीं थी। जीवन के उत्तरार्द्ध की अन्य कोई महत्त्वपूर्ण ज़िम्मेदारी भी शेष नहीं रह गई थी। जीवन आराम से बीत रहा था। न उधो से लेना न माधो को देना। मगर इस सिंघाड़े वाले लड़के ने उन्हें कर्ज़दार बना दिया था। उसकी चालीस रुपये की उधारी अब भी उन्हें साल रही थी। उन्होंने उत्ऋण होने की कुछ कोशिश तो की, मगर मन को तसल्ली नहीं मिली थी। बेचारा वह लड़का इस कोरोना-काल में चार रुपये कमाने की इच्छा से सिंघाड़े बेचने निकला था। उसे कुछ लाभ भी हुआ या नहीं क्या पता, मगर इतना पता है कि उसे उनके कारण चालीस रुपये और मिलने थे जो नहीं मिले। इतने रुपये भी उसके लिए इस समय बहुत मानी रखते थे। यह महामारी आम गरीब लोगों पर बहुत भारी पड़ गई थी। उनके दैनिक काम-धन्धे छूट गये थे। सरकार से कोई ज़रूरी राहत भी नहीं मिल पा रही थी और आगे भी शीघ्र किसी राहत की उम्मीद नहीं थी। सत्ता बदल गई थी, मगर सत्ता का मिजाज नहीं बदला था। इधर गरीबों को मरने का ज्यादा डर नहीं था। कोरोना न भी हो तो भी वे आवश्यक

इलाज, भोजन, आकस्मिक दुर्घटना और ऋण की चिंता आदि के कारण मर ही रहे थे। कुछ तो आत्महत्या पर भी उतारू थे। इस बीमारी या महामारी का नाम 'कोरोना' कर देने, मास्क पहनने और देह से दूरी के बावजूद उनकी मृत्यु-दर कम तो होने से रही। 'कोरोना' का असली डर तो नेताओं, अमीरों, अफ़सरों में घर कर गया था। यह छूत की बीमारी थी जो अमीर-गरीब नहीं देखती थी। कोरोना के डर से पूरा देश आइसोलेशन वार्ड में तब्दील हो गया था। इसलिए सम्पन्न लोग प्रार्थनारत थे-जब तक टीका नहीं आ जाता, तब तक टिकाये रखना भगवान!

उन्होंने मन में तय किया कि अब जो हो, उन्हें गनियारी गाँव जाकर उस लड़के के रुपये लौटाने होंगे। उन्होंने अपने परिचित उसी ड्राइवर को फ़ोन लगाया, ''कल सुबह आठ बजे घर आओ। गनियारी गाँव जाना है!''

''गनियारी? कुछ काम है सरजी?''

''हाँ भई, बिना काम के क्यों जाऊँगा!''

''असल बात यह है सरजी, कि मैं सुबह दस के पहले नहीं आ सकूँगा। मैं अभी सोमनी गाँव से बोल रहा हूँ। यहाँ मेरे जीजाजी की तबीयत खराब थी और बहन ने फ़ोन किया था तो देखने आ गया था। साइकिल से हूँ। कल सुबह सात-आठ बजे निकला, तो भी साढ़े नौ-दस तो बज ही जायेंगे!''

''अच्छा ठीक है। दस बजे तक ही आ जाओ।''

ऋण से उत्तऋण होने का आंतरिक सुख उन्हें खींच रहा था। ड्राइवर जंगीराम उनका पुराना परिचित था, हालाँकि वह कुछ नकचढ़ा था, मगर विश्वसनीय था। ज़रूरत पर दूसरे काम भी करने को तैयार रहता था। वह स्थानीय था, जो इधर के सब इलाकों की जानकारी भी रखता था।

दूसरे दिन जंगीराम दस बजे घर पहुँचा। अपनी साइकिल घर की दीवार से एक तरफ़ टिकाकर उसने कार बाहर सड़क पर निकाल ली। कार में बैठते हुए उन्होंने उससे कहा, ''जंगीराम, लगता है गाड़ी में पेट्रोल कम है। रास्ते में कहीं पेट्रोल ज़रूर भरवाना होगा। पता नहीं गनियारी गाँव कितनी दूर है यहाँ से!''

''ज्यादा दूर नहीं है, सरजी। यही कोई बीस-पच्चीस किलोमीटर होगा। मैं उस गाँव जा चुका हूँ। इसमें जितना पेट्रोल है वह आने-जाने के लिए हो जायेगा।''

''जो भी हो। बचेगा तो बाद में भी काम आयेगा। पता नहीं उधर का रास्ता

कैसा है? तुम भी तो बरसों पहले गये होगे!''

कार चल पड़ी। वह कार की पीछे की सीट पर बैठे थे, ताकि दूसरे की देह से थोड़ी दूरी बनी रहे। मास्क भी लगा रखा था, मगर जंगीराम अपना मास्क गले में लटकाये हुए था। उन्होंने उसे ठीक से मास्क लगाने की हिदायत दी। वह मास्क ठीक से लगाते हुए थोड़ा बुदबुदाया।

''ये सब अमीरों और नेताओं के चोंचले हैं सरजी! हम गरीब मास्क लगायें या पूरे बोरे में घुस जायें, हमें मरने से कोई माई का लाल नहीं बचा सकता है!''

''तुम अमीरों और नेताओं से इतना खार खाये क्यों बैठे हो जंगीराम?''

''सरजी, आपको मैं क्या बतलाऊँ, आप ही ज़्यादा समझते हैं। इस बीमारी से अमीरों को, नेताओं को भी संक्रमण न फैले इसीलिए हम आम लोगों का मुँह-नाक ढँका जा रहा है। पाबंदी लगायी जा रही है। मगर जब आम आदमी पर आफ़त आती है तो क्या इन पर पाबंदी लगती है कभी?''

आगे बात न बढ़ाने की गरज से उन्होंने कुछ नहीं कहा। काँच के बाहर देखने लगे। याद करने लगे कि बरसों पहले, किस बरस वह इस इलाके में आये थे? तब उनके पास स्कूटर ही था। रास्ता तब इतना ज्यादा खराब था और उन्हें आस-पास के गाँवों के नाम की जगह बस उस खराब रास्ते की स्मृति ही अब थी। आज जंगीराम न होता तो उन्हें गनियारी जाने के लिए रास्ते में कितनों से ही पूछताछ करनी पड़ती। थोड़ी-थोड़ी दूर पर चौक थे और कई रास्ते टूटे हुए थे। जंगीराम गरीब ज़रूर था, मुँहज़ोर भी था, मगर उनसे और उनके परिवार से बहुत हिलमिल गया था। ज़रूरत पर हमेशा जिन्न की तरह उपस्थित हो जाता था।

लगभग ग्यारह बजे वे गनियारी गाँव पहुँच गये। अब उस लड़के का पता लगाना था। एक पैदल ग्रामीण, जो कार को देखकर रास्ता देने के लिए सड़क के एक किनारे खड़ा हो गया था, उन्होंने खिड़की से सिर निकालकर पूछा, ''आप इसी गाँव के हैं?''

उसने 'न' में सिर हिलाया और अपने गमछा से अपना खुला मुँह ढाँक लिया। फिर बिना मुँह से कुछ बोले अपने रास्ते चल पड़ा।

वे और ज़रा आगे बढ़े। एक जगह तीन लड़के आपस में बातें करते बरगद की छाया में खड़े थे। उनमें से किसी ने भी मास्क नहीं लगाया था। गाँव के रास्ते

में भी बहुत कम लोग मास्क लगाये दिखायी दिये थे। शायद वे इसे 'दिखावी तमाशा' ही समझते थे और मज़ाक में लेते थे। इस बार जंगीराम ने उन लड़कों से पूछा, ''क्यों भई, यादव ऑटोवाले का घर कहाँ पर है?''

उनमें से दो एक साथ बोल पड़े, ''महेश यादव का घर? इस गली के पीछेवाला उसका घर है।''

जंगीराम ने गली को देखा और कहा, ''उस गली में कार नहीं जा पायेगी, सर जी!''

वे दोनों कार से उतर गये तो तीनों लड़के भी उनके पास आ गये और पीछे-पीछे चलने लगे। एक बोला, ''महेश अभी घर में नहीं मिलेगा। वो साइकिल पर अपने बाप को बिठाकर सेलूद गाँव 'मरनी' में गया है। मगर शाम तक आ जायेगा।''

इस जानकारी से वे फिर निराश हुए। इतनी दूर आकर भी उससे मुलाकात न होना दुखद था। मगर अब लौटकर फिर आना मुश्किल था। उन्होंने उस लड़के से पूछा, ''पर उसके घर में कोई तो होगा न?''

''हाँ, उसकी बूढ़ी माई और छोटी बहन तो होगी!...कुछ काम था क्या?''

उन्होंने इसका जवाब नहीं दिया। उन्हीं से पूछा, ''क्या तीन-चार दिन पहले यहाँ के तालाब से सिंघाड़े निकाले गये थे?''

''भकलू गौटिया की डबरी में सिंघाड़े हैं। आये दिन वो सिंघाड़े निकालता रहता है। क्या सिंघाड़े लेने आये हो?''

''अभी फ़िलहाल तो नहीं।...क्या महेश यादव भी सिंघाड़े बेचता था?''

''उस दिन सिर्फ़ एक बार वो गौटिया से सिंघाड़े लेकर बेचने गया था, मगर उसको कुछ फ़ायदा नहीं हुआ। बाद में फिर वह नहीं गया।''

महेश यादव की गली संकरी थी और अब वे तीनों लड़के उनसे ज़रा तेज़ी से चलते हुए, गोया वे महेश के घर के कोई मेहमान हों, जिनके आने की सूचना देने वे उस घर में पहले पहुँच गये। जबकि वह और जंगीराम धीरे-धीरे चल रहे थे। जंगीराम अब तक अपनी उत्सुकता को काबू में रखे था। अब पूछ ही बैठा, ''उस लड़के से क्या काम है सरजी?''

''अरे उसके चालीस रुपये लौटाने थे यार!'' उन्होंने अपने बचाव में अर्द्धसत्य का सहारा लिया। ''और इस इलाके को जिसे मैंने बरसों पहले देखा

था, एक बार और देखने की इच्छा थी। बहुत तरक्की हो गई है इधर तो। सड़क पक्की बन गई है। कुछ तो पक्के मकान भी हैं, पंचायत भवन भी। इधर से भिलाई इस्पात संयंत्र और उसकी चिमनियों को देखने से लगता है, जैसे चित्र में देख रहे हों!''

जंगीराम के चेहरे पर मुस्कान उभरी, ''इतना 'पिचकाट' (झंझट) आप ही कर सकते हो सर जी!''

सामने एक अधकच्चा मकान था। दो लड़के उनकी बाट देखते मकान के बाहर खड़े थे। उन्होंने इन्हें इशारा किया, 'यही है, यही घर है महेश का!' एक लड़का जो उस घर के अंदर जा घुसा था और उसकी आवाज़ बाहर भी सुनाई दे रही थी। वह महेश की बहरी बूढ़ी माई से कह रहा था, ''दाई तोर घर मिहमान आवत हें!''

''हमारे घर कहाँ के मेहमान ददा ? महेश और उसके पिता भी तो नहीं हैं घर में। देख बेटी, कितने लोग हैं, इनके लिए चाय बना दे रे।''

इसके पहले कि महेश के घर के लोग और ज्यादा सोचकर परेशान न होने लग जायें, वह जल्दी से उस घर की देहरी से अंदर चले गये। घर में दिन में भी अंधेरे का आभास हो रहा था। छोटे-छोटे दो कमरे थे, जिनमें खिड़कियाँ ही नहीं बनी थीं। आँगन में एक कोने में अनबुझा लकड़ी का चूल्हा था, जिसकी राख से बहुत थोड़ा-थोड़ा अगरबत्ती के जलने-सा धुआँ निकल रहा था। चूल्हे पर एक देगची चढ़ी थी। अचानक एक कमरे से तेरह-चौदह बरस की एक लड़की प्रकट हुई। उसके दोनों हाथों में पानी भरे छोटे लोटे थे। उसने वो लोटे उनके और जंगीराम के पाँवों के पास रख दिये और झुककर दोनों के पाँव भी छू लिये। यह सब इतना जल्दी और अचानक हुआ कि उन्हें कुछ सूझा ही नहीं। उन्हें दुख हुआ कि इस घर के लोग सच में उन्हें मेहमान मान बैठे थे। वे और भी ज्यादा तिमारदारी में न उतर जायें, इसलिए उन्होंने बूढ़ी माई से कहा, ''हम मेहमान नहीं हैं माताजी! हम तो बस महेश का पता पूछते यहाँ आ गये।''

इतने में एक लड़के ने उनके बैठने के लिए एक खाट बिछा दी। बूढ़ी माई बोल रही थी, ''बइठो ददा, बइठो। बाहिर ले अवइया मिहमान नहीं त का होथे भई! फेर ये गरीबन के घर हे ददा, ऊँच-नीच बर माफ़ी देहु। चाय बन गई क्या बेटी ?''

वह कुछ कहना चाह रहे थे, मगर बूढ़ी माई की बात पूरी ही नहीं हो पा रही थी, ''महेश और ये छोटी लड़की मेरे पोता-पोती हैं, दादा। इनकी माँ तीन साल पहले सरग सिधार गई। भगवान के घर भी अंधेर है। मुझे छोड़, बहू को उठा लिया। बहू के बारे में सोचती हूँ तो कलेजा मुँह में आ जाता है। तीन साल पहले की बात है ददा, बहू दूसरे के खेत में मजूरी कर रही थी। एक साँप न जाने कहाँ से निकला और बहू के पाँव में काट दिया। तुरंत झाड़-फूँक करवाये पर वह ठीक नहीं हुई तो बेटा अस्पताल भी ले गया। पर होनी को कोन टाल सकता है ददा! बिचारी बहू के रास्ते में प्रान निकल गये।''

इतना कहकर बूढ़ी माई रोने लगी और अपनी साड़ी के छोर से आँखों के आँसू पोंछने लगी। विषय बदलने के लिए उन्होंने पूछा, ''महेश के पिताजी कहीं काम करते हैं?'' प्रश्न सुनते ही माई सामान्य हो गई, ''राजमिस्त्री का काम करता था, फिर मकानों के रंगरोगन का काम भी कर डालता था। अब छै महीना से खाली बैठा है। महेश का ऑटोरिक्शा भी खडा है। सारे काम-धंधे बंद है। किसी तरह चावल उबालकर खा रहे हैं। ये कइसन बीमारी आ गई, बाप-जनम में इसका नाम भी नहीं सुना। ये कब जायेगी ददा, आपको कुछ अंदाज़ है?...कहते हैं, सबको टीका लगेगा तब जायेगी! पर सरकार क्या टीका का पैसा लेगी? हमारे घर तो फूटी कौड़ी भी नही है। पता नहीं हम लोग मरेंगे कि बचेंगे!''

''सब ठीक हो जायेगा, माताजी! थोड़ा समय तो लगेगा। फिर सिर्फ़ हमारे देश की बात नहीं है। सब देशों के लोग टीके का इंतज़ार कर रहे हैं। जरूर जल्दी आ जायेगा। तब तक सबको सँभलकर रहना पड़ेगा।'' उन्होंने धीरज बँधाने की कोशिश के साथ सरकार की ओर से आश्वासन भी दे डाला, ''टीका आयेगा तो सबको मुफ्त में सरकार लगायेगी, आखिर यह तो उसकी ज़िम्मेदारी है!''

उनकी बात का कुछ असर हुआ होगा। माई के चेहरे पर थोड़ी संतोष की छाया नज़र आयी। वह बोली, ''आप तो शहर के आदमी लगते हो। काम-धन्धा महेश ल देवा देव महराज, भगवान आपके बाल-बच्चा ल सुखी राखय!''

''अभी तो सबके काम-धन्धे बंद हैं, माताजी। मगर इस साल के आखिर में सबके काम-धन्धे फिर ज़ोर पकड़ेंगे। महेश का भी ऑटो चलने लगेगा। थोड़ा इंतज़ार तो सबको करना पड़ेगा।''

''धीरज के दम-भरोसा में अब तक जी रहे हैं ददा। पर ये धीरज भी कितने दिन टिका रहेगा, कह नहीं सकते।...और छिमा करना ददा, मैं पगली आपसे पूछ भी नहीं पायी कि आप किसलिये महेश को पूछते आये थे?''

इसी समय महेश की बहन तीन कपों में बिना दूध की चाय बना लायी। बूढ़ी माई के लगातार बोलने के कारण वह चाय के लिए मना करने से चूक गये थे और अब मना करना उस गरीब परिवार का अपमान होता। जंगीराम के मन में चाय पीने की इच्छा रही होगी, तभी वह जानकर भी चुप बना रहा। वैसे उसने अपनी तरफ़ से इस बीच वार्तालाप में हिस्सा भी नहीं लिया था, जो स्वाभाविक नहीं था, मगर उसका चुप रहना उन्हें अच्छा ही लगा था। कई बार वह अपने प्रश्नों से परेशानी में भी डाल देता था।

महेश की बहन ने चाय के कप उनके हाथों में थमा दिये और बूढ़ी माई, जो ज़मीन पर बैठी थी, उसकी चाय का कप ज़मीन पर रख दिया। चाय मिलते ही जंगीराम ने चाय की गरमागरम चुस्की ली, मगर उन्होंने थोड़ा रुककर चाय को मुँह से लगाया। चीनी की कमी और चायपत्ती की अधिकता से चाय कड़वी लगी, बावजूद उन्होंने धीरे-धीरे पूरी चाय पी ली, फिर बूढ़ी माई से कहा, ''माताजी, मैं घर में बंद रहते बोर हो गया था, इसलिए इधर का इलाका देखने निकल आया। महेश से मैंने सिंघाड़े खरीदे थे। उसके रुपये भी मैं चिल्लर न होने के कारण नहीं दे पाया था। सोचा इसी बहाने दे आऊँगा।''

''कतेक रुपिया हे ददा?'' बूढ़ी आँखों में उत्सुकता की चमक खिल गई। वे ठिठके। उन्होंने चालीस रुपये अलग निकालकर मनीबैग के एक हिस्से में रख छोड़े थे, मगर अब उस हिस्से में उँगली डालने में उन्हें संकोच हुआ। उन्होंने मनीबैग खोलकर ज़रा-सा देखा। उसके दूसरे हिस्से में दो सौ और एक सौ रुपये के कुछ नोट रखे थे। घर से वे आठ सौ चालीस रुपये लेकर चले थे। तीन सौ पेट्रोल में चले गये थे। उन्होंने दो सौ का एक नोट निकालकर माई की हथेली में रख दिया। कहा, ''महेश को दे दीजियेगा।''

माई ने ललचायी आँखों से नोट को देखा। बोली, ''या ददा, अतिना रुपया उधार था और महेश ने ज़रा भी नहीं बताया। आप अतिना दूर से उधारी लौटाने आये हैं, भगवान आपका भला करे!''

उन्होंने जंगीराम को उठ चलने का इशारा किया, जो चकित-सा उन्हें घूर

रहा था। वह खुद माई से हाथ जोड़ बिदा ले आगे-आगे, जल्दी-जल्दी कार की ओर बढ़ रहे थे। जंगीराम कुछ पूछने की गरज से उनके करीब आने की कोशिश कर रहा था। वे तीनों लड़के भी अब उनके पीछे-पीछे आ रहे थे। वह नहीं चाहते थे कि कोई और भी उनकी बातों को सुने।

जब वे दोनों कार में बैठ गये और कार चलने लगी तो जंगीराम ने आखिर पूछ ही लिया, ''सर जी, आपने तो चालीस रुपये कहा था और यहाँ आप दो सौ रुपये दे गये?''

उन्होंने अपनी झुँझलाहट छुपाते और सहज बन आश्चर्य प्रकट करते हुए कहा, ''नहीं, मैंने दो सौ चालीस कहा था, यार! तुम शायद सिर्फ़ चालीस ही सुन पाये लगता है!''

''ओह, तब तो आपने चालीस रुपये बचा लिए, सर जी!'' जंगीराम ख़ुश हो गया।

''महेश होता तो मैं पूरे दे भी देता। अब उसके घरवालों को क्या पता कि कितने बकाया थे?''

''आप तो बड़े होशियार हैं सर जी!''

''अब इसमें होशियारी क्या है भई, उसकी खोज में आधा दिन गया। पेट्रोल डलवाया अलग। फिर अभी तुम्हें भी तो तीन सौ रुपये देने हैं जंगीराम!''

स्कूटर

आज सुबह स्कूटर चालू करते मुझे पसीना आ गया। किक्-पर-किक् मारीं, वह चालू होने का नाम ही न ले। तभी प्रकाश आया। उसने मुझसे स्कूटर ले लिया। स्कूटर का प्लग खोला, प्लग में कार्बन आ गया था। उसने प्लग की सफ़ाई की। प्लग वापस लगाने के बाद बोला, ''पापा, अब चालू करके देखिए।''

मैंने फिर किक् मारी। स्कूटर एक ही बार में चालू हो गया। स्कूटर की आवाज़ के बीच में प्रकाश ने कहा, ''पापा, हफ़्ते में एक बार प्लग साफ़ कर लिया करें, वरना स्कूटर कहीं पर भी बंद हो जायेगा तो परेशानी होगी। वैसे भी यह बहुत पुराना हो गया है।

मुझे बाज़ार जाना था। स्कूटर पर गया। प्रकाश की बात ध्यान में थी। दो घंटे बाद लौटा। प्रकाश घर में मिल गया। मैंने उससे कहा, ''प्रकाश, इसे गैरेज में लगा दो। इसका स्टैंड ढीला हो गया है। स्प्रिंग टूट गई शायद। सँभाल कर खड़ा करना।''

प्रकाश गैरेज में स्कूटर खड़ा कर लौटा। आते ही ज़िद करते हुए बोला, ''पापा, अब स्कूटर का ज़माना नहीं रहा। बाइक ले लीजिए। चलाने में भी आराम है। शान की सवारी है। माइलेज भी अच्छा है।''

बाहर बहुत गर्मी थी। आते ही मैंने ठंडा पानी पिया। पंखे के नीचे बैठ गया। प्रकाश को समझाते हुए बोला, ''तुमने अभी बारहवीं बोर्ड की परीक्षा दी है। कॉलेज पहुँचकर फ़ाइनल में जाओगे तो फिर लेंगे।''

''मतलब तीन साल बाद!'' प्रकाश ने आह भरते हुए कहा। ''नहीं पापा, यह तो अति है। आप तो देख ही रहे हैं ना, सड़कों पर दस दोपहिया वाहनों के बीच में सात बाइक होती हैं! अब नई बाइक ले ही लीजिए। स्कूटर का ज़माना गया, पापा!''

''देखो बेटा प्रकाश!'' मैंने फिर समझाते हुए कहा, ''मिडिल स्कूल की सरकारी मास्टरी की तनख़्वाह से हमें ऊँचे ख़्वाब नहीं देखने चाहिए। अभी पिंकी की शादी सामने है। उसमें रुपये लगेंगे।...फिर कौन-सा हमको देशभ्रमण को निकलना है। स्कूटर से काम तो चल ही रहा है।''

''क्या खाक काम चल रहा है!'' प्रकाश ने चिढ़ते हुए कहा, ''किक्-पर-किक् मारो। बार-बार झुकाओ। तब कहीं ले-देकर चालू होता है। उस पर स्पीड नहीं ज्यादा। हैडलाइट में रोशनी भी कम। एकदम खटारा हो गया है। इसे तो अब बेच ही दीजिए!''

''नहीं, बेचेंगे तो नहीं बेटे!'' मैंने अंतिम निर्णय सुनाते हुए कहा और बैठक से उठकर अपने कमरे में चला गया। न चाह कर भी मेरी वाणी में कठोरता आ गई थी।

उषा किचन से यह वार्तालाप सुन रही थी। प्रकाश की ज़िद उसे भी बुरी लगी। वह प्रकाश के पास आयी और बोली, ''प्रकाश, तू ऐसा कर, स्कूटर ले जा। बेच दे कहीं और नई बाइक ले आ!''

''स्कूटर बेचने से दो-तीन हज़ार से ज्यादा नहीं मिलेंगे, मम्मी!'' प्रकाश बोला, ''और बाइक खरीदने में लगेंगे कम-से-कम पैंतालीस हज़ार रुपये! बाकी के रुपये कहाँ से आयेंगे?''

''ये तू जान! तुझे बाइक लेनी है, ले ले। अपना स्कूटर हम तुझे दे रहे हैं, आगे तुझे जो करना है कर!''

प्रकाश की दाल उषा ने भी गलने न दी। आज संयोग से बाइक की बात चली थी। प्रकाश इस मौके पर मन से पूरी कोशिश कर लेना चाहता था। उसने अपनी बड़ी बहन का सहारा आज़मा लेना चाहा।

पिंकी को साथ लेकर वह मेरे कमरे में आया। उसे उम्मीद थी कि पिंकी अपनी तरफ़ से उसका साथ देगी, मुझ पर दबाव डालेगी। मगर पिंकी भी समझदार थी। दो माह बाद उसकी शादी थी। उसे संतुलन बनाये रखना खूब आता था। प्रकाश के साथ मेरे पास आकर उसने प्रकाश को यह संदेश दिया कि वह उसके प्रस्ताव का समर्थन करती है, मगर मेरे कमरे में आकर वह चुप बैठ गई, प्रकाश के पक्ष में मुँह नहीं खोला, मगर मुझसे नज़र मिलते ही मुस्करा दी, जैसे कह रही हो, ''पापा, प्रकाश अभी छोटा है, नहीं समझता। आपको जो

करना हो वही कीजिए!''

मैं प्रकाश की ज़िद को तूल नहीं देना चाहता था। मैं उन दोनों से बिना बात किये छत पर निकल आया। टहलने लगा। अंधेरा घिरने लगा था। दूर शहर की सड़कों पर स्ट्रीट लाइट भी जल उठी थीं।

मुझे प्रकाश की बाइक की माँग से ज़्यादा स्कूटर को बेचने की उसकी बात ने चोट पहुँचायी थी। पिछले बीस सालों से वह हमारे पास था। घर के एक सदस्य की तरह उसका अस्तित्व बन गया था। खास कर मैं और उषा इसे महसूस करते थे। उसे बड़ी सँभाल के साथ हमने रखा था। ज़रूरत पर उसकी अनेक बार मरम्मत भी हुई, उसे काम के लायक ठीक बनाया गया। अब इतने बरस हो गये तो उससे उसकी पुरानी गति की आशा तो नहीं करनी चाहिए। आदमी भी बुजुर्ग होकर पुराना हो जाता है। उसे तो कोई नहीं बेचता, घर से निकाल नहीं देता। उसकी कमज़ोरियों को भी नज़रअंदाज़ कर दिया जाने लगता है। उस पर ध्यान भी अधिक देने लगते हैं, उसकी अधिक सेवा करते हैं।...और यह सब इसलिए भी कि जब वह स्वस्थ था तो उससे कितना, कितना ज़्यादा हमने पाया था। और वह जो नहीं होता तो, न जाने हमारा अस्तित्व क्या और कैसा होता!

~

मेरी पोस्ट ग्रेजुएशन तक की पढ़ाई गाँव से शहर तक पैदल और साइकिल पर ही पूरी हुई। जब मुझे मिडिल स्कूल में सहायक शिक्षक की सरकारी नौकरी मिली तो मैंने पहले दो साल की कमाई में कहीं अनावश्यक खर्च नहीं किया, ताकि स्कूटर ले सकूँ। मगर दो साल के अंत में भी स्कूटर के लिए रुपये कम पड़ गये थे। पिताजी ने, जो दो एकड़ ज़मीन वाले साधारण किसान थे, मेरी समस्या हल कर दी थी। उन्होंने मुझसे कहा, ''हरीश तू स्कूटर ले आ। जो रुपये कम पड़ते हैं, मुझसे ले लेना।'' मैंने पिताजी से रुपये लिये, मगर यह कहकर लिए कि अगले बरसों में मैं इन्हें चुका दूँगा। ये उधार रहे। और मैंने चुका भी दिए। यह इसलिए नहीं कि पिताजी के रुपयों पर मेरा हक नहीं था, बल्कि मैं जाने क्यों स्कूटर पर अपना पूरा हक महसूस करना चाहता था। किसी की सहायता मुझे नहीं लेनी थी, पिताजी की भी नहीं। हालाँकि, पिताजी के बिना मेरा अस्तित्व

नहीं था।...उस वक्त स्कूटर के लिए भी पूर्व बुकिंग करनी पड़ती थी। आजकल के समान आसानी से शोरूम से उसे उठाया नहीं जा सकता था। तब उसका उत्पादन माँग के अनुपात में नहीं हो पाता था।...उस स्कूटर के साथ मेरी कुछ भावनाएँ भी जुड़ी थीं। वह मेरी कमाई की पहली बड़ी खरीद थी।

यह वह समय था, जब कोई भी दोपहिया वाहन घर पर होना बड़ी शान की बात समझी जाती थी। मेरे गाँव के मुखिया के घर एक पुरानी राजदूत बाइक के अलावा गाँव भर में किसी के पास दूसरा दोपहिया वाहन नहीं था। गाँव के बच्चे और बुजुर्ग भी मेरे स्कूटर को छूकर देखने और उस पर एक बार बैठने की ललक पाले रहते थे। मेरे पिताजी अक्सर खाली समय में बड़े मनोयोग से उसकी सफ़ाई कर दिया करते थे। ज़रा-सी मिट्टी या दाग लग जाने पर वह तुरंत उसे साफ़ करने लग जाते।

मेरी नियुक्ति भिलाईनगर के एक सरकारी स्कूल में हो गई थी। कुछ समय मैं गाँव से ही स्कूल आया करता था। बाद में मेरे बड़े भाई के परिवार के साथ आकर रहने लगा। बड़े भाई लोहे के कारखाने में कर्मचारी थे और शहर में ही रहते थे। बाद में मैंने भाई के घर के आस-पास ही किराये का घर ले लिया था। भाई के मकान से लगा हुआ, उषा का मकान था। उसके पिताजी भी भाई की तरह लोहे के कारखाने में कर्मचारी थे। दोनों की ड्यूटी की शिफ़्टें बदलती रहती थीं। दोनों के पास स्कूटी थी। वे स्कूटी से ही ड्यूटी जाते थे। एक ही शिफ़्ट होने पर एक ही गाड़ी में साथ-साथ जाते थे, पेट्रोल बचाने की गरज से।

एक दिन भाई की ड्यूटी सेकण्ड शिफ्ट में थी और वे ड्यूटी पर गये हुए थे। रात को उषा के पिताजी की ड्यूटी थी, नाइट शिफ़्ट में। रात में साढ़े नौ बजे ड्यूटी पर निकलते समय पता चला कि उनकी स्कूटी पक्चर है। अब रात को कहाँ बनायें। आधे घंटे में कारखाने के अंदर भी होना था। मेरे पास स्कूटर था तो वे मेरे पास आये, निवेदन किया। मैंने सहर्ष स्कूटर से उन्हें कारखाने के गेट पर पहुँचाया और सुबह उन्हें लेने भी चला गया। वे प्रसन्न हो गये। उस दिन से मेरा उषा के घर आना-जाना बढ़ गया था। उषा कॉलेज में अंतिम वर्ष में थी। उसकी परीक्षा के समय मैं ही उसे स्कूटर से कॉलेज छोड़ने और लाने जाने लगा। इस मेल-मुलाकात में हमने एक-दूसरे को पसंद कर लिया था। हमारी शादी में कोई खास अड़चन नहीं आयी। इसी स्कूटर से मैंने और उषा ने छत्तीसगढ़ के

सभी पर्यटन-स्थलों का बड़ा मज़ा उठाया। उस भ्रमण की सारी तस्वीरें उषा ने सहेजकर आज भी कहीं धरी हुई हैं। उन तस्वीरों में मैं हूँ, उषा है, भ्रमण-स्थल हैं, और है हमारा क्रीम कलर का प्यारा स्कूटर!

शादी के बाद मेरे, मेरे बड़े भाई और उषा के परिवार के लिए यह स्कूटर एक वरदान की तरह बहुत उपयोगी रहा।

~

मुझे याद है, चार वर्षों पहले उषा की सबसे छोटी बहन की शादी का निमंत्रण बाँटने मुझे मानपुर जाना पड़ा था। मानपुर तो घोर जंगली इलाका है। बस्तर-बीजापुर के नक्सली इलाकों-सा। मैंने एक मित्र को साथ लिया। उसे स्कूटर से लम्बी यात्रा का शौक और अनुभव था। लौटते समय जंगल में ही रात हो गई। मैं धीरे-धीरे स्कूटर चला रहा था। मित्र को यह अच्छा नहीं लगा। नक्सलियों का उसे ज्यादा डर था। चारों तरफ़ घनघोर अंधेरा और सन्नाटा। दैत्यों की तरह खड़े बड़े-बड़े पेड़। पुकारने पर कोई मदद को आनेवाला नहीं था। मित्र ने मुझसे स्कूटर ले लिया और साठ-पैंसठ की स्पीड से तेज़ चलाने लगा।

अचानक तीन बंदूकधारी नक्सली रास्ता रोके खड़े मिले। स्कूटर रोकना ही था। वे गोली मार देते। मित्र ने झटके से गाड़ी रोकी। हम दोनों स्कूटर सहित गिर पड़े। मित्र के पैर में चोट आयी। स्कूटर का दायाँ हिस्सा रेतीली ज़मीन की रगड़ खा गया था। नक्सलियों ने हमें घेर लिया। मित्र गिड़गिड़ाने लगा, ''हमें छोड़ दो, हमें जाने दो।'' मगर थोड़ा साहस कर मैंने उनसे बात की। शादी के कुछ अवितरित निमंत्रण कार्ड दिखाकर मैंने उन्हें बताया कि शादी का निमंत्रण देने हम लोग मानपुर गये थे। मजबूर थे, लौटने में रात हो गई। यह भी बताया कि मैं शिक्षक हूँ। मेरे शिक्षक होने की बात पर वे आपस में कुछ बुदबुदाये। फिर एक ने कहा, ''मास्टर जी, हमारा एक छोटा-सा काम करना है आपको। हमारा एक साथी बीमार पड़ा है। पीछे से हमें कुछ दवा लानी है, जो पन्द्रह किलोमीटर दूर है। आपके साथ हमारा एक साथी जायेगा। तब तक आपका यह साथी हमारे साथ यहीं रहेगा।''

हम कर ही क्या सकते थे। मानपुर से निकलने में देर होते देख मित्र ने पहले ही मुझे चेताया था कि नक्सली मिल गये तो फिर जान की खैर नहीं। दूर

से ही शूट कर देंगे।...अब नक्सली तो मिल ही गये थे और उन्हें दूर से शूट करने की ज़रूरत भी नहीं थी। हम दोनों उनके कब्ज़े में थे।...अगर अब उनका काम हमारे द्वारा पूरा न हो सका तो निश्चित ही हम पर उनका क्रोध बरसेगा।

मैं इसी स्कूटर पर एक नक्सली को लेकर चल पड़ा। मुझे रास्ते भर डर सताये जा रहा था। गनीमत थी कि स्कूटर चालू हालत में था, बस उसका एक इन्डिकेटर टूट गया था। पेट्रोल के लीक होने का भी अंदेशा था, मगर ऐसा नहीं हुआ था। मैंने भगवान का धन्यवाद किया। घने जंगलों के बीच टेढ़े-मेढ़े रास्ते से होते हुए हम एक गाँव में पहुँचे। छोटा-सा कोई गाँव था वह, अंधेरे में डूबा हुआ। किसी-किसी घर में ही लालटेन या दीये की मध्यम रोशनी दिख पड़ती थी। गाँव से अलग-थलग एक घर के सामने हमारा स्कूटर रुका। नक्सली ने कोई नाम पुकारा। घर का दरवाज़ा खुला। नक्सली अंदर गया। थोड़ी देर बाद एक छोटी-सी पोटली लेकर वह वापस स्कूटर पर बैठ गया।

हम वापस उस स्थान पर पहुँचे तो सभी नक्सलियों ने हमारा धन्यवाद किया। मित्र के एक पैर पर चोट वाली जगह पर नक्सलियों ने कोई पट्टी बाँध दी थी। उन्होंने मित्र को स्कूटर की पिछली सीट पर बैठने में मदद भी की। मित्र के मन का डर निकल गया था। आगे का रास्ता हमने आसानी से पार कर लिया था।

स्कूटर के साथ मेरे जीवन के इतने प्रसंग जुड़े हैं कि कभी कोई, कभी कोई याद आने लगा। इनमें कोई क्रमबद्धता भी नहीं थी।

∽

छत पर टहलता हुआ मैं स्कूटर से जुड़ी अनेक यादों की जुगाली कर रहा था।... प्रकाश गर्भ में था। रात लगभग दस बजे अचानक उषा को दर्द उठा था। इसी स्कूटर पर उषा को बिठाकर मैं नर्सिंग होम पहुँचा था। देर रात कोई और वाहन तब मिलने से रहा। टेलीफ़ोन की आज जैसी तब व्यवस्था नहीं थी कि आड़े वक्त किसी को बुला पाता। प्रकाश पाँचवीं क्लास तक तो स्कूटर की सीट के सामने की जगह पर खड़ा होकर और उषा पिंकी को लेकर पीछे की सीट पर बैठकर एक साथ कहीं आते-जाते थे। मेरे कुनबे का पूरा भार लेकर यह स्कूटर न जाने कहाँ-कहाँ से हो आया था। कोई बड़ी दुर्घटना भी उससे नहीं हुई थी। उसने हमारी जितनी सेवा की है, उससे उसकी कीमत तो कब की वसूल हो चुकी है। उसे औने-पौने में बेचकर, उसकी फिर कीमत वसूलना और उससे

छुट्टी पा लेने के विचार से दिल कचोटता है।...ठीक है किसी दिन बाइक भी लेनी होगी, मगर स्कूटर को बेचेंगे नहीं। किसी ज़रूरतमंद रिश्तेदार को दे देंगे। वह भी ख़ुश होगा। सही देख-रेख करेगा। हमारे मन को तसल्ली रहेगी कि कबाड़ में किसी कसाई के हाथों हमने उसका सौदा नहीं किया!

~

रात के आठ बज रहे थे। पिंकी छत पर आई, बोली, ''पापा, अब बहुत हुआ। इतना टेंशन मत लीजिए। प्रकाश अभी छोटा है, ज़िद कर बैठा। माफ़ कर दीजिए।...भोजन का समय हो गया है। मम्मी आपका इंतज़ार कर रही हैं, चलिए।''

मैं पिंकी के साथ नीचे उतरा। प्रकाश खाने की मेज़ के पास पहले से बैठा था। मुझे देखते ही बोल पड़ा, ''पापाजी, मुझे क्षमा कर दो। मुझे नहीं मालूम था कि आप और मम्मी को स्कूटर से इतना लगाव है। मम्मी ने मुझे अभी बताया।... लो मैं कान पकड़ता हूँ। अब कभी स्कूटर को बेचने की बात नहीं करूँगा।''

प्रकाश ने सच में दोनों कान पकड़ लिए थे। मैं नाराज़ तो था, मगर जानता था कि सिर्फ़ प्रकाश की बात ही उसका कारण नहीं थी। हमारी आर्थिक तंगी भी उसका एक कारण थी, वरना मैं प्रकाश की इच्छा भी बहुत पहले पूरी कर देता। बढ़ते हुए पेट्रोल के दामों के चलते भी बाइक एक ज़रूरत बन गई थी। उसका एवरेज अच्छा था। उसे चलाने में शरीर को आराम भी था। आजकल युवाओं की वह खास पसंद बन गई थी। अगर प्रकाश में ऐसी ललक जाग गई तो बुरा क्या है?

मैंने प्रकाश के बालों में एक हाथ फेरा। वह समझ गया कि मैं अब उससे नाराज़ नहीं हूँ। वह मुझसे लिपट कर बोला कि असल में पापा, अपने कुछ अमीर दोस्तों के घर पर बाइक देखकर मुझे भी इच्छा हो गई। मगर फिर सोचा तो जाना कि उनके पिताजी बड़े अधिकारी हैं या कोई बड़े व्यवसायी या उनके घर में एक से अधिक लोग सर्विस करते हैं। हमको उनसे तुलना नहीं करनी चाहिए।...मैं जब और बड़ा हो जाऊँगा, सर्विस करूँगा तब आपकी तरह अपनी कमाई से बाइक लूँगा!

शहर में अपना मकान बनाने के लिए मैंने बैंक से कर्ज़ ले रखा था, जो मेरी तंगी का एक और कारण था। मगर अब सम्पत्ति बन गई थी और रिटायरमेंट

के साल के साथ ही उसकी आखिरी किश्त खत्म हो जानी थी। मेरी तंगी में पले-बढ़े मेरे दोनों बच्चों की समझदारी पर मुझे गर्व था। हमेशा थोड़े बहुत विचलन के बाद वे अपनी जगह लौट आते थे। परेशानियाँ स्वयं हल कर लेते थे।...'लेकिन मुझे भी उनके लिए कुछ और करना चाहिए।' सोचकर मैंने कहा, ''बेटा, मैं कोशिश करूँगा कि पिंकी की शादी के बाद जैसे भी, जहाँ से भी और लोन की गुंजाइश होगी तो तुम्हारे लिए एक बाइक ले ही दूँगा।''

~

पिंकी की शादी इसी शहर में मेरे पूर्व परिचित शिक्षक साथी देवीशरण के लड़के से तय हो गई थी। लड़का कपिल एक प्राइवेट कम्पनी में इसी वर्ष सर्विस में लगा था। अभी साल भर अस्थायी ही था, मगर वह होशियार लड़का है, पूरी उम्मीद है कि अगले साल उसकी नौकरी स्थायी हो जायेगी। इकलौती बेटी को अपनी नज़रों से दूर दूसरे शहर में ब्याहने का मन नहीं था और जब देवीशरण ने खुद बात चलायी तो मैंने 'हाँ' कर दी थी। तीन माह पहले ही सगाई हो चुकी थी और एक महीने के बाद शादी थी।

शादी के नाम पर मैंने अपनी भविष्यनिधि से एक लाख रुपये निकाले थे। थोड़ी-बहुत इधर-उधर की बचतों से पचास हज़ार की और व्यवस्था थी। इसमें से सगाई में बीस हज़ार खर्च हो गये थे। शादी की तैयारी और ज़रूरी सामानों की खरीद में पचास हज़ार और उठ गये थे। देवीशरण के साथ मैंने तय किया था कि शादी सीधी-सादी ही होगी। देवीशरण से मैंने यह भी पूछ लिया था कि उनकी कोई दहेज की माँग तो नहीं है। उन्होंने इनकार किया था। मुझसे उम्र में दो साल बड़े होने के कारण दो गालियाँ भी दी थीं, कि मैं उन्हें लज्जित कर रहा हूँ। मैंने फिर भी पचास हज़ार अलग रख छोड़े थे। कपिल से भी मैंने एक मुलाक़ात में यही बात पूछ ली थी। उसने भी पिता की तरह साफ़ इनकार कर दिया था। मुझे अपने होने वाले दामाद पर गर्व हुआ। आज के ज़माने में ऐसे लड़कों का मिलना कितना मुश्किल होता है।

उस घटना के दो दिनों बाद पिंकी ने मुझसे अकेले में कहा, ''पापा, जब वे लोग अपने मुँह से कुछ माँग नहीं रहे हैं तो आपको भी कुछ देने की ज़रूरत नहीं है। मेरी शादी के लिए आपने अब तक जो खर्चा किया है, काफ़ी है। मुझे भी

अलग से कुछ नहीं चाहिए। शादी के ज़रूरी खर्चों को छोड़कर यदि कुछ रकम बच रही हो तो प्रकाश के लिए एक बाइक ले ही दीजिए।''...कुछ रुककर वह फिर चिंतातुर स्वर में बोली, ''मुझे मालूम है पापा, मेरी शादी के नाम पर आपने अपनी बचत के साथ, भविष्यनिधि से भी रुपये निकाले हैं। शादी के तीन साल बाद आपका रिटायरमेंट है। इन तीन सालों में आप प्रकाश की बाइक के लिए रुपये जोड़ भी नहीं पायेंगे। प्लीज़ पापा, जो करना है, अभी ही कर लीजिए!''

पिंकी ने मुझे बड़ी चिंता से उबार लिया। मैंने कहा था न, मुझे अपने बच्चों पर झूठा गर्व नहीं है, वे हैं ही इसी लायक। मैंने अपनी रिश्तेदारी में कुछ परिवारों में देखा है कि लड़के वाले तो दूर, ब्याही जाने वाली लड़कियाँ ही आगे बढ़कर अपने माता-पिता को दहेज में क्या-क्या और सामान दिया जाये, इसकी लिस्ट थमा देती रहीं। माता-पिता की आर्थिक स्थिति और शादी के बाद उस परिवार के बाकी लोगों की चिंता उन्हें बिलकुल नहीं रही।

मैंने पिंकी से कहा, ''बिटिया, तुम ठीक कहती हो। अच्छ ऐसा कर, प्रकाश को बताये बिना यह जान लो कि उसे किस कंपनी की और किस मॉडल की बाइक पसंद है। हम दोनों चलेंगे और बाइक ले आयेंगे।''

पिंकी ने उसी दिन प्रकाश से इधर-उधर की बातों के बीच पता लगा लिया कि उसकी पसंद क्या है। दूसरे दिन दोपहर को मैं और पिंकी स्कूटर से बाज़ार जाने के नाम पर निकले और बाइक के डीलर से बात की। गाड़ी बीमा, रोड टैक्स सहित सारे खर्चों को जोड़कर छियालीस हज़ार की पड़ रही थी। हमने वह सौदा मंजूर कर लिया। रुपये दिये और डीलर से कहा, ''गाड़ी हमारे पते पर अपने किसी कर्मचारी के माध्यम से भिजवा दीजिए!''

मैं और पिंकी स्कूटर से लौट आये। उषा को हमारी गतिविधि की जानकारी थी। शाम का समय था, अंधेरा घिरने लगा था। उषा ने पूजा की थाल सजाकर एक ओर रखी और प्रकाश को पुकारा, ''प्रकाश इधर आ। मार्केट से एक नारियल और एक किलो मिठाई ले आ।''

प्रकाश घर के सामने की कच्ची सड़क पर खड़ा अपने दो दोस्तों के साथ बातें कर रहा था। उसके दोस्त अभी-अभी ही साइकिल पर आये थे। प्रकाश ने कहा, ''मम्मी अब रात हो रही है। अभी मिठाई और नारियल का क्या करोगी? क्या आज कोई पूजा है!''

उषा ने ऊँचे स्वर में कहा, ''हाँ पूजा है, तुझे क्या। तू जा और ले आ।''

''मम्मी मेरे दोस्त आये हैं। इनसे थोड़ा डिस्कस करना है। मैं थोड़ी देर बाद या कल सुबह ला दूँगा तो नहीं चलेगा ?''

''नहीं, अभी जा और ले आ। अपने दोस्तों को अंदर भेज मैं उनके लिए शर्बत बना रही हूँ।''

प्रकाश ने दोस्तों को उषा के हवाले किया और अपनी साइकिल निकाल कर चला गया। पन्द्रह मिनट में लौट भी आया। अभी वह अपनी साइकिल घर के आँगन में ला ही रहा था कि पता पूछते हुए डीलर के दो कर्मचारी दो बाइक पर आ पहुँचे। प्रकाश से ही पूछा, ''हरीशचन्द्र वर्मा का घर क्या यही है ?''

प्रकाश ने समझा, मुझसे मिलने, किसी काम से ये लोग आये हैं। उनसे कहा, ''एक मिनट, मैं पापाजी को बुलवाता हूँ।''

प्रकाश अंदर आया। उषा के हाथों में मिठाई देकर मुझसे बोला, ''पापाजी, दो लोग आपसे मिलने आये हैं।'' फिर वह अपने दोस्तों के पास घर के बैठक खाने में बैठ गया। उसके दोस्त शर्बत खत्म कर अब उसकी ही प्रतीक्षा कर रहे थे।

मैंने बाहर आकर उन कर्मचारियों से गाड़ी सड़क किनारे ही खड़ी करवा दी। उनकी पावती के कागज़ों पर हस्ताक्षर कर दिये। वे दोनों हमारी नई बाइक छोड़कर, अपनी बाइक पर एक साथ सवार होकर चले गये। डीलर से ज़रूरी कागज़ात मैं ले ही आया था।

इतने में उषा थाल में दीया जलाकर बाहर आयी। उसके साथ ही पिंकी नारियल और मिठाई की थाल लेकर निकली। आते-आते पिंकी ने प्रकाश से कहा, ''अब डिस्कस थोड़ी देर बाद में कर लेना।...चल अपने दोस्तों के साथ बाहर आ।''

प्रकाश अनमने ढंग से दोस्तों के साथ बाहर आते बोला, ''मम्मी की ये मौसम-बे मौसम पूजा समझ में नहीं आती।...अरे, वे लोग जो पापा से मिलने आये थे, कहाँ चले गये ?''

हम सब आँगन में खड़े थे। प्रकाश के साथ उसके दोस्त भी आँगन में आ खड़े हुए। बाहर सड़क पर अंधेरा था। मैंने प्रकाश से कहा, ''बेटा, आज की पूजा तो तुम्हारे ही हाथों से सम्पन्न होगी!''

''मेरे हाथों से ? क्यों ?''

''तुम्हारी बाइक जो आ गई है!''

''मेरी बाइक ? मेरी मोटरसाइकिल... ?''

प्रकाश आँगन के बाहर सड़क की ओर लपका। एक पल वह खड़ी बाइक को गौर से देखता रहा। उसे अपनी आँखों पर विश्वास नहीं हो रहा था। उसने झिझकते हुए उसे छुआ। फिर धड़कते दिल से वापस आकर मुझसे बोला, ''पापाजी, आप मज़ाक तो नहीं कर रहे हैं ? सच कहिए, किसकी बाइक है ?''

''बेटा, तेरी है तेरी !'' मैंने कहा, ''तेरी मम्मी ने ये आरती बे मौसम तो नहीं सजा रखी है !...जा, बाइक को आँगन में ले आ। ये रख उसकी चाबी !''

''हुर्रे...हुर्रे... !'' प्रकाश उछल पड़ा। मुझसे लिपट गया, ''पापा, मम्मी यू आर द ग्रेट !''

बाइक की ओर फिर भागते हुए उसने पिंकी की चोटी को झटक दिया। उसके पीछे उसके दोस्त भी लपके। प्रकाश बाइक की सीट पर जा बैठा। हैंडल पर हाथ रख उसे इधर-उधर करने लगा, फिर उतरा। दोस्तों से बोला, ''यार धक्का लगाओ। अंदर आँगन में ले चलते हैं। अभी तो मुझे चलाना भी नहीं आता !''

एक दिन में सीख जाओगे ! उसके दोस्तों ने कहा, ''प्रकाश यू आर सो लक्की ! बहुत शानदार बाइक है यार ! हमें भी कभी-कभी बिठाल लेना ।...कॉन्ग्रेच्यूलेशन !''

गाड़ी आँगन में खड़ी कर दी गई। उषा ने पूजा की। पिंकी ने बाइक के माथे पर सिंदूर लगाया। प्रकाश ने नारियल फोड़ा। उसने सभी को अपने हाथों से मिठाई और नारियल खिलाया।

रात भर प्रकाश ख़ुशी में सो नहीं पाया। देर रात तक वह अपनी बाइक के संबंध में ही बात करता रहा...''मुझे खरीदारी में साथ क्यों नहीं ले गये ? खैर, मैं जाता तो भी इसे ही खरीदता। मगर मुझे बताया क्यों नहीं ? पिंकी दीदी की शादी के बाद भी ले सकते थे। मैंने अपनी ज़िद तो छोड़ ही दी थी। खैर, ले ही लिया तो ठीक ही है। मगर अब इसको रखने की प्रॉब्लम आयेगी। हमारा गैरेज छोटा है। स्कूटर और साइकिल के बाद इसके लिए जगह कम ही बचेगी ! ऐसा करेंगे, हम बाइक को परछी में चढ़ा लेंगे ।...मगर नहीं, घर के अंदर आने-जाने में परेशानी होगी। मम्मी, आप क्या कहती हो ? कहाँ रखेंगे बाइक को ? पापाजी, आप ही बतलाइये ?...हाँ, यह ठीक कहा आपने। आम के पेड़ के नीचे स्कूटर

को बरसाती में ढँक कर रखेंगे,...बेचेंगे नहीं। ज्यादा हुआ तो किसी जरूरतमंद रिश्तेदार को दे देंगे। वह भी क्या याद करेगा।...और पापा, मम्मी...मैं सच कहता हूँ, मैं अब भी विश्वास नहीं कर पा रहा हूँ कि हमारे पास बाइक आ गई है! आप दोनों कितना प्यार करते हैं मुझे। और ये दीदी भी कितनी शैतान है, कल घुमा-फिरा कर मेरी पसंद पूछती रही, मगर जरा भी मुझे शक नहीं होने दिया।...जरूर इसी ने पापा को बाध्य किया होगा!...दीदी तेरी शादी हो जायेगी तो मैं किसके साथ झगड़ूँगा? चलो अच्छा हुआ जो तेरी शादी इसी शहर में हो रही है। मैं बाइक से बार-बार तेरी ससुराल आ जाया करूँगा झगड़ने!''

≈

पिंकी की शादी को पन्द्रह दिन शेष थे। अपने तई मैं और मेरा परिवार शादी की तैयारी में लगा हुआ था। मेरे बड़े भाई का परिवार और उषा की छोटी बहनें अपने बच्चों के साथ मदद के लिए आई हुई थीं। घर में अच्छी-खासी चहल-पहल हो गई थी। रिश्तेदारों के आ जाने से ही शादी में जान आ जाती है। सभी के लिए कुछ-न-कुछ काम निकल आता है। सभी अपनी क्षमता से मददगार बनते हैं।

आज अचानक देवीशरण अपने बेटे यानी कपिल के साथ आ पहुँचे। वे दोनों शहर के इस छोर में अपने परिचितों को स्कूटर से घूम-घूम कर शादी का निमंत्रण बाँट रहे थे। आते ही उन्होंने सड़क से ही टेर लगाई, ''हरीशचन्द्र जी, भई घर में हो कि नहीं?''

घर में हड़कंप मच गया...पिंकी के ससुर और दामाद आये हैं! उषा की बहनों ने दामाद को नहीं देखा था, क्योंकि अचानक हुई सगाई में वे नहीं आ पायी थीं, सो वे बैठकखाने में जमी रहीं। मैंने आँगन में निकलकर देवीशरण और दामाद को अंदर आने का निवेदन किया। देवीशरण ने स्कूटर की पिछली सीट पर बैठे-बैठे ही कहा, ''नहीं, अभी आयेंगे नहीं। बहुत काम पड़ा है। निमंत्रण बाँटने की झंझट मिटे तो शादी की दूसरी तैयारी पर ध्यान दूँ।...इधर के कुछ निमंत्रण बचे थे। पास से गुजरते सोचा, आपका हाल भी जानता चलूँ।...आपके निमंत्रण तो बँट गये होंगे? अब तैयारी भी अच्छी चल रही होगी?''

''आइये ढंदर तो चलिए। समधी के रूप में अभी न सही, मित्र के रूप में तो आ ही सकते हैं! कुछ जल ग्रहण कर लीजिए।...आओ बेटे कपिल, तुम

भी आओ। इतनी धूप में निकले हैं, कुछ शर्बत ही पी लीजिए!''

वे दोनों बैठक में आये। उषा की बहनों ने झट नाश्ता और शर्बत लाकर उन्हें दिया। उषा की एक बहन ने कहा—''आप जैसे ससुर सभी लड़की वालों के नसीब में कहाँ होते हैं, जो सगाई में ही कह दें कि दान-दहेज हमें बिलकुल नहीं चाहिए। लड़की ही दहेज है!''

देवीशरण ने कहा, ''देखो बहनजी, हरीश और मैं दोनों पेशे से शिक्षक हैं। एक-दूसरे को जानते-पहचानते हैं। इनकी बिटिया को मैं और मेरे बेटे को ये जानते हैं। आपस में तय किया कि इनकी जोड़ी भली रहेगी। जीवन सफल होगा। दान-दहेज, शान-शौकत की बातें आतीं तो हो सकता है कि ये रिश्ता नहीं होता। हो सकता है कहीं और रिश्ता बनता, खूब दान-दहेज भी मिलता, लेकिन बहू पिंकी बिटिया की तरह सुशील नहीं मिलती तो? बच्चों के भविष्य की चिंता हमें पहले करनी चाहिए। घर आपसी समझ से चलता है, सामानों से नहीं!''

''तभी तो, तभी तो,'' उषा की दूसरी बहन बोली, ''तभी तो मैं बोलूँ कि जीजाजी अपने समधी और दामाद की इतनी तारीफ़ क्यों करते फिरते हैं! आप तो प्रगतिशील विचारों के हैं।''

अब उषा भी बैठक में अपनी बहनों के पास आ गई, कहा, ''सगाई के दिन भी हमने इनसे कहा कि हमारी आर्थिक हालत आपसे छुपी हुई नहीं है। इसे जानते हुए यदि आप कुछ चाहते हैं तो अभी बतला दें। अपनी हैसियत के हिसाब से हम कुछ दे भी देंगे! मगर आपने पहले की तरह उस दिन भी इनकार कर दिया। बोले कि यदि नेग-नियम का बंधन न होता तो हम आज ही बिटिया को बहू समझकर ले चलते। शादी-समारोह, बैंडबाजे और महाभोज की भी क्या ज़रूरत!''

इसी समय मेरे सेवानिवृत्त बड़े भाई बैठकखाने में आये। कपिल की ओर देखकर बोले, ''बेटा, अपने पिताजी की बात जाने दो। तुम्हारे मन में भी यदि कोई इच्छा हो तो अभी कह दो!''

कपिल जाने क्यों अभी सकुचाया हुआ-सा लग रहा था। शायद अपने पिता और हमारे घर के मेहमानों की उपस्थिति, साथ ही अपनी भावी ससुराल जानकर उसे संकोच हो रहा था। बोला, ''नहीं अंकल, नहीं। मुझे कुछ नहीं चाहिए।''

उषा की मंझली बहन इसी अवसर पर दामाद से बात करना चाहती थी। वह देवीशरण से बोली, ''समधी जी, आप हमारे और दामाद बेटे के बीच में न बोलिएगा!''

देवीशरण हँस पड़े। बोले, ''लो जी, हमने अपना मुँह सी लिया। कान भी बंद कर लिये।''

मँझली ने कपिल को उकसाते हुए कहा, ''हाँ, बोल बेटे, तुम्हारी कोई खास माँग हो तो बोल दे। यह भी तेरा ही घर है, मत शरमा!''

कपिल ने इधर-उधर देखा, फिर बोला, ''वो बाइक अभी-अभी खरीदी है आप लोगों ने, शादी में देने के लिए ही है ना!''

मुझे और उषा को साँप सूँघ गया। गैरेज के खुले दरवाज़े से कपिल ने बाइक को आते समय देख लिया होगा और उसने सहज कल्पना कर ली कि यह उसे ही देने के लिए है। हम सबको चुप जानकर वह बोला, ''अगर आप लोग ऐसा कर रहे हैं तो समझिए कि मेरी भी यही इच्छा थी। मुझे और कुछ नहीं चाहिए।''

कुछ ही देर में वे दोनों बाप-बेटे चले गये।

~

मुझे प्रकाश की चिंता होने लगी। बातों-बातों में हमने अपने को संकट में डाल लिया था। बैठक में प्रकाश भी उपस्थित था। दूसरे कमरे में बैठी पिंकी से उसने कह रखा था कि जाते समय कपिल जीजाजी को वह अपनी नई बाइक दिखायेगा। उस बैठक के बाद, उन दोनों के जाते ही, प्रकाश भी धीरे से कहीं निकल गया। उषा अपने को कोसने लगी...अब वह गाड़ी दामाद को देंगे तो प्रकाश का क्या होगा?...कपिल को हम लोगों ने ही उकसाया था। अब न करते हुए भी न बनेगा!

रात का भोजन हमने बमुश्किल खाया। प्रकाश भोजन के समय भी घर नहीं पहुँचा था। पहले भी ऐसा होता रहा, मगर आज का दिन सामान्य नहीं था। अब रात में उसे उसके किस दोस्त के घर में ढूँढें, समझ न आ रहा था। फिर वह अपने दोस्तों के ही घर गया है या कहीं और, क्या पता? हम सभी उसके इंतज़ार में जागते बैठे रहे। मैंने घर के लोगों को ताकीद कर दी कि उसके आने पर कोई ऐसी-वैसी बात न करे। कोई सवाल भी न करे। संभवत: सभी चुप ही रहें।

रात ग्यारह बजे वह घर लौटा। उषा ने उसको खाना निकाल कर दिया। प्रकाश ने अनमने ढंग से कुछ थोड़ा-सा खाया। खाकर सीधे अपने बिस्तर में

पेट के बल लेट गया। उसने किसी से कोई बात नहीं की। हमने भी नहीं की। मालूम था, हमारी कोई भी बात या सहानुभूति प्रकाश को चोट ही पहुँचायेगी। हम सभी अपने-अपने बिस्तर पर लेटे रहे।

पिंकी और प्रकाश का बिस्तर एक ही कमरे में था। पिंकी बिना बोले रात भर प्रकाश के हावभाव का अवलोकन करती रही थी। सुबह पाँच बजे उसने मुझे जगाया।...''पापाजी, उठो तो, प्रकाश आधा घंटा पहले उठकर जाने कहाँ चला गया है!''

हम सभी को उसी की चिंता लगी थी। रात भर हम सो नहीं पाये थे। मैंने उषा से कहा, ''अब इस शादी से निपटते ही, चाहे जो करना पड़े मुझे प्रकाश के लिए दूसरी बाइक लेनी ही होगी!...कितना ख़ुश था वह बेचारा। उसकी सारी ख़ुशी छिन गई। हम सब उसके अपराधी हैं।''

हम तीनों आस-पास सोये रिश्तेदारों को बिना जगाये प्रकाश की तलाश को निकले। घर में तो वह हमें मिला नहीं। बाथरूम में भी नहीं था। घर के सामने का दरवाज़ा अंदर से बंद ही मिला। अलबत्ता पीछे के दरवाज़े की सांकल खुली हुई थी। प्रकाश यहीं से बाहर निकला होगा। उषा घबरायी हुई सबसे पहले बाहर निकली, फिर झट से अंदर आ गई। फुसफुसाकर बोली, ''प्रकाश गैरेज के सामने आम के पेड़ के नीचे है!''

मैंने उषा और पिंकी से कहा, ''तुम दोनों यहीं रहो, मुझे ही उसके पास जाने दो।''

मैं बाहर निकल कर गैरेज से होता हुआ धीरे-धीरे प्रकाश के करीब पहुँचा। प्रकाश आम के नीचे खड़े स्कूटर पर झुका हुआ था। उसने स्कूटर पर ढँकी बरसाती हटा दी थी। एक बाल्टी पानी, ब्रश और कपड़ा लेकर वह उसकी सफ़ाई में लगा था। मुझे पीछे से आया देखकर उसने गर्दन घुमायी और मुस्कुराया। उसके चेहरे पर कोई उदासी या शिकन नहीं थी। मैंने उसके बालों में उँगलियाँ फेरीं तो वह बोला, ''पापाजी, यह स्कूटर तो अपने पास है। मैं इसकी ओवरआइलिंग कराऊँगा। नया रंग, हॉर्न, लाइट सब बदल दूँगा। एकदम चमक उठेगा हमारा स्कूटर! देखना कोई इसे पहचान भी नहीं पायेगा!...आप किसी से कहियेगा मत कि यह पुराना है! बस, थोड़े से रुपये मुझे दे दीजिएगा!''

एक दिन का कारोबार

समय पर छूटे, समय पर पहुँचे, वो भी कोई रेलगाड़ी हुई ! उसे तो रेवड़गाड़ी की आदत थी। रेलगाड़ी को रेवड़गाड़ी की बड़ी बहन समझता आया था। सो जब नागपुर स्टेशन पर यह गाड़ी समय पर पहुँची और समय पर छूट गई तो वह निश्चिंत हो गया कि यह ज़रूर आगे जाकर लेट होगी ! मेकअॅप करेगी और अपने व्यवहार पर अडिग रहेगी।

नौवें दशक के पहले की बात है !

रातभर शादी-बारात की धमा-चौकड़ी में उसे नींद लेने का मौका नहीं मिला था। फिर गाड़ी सुबह चार बजे की थी। सो जाने पर वहीं रह जाने का डर भी था। स्टेशन पर उसने दो-तीन डिब्बों में गश्त लगायी। रिज़र्वेशन तो था नहीं मगर एक डिब्बे में ऊपर की एक सीट शायद उसी का इंतज़ार करती, खाली पड़ी थी। उसके पास ज़्यादा सामान भी नहीं था। एक छोटा-सा बैग, बैग में दो लीटर की पानी की बोतल, आधा किलो हल्दीराम का नमकीन का पैकेट, एक जोड़ी कपड़े और एक चादर मात्र। वह ये टेक वो टेक करता हुआ उस खाली सीट पर जा पहुँचा। बैग से चादर निकाली। सीट पर आधी बिछायी और आधी ओढ़कर लेट गया, जैसे इलाहाबाद पहुँचकर हनुमान जी लम्बलेट हो गये।

''गाड़ी सुबह साढ़े दस के पहले भिलाई पहुँचेगी नहीं। मैं कसम खा कर बोलता हूँ!'' वह लेटे-लेटे बुदबुदाया। बाकी सवारियाँ भी लेटी हुई थीं। दो-एक अपनी सीट पर फुसफुसा भी रही थीं, मगर किसी ने उसे भाव नहीं दिया। उसने भी फ़िक्र नहीं की। बिना कुम्भकरण का स्मरण किये उसे नींद ने आ घेरा तो उसने भी हथियार डाल दिये।

~

नींद बड़ी गहरी और प्यारी थी। ऐसी नींद तो उसे छुटपन में ही आती थी। बाद में उससे रिश्ता छूट गया। वह पूरे छह घंटे सोया रहा। एकदम बेसुध, मगर जब जागा तो डर गया। घड़ी में बारह बजने को हो रहे थे। उसे लगा कि गाड़ी भिलाई से आगे निकल आयी है, कहीं रायपुर तो नहीं पहुँच गयी? उसने जल्दी-जल्दी चादर बैग में ठूँसी और धड़ाम से नीचे फ़र्श पर कूद गया। उसकी घबराहट और बेअदबी से नीचे बैठी सवारी खिन्न हुई। उसने एक साहब से पूछा—

''भाई साहब, रायपुर आ गया क्या?''

''सुबह सीट पर चढ़ते समय आप बोल रहे थे कि भिलाई पहुँचना है?''

''हाँ, मुझे भिलाईनगर में ही उतरना है!''

''तो फिर भिलाई का ही पूछिये ना!''

''तो क्या भिलाई निकल गया?''

''भिलाई के पहले और कौन-कौन से स्टेशन हैं?''

''दुर्ग है, राजनांदगाँव है, डोंगरगढ़ है...!''

''महाराज, आप जाकर फिर सो जाइये। अभी तो डोंगरगढ़ ही नहीं आया!''

उसे लगा, यह आदमी उसके किसी जन्म का दुश्मन है, अब बदला ले रहा है। अभी न जाने और कितना बाकी है। यहाँ से सरको और इसे इंतज़ार करने दो अगले जन्म का। वह उसी डिब्बे के पीछे वाली सीट की तरफ़ चला गया। ऊपर नीचे की ज़्यादातर सीटें खाली ही थीं। गाड़ी खड़ी थी और डिब्बा बिलकुल खाली-खाली लग रहा था। ज़्यादातर सवारियाँ नीचे उतर कर ज़मीन पर चहल-कदमी कर रही थीं। डिब्बे की दोनों दिशाओं में बियाबान जंगल दिखायी दे रहा था। उसने साहस कर एक कान खुजाते सज्जन से पूछा—

''भाई साहब, हम कहाँ हैं?''

''पिछले तीन घंटे से तो यहीं हैं, जंगल में।''

''मेरा मतलब, कौन-सा स्टेशन है जहाँ हम हैं?''

''अभी इसका नामकरण नहीं हुआ है। हो सकता है, आगे कुछ लिखा हो। उतर कर पढ़ आइये। ज्ञान बढ़ेगा!''

''क्या इस गाड़ी का यह स्टॉपेज है?''

''नहीं है तो क्या हुआ! आप क्या बिगाड़ लेंगे जो यह खड़ी है?''

उसे किसी का कुछ बिगाड़ना नहीं था। मगर यहाँ तो सभी का कुछ-न-कुछ बिगड़ा लगता था। वह डिब्बे से सीधे ज़मीन पर कूद पड़ा। जब तक ज़मीन से जुड़ोगे नहीं, दुनिया अपना भेद नहीं खोलेगी।

~

लोग टोली बनाकर कहीं बैठे, कहीं खड़े थे। कुछ इधर-उधर आ-जा रहे थे। सामान्यत: ऐसी जगहों पर रेलगाड़ी के खड़े हो जाने पर औरतें डिब्बे से नीचे नहीं उतरतीं। लेकिन यहाँ रेलगाड़ी की अनिश्चितकालीन हड़ताल से उनका भी धैर्य जवाब दे गया था। कुछ टोलियों में उनकी भी उपस्थिति थी। पटरी-पटरी दूर नज़र दौड़ाने पर तीन किलोमीटर पर एक छोटे से स्टेशन का आभास होता था। बिना छत का प्लेटफ़ॉर्म। एक-दो ज़मीन में जड़ी हुई लोहे की बैंच। चुँगी-नाके जैसा छोटा-सा टिकट घर। उस अजीब से स्टेशन का नाम भी कुछ अजीब-सा ही था। एक टोली से किसी ने स्टेशन का नाम किसी को चिल्लाकर बताया तो था। उसने भी सुना। मगर वह उसे याद न रख सका। उसमें सिर्फ़ लोकल पैसेंजर गाड़ी ही रुकती थीं। पनियाजोब के पास का कोई स्टेशन। मगर यहाँ एक्सप्रेस रुकी हुई थी। भोपाल-बिलासपुर एक्सप्रेस। कारण का पता जानना ज़रूरी था। वह किसी ऐसे व्यक्ति की तलाश करने लगा, जिसका मगज़ कम भरा हुआ हो। दो डिब्बे बाद उसे एक ऐसा व्यक्ति दिखायी दिया, जो दूर एक पेड़ की छाया में अकेला बैठा था। उसके आस-पास बहुत गिट्टियाँ पड़ी हुई थीं। वह गिट्टियाँ उठा-उठाकर पटरी पर खड़ी गाड़ी के चक्कों पर मार रहा था, गोया ऐसा करने से चक्के चल पड़ने वाले हों! जब कोई गिट्टी चक्के पर जा लगती तो उसके चेहरे पर हल्की राहत उभर आती थी।

वह जब उसके पास गया तो उस व्यक्ति के उठे हुए एक हाथ में गिट्टी ठहरी हुई थी। वह अपने निशाने का काम रोककर इस आगन्तुक के आगे निकल जाने का इंतज़ार करने लगा। मगर यह भी वहीं ठहर कर उसके हाथ नीचे कर लेने की प्रतीक्षा करने लगा। दोनों चित्रवत् रहे दो पल। फिर इसने ही साहस कर बात शुरू।

''गाड़ी यहाँ चार घंटे से खड़ी है? आखिर हुआ क्या है?''

''क्या आप लोकल हैं? यानी यहीं आस-पास के गाँव वाले?''

''नहीं ! मैं भी इसी गाड़ी का पैसेंजर हूँ !''

''गाड़ी चार घंटे से खड़ी है और आप अभी पूछ रहे हैं ?''

''मैं सोया हुआ था।''

''और सो जाइये। बेकार जाग गये। जल्दी कुछ होने वाला नहीं।''

''आखिर हो क्या गया, भाईसाहब ?''

''आगे पनियाजोब स्टेशन के पास एक मालगाड़ी के कुछ पहिये पटरी से उतर गये हैं। दोनों ट्रेक बंद हैं।''

''हे भगवान ! अब क्या होगा ?''

''बहुत गिट्टी बिखरी हैं यहाँ। आप भी मारिये।''

''इससे क्या फ़ायदा होगा ?''

''क्या सब काम फ़ायदे के लिये ही किये जाने चाहिए ?...फ़ायदा...साली पूरी दुनिया फ़ायदे के पीछे पड़ी हुई है !''

उसे लगा कि यहाँ गाड़ी के रुकने से सबका मगज़ चल निकला है। अब किसी से कुछ पूछना-पूछाना नहीं। वह अपना बैग लटकाये दूसरे डिब्बे में जा चढ़ा। इस डिब्बे का भी वही आलम था। आधे से ज्यादा डिब्बा खाली पड़ा था। वह एक खिड़की के सामने वाली खाली सीट पर बैठ गया। सामने एक गर्भवती युवती बैठी थी। शायद उसका ही पति, पत्नी की सीट वाली खिड़की के नीचे चहल-कदमी कर रहा था। उसके वहाँ आकर बैठने के घंटे भर में वह तीन बार डिब्बे के अंदर आया, फिर वापस चला गया। लगता था उसे किसी चीज़ की तलाश थी। किस चीज़ की, पता नहीं, पर खोज जारी थी।

~

उसे अपने बैग में कुछ रखे होने की याद आयी। बैग में हाथ डाल कर उसने पानी की बोतल बाहर निकली और दो घूँट पानी पी लिया। बोतल का ढक्कन बंद कर बैग में बोतल रख दी। फिर उसने बैग से नमकीन का पैकेट निकाला। भूख तो नहीं थी, क्योंकि देर रात को भोजन किया था। मगर यहाँ अब करे तो क्या करे। डिब्बे का उसका केबिन लगभग खाली था, सिवा सामने की सीट पर बैठी उस गर्भवती युवती के। वह युवती भी उसकी तरफ़ से मुँह फेरे लगातार खिड़की के पार देख रही थी। इसे अपने शहर पहुँचने की अब जल्दी नहीं थी। आज की

ड्यूटी तो गई ही। चलो आज छुट्टी ले लेंगे। यह ट्रेन अपने मन से जब पहुँचाये, तभी पहुँचे। सील बंद नमकीन के पैकेट में छोटा-सा छेद कर वह थोड़ी-थोड़ी नमकीन हथेली में लेकर चबाने लगा।

इस बीच युवती ने कनखियों से उसकी तरफ़ शायद देखा। अब वह खिड़की की ओर और ज्यादा झुक गई, उसने मन में फूटते किसी गीत को ताल देने के लिए या फिर जाने क्यों, अपना एक हाथ खिड़की के बाहर निकाला और डिब्बे को पीटने लगी। इससे इसे क्या? युवती डिब्बे को हाथ से पीटे या गिट्टी उठाकर। मगर तभी युवती का पति हड़बड़ाता हुआ डिब्बे के अंदर आया। पत्नी से सट कर बैठ गया। युवती अपने पति के कान में फुसफुसाकर कुछ बोली। पति हताशा में था, किंतु अब उसकी आँखों में चमक आ गयी। पत्नी से जरा दूर खिसक कर वह इसकी सीट के करीब आ गया।

इसने नमकीन से उकताकर पैकेट बंद कर बैग में डाल दिया और फिर पानी की बोतल निकालकर दो घूँट पानी पी लिया। थोड़ी तृप्ति के एहसास के साथ इसने बोतल का ढक्कन लगाया और उसे बैग में डालने वाला ही था कि युवती का पति बोल पड़ा—

''भाई साहब, थोड़ा पानी देंगे? पत्नी को बहुत प्यास लगी है!''

उसकी पत्नी के डिब्बे को ठोकने का मतलब अब समझ आया। वह एक अपरिचित से सीधे पानी माँग नहीं सकती थी, इसलिए उसने पति को इशारा किया था। खैर, इसने सहर्ष बोतल उसकी ओर बढ़ा दी। पति ने ढक्कन खोला और बोतल पत्नी की ओर बढ़ा दी। पत्नी ने झिझकते हुए बोतल से दो-तीन घूँट पानी पिया और बोतल पति को दे दी। पति ने भी बोतल से दो-तीन घूँट पानी फटाफट गटक लिया, गोया यह अपनी बोतल छीन लेने वाला हो। पानी पीकर वे दोनों तृप्त नज़र आये। ढक्कन बंद कर बोतल लौटाते हुए पति ने कहा, ''बहुत-बहुत धन्यवाद, भाई साहब! इस पानी से बड़ा सहारा मिला। हम लोग घंटों से पानी को तरस रहे थे।''

दो लीटर पानी की बोतल में अभी भी आधा शेष था। बैग में बोतल डालते हुए इसने कहा, ''आप लोग कहाँ से आ रहे हैं?''

''भोपाल से, मेरी ससुराल है वहाँ। पत्नी को भिलाई ले जा रहा हूँ। भिलाई इस्पात संयंत्र, नाम सुना होगा आपने, रेल की पटरियों का कारखाना है। मैं वहीं

काम करता हूँ। आज सेकण्ड शिफ़्ट थी। ड्यूटी जाना था। अब मुश्किल लगता है!''

''मैं भी भिलाई से ही हूँ। सहकारी समिति के बैंक में हूँ। नागपुर में एक शादी में आया था। शादी के माहौल में रातभर का जागरण था। सुबह चार बजे गाड़ी पकड़ी थी। जगह मिली तो सो गया था। घंटे भर पहले जागा तो देखा कि गाड़ी यहाँ जंगल में खुद सोई पड़ी है!''

''कहते हैं कि सामने इसी ट्रैक पर एक मालगाड़ी पलट गयी है। उसके डिब्बे बगल के दूसरे ट्रैक पर भी चले गये हैं। दोनों तरफ़ से गाड़ियों का आना-जाना बंद है। आकाश से गिरे तो खजूर में अटके। न पास कोई स्टेशन जैसा कोई स्टेशन है। न गाड़ी में पेन्ट्रीकार। चाय-पानी की व्यवस्था भी इस जंगल में मुश्किल है! सबका अपना खाना-खज़ाना खत्म हो गया है। आखिर सबने ज़रूरत जितना ही रखा था, इस कयामत की आहट किसी को नहीं थी। सब बौरा रहे हैं।''

''बौरायेंगे ही। ऐसी जगह में इतनी लम्बी प्रतीक्षा!...खजूर से गिरे तो बेशरम में अटके। गनीमत है कि मेरे पास थोड़ा पानी और नमकीन है, कुछ समय चल जायेगा। वैसे, क्या आप लोग थोड़ी नमकीन लेना पसद करेंगे ?''

''नेकी और पूछ-पूछ! भाई साहब, आप तो बड़े मौके पर मिले। मुझे सच में भूख भी लग रही है!'' इस बार उसकी पत्नी ने अपना संकोच तोड़ा और फटाक से बोली, '' भोपाल से जितना लेकर चले थे, सब खत्म हो गया। गाड़ी यहाँ आकर अटकने वाली है, जानते होते तो कुछ ज्यादा रख लिया होता। ट्रेन जब नागपुर से गोंदिया के करीब पहुँची तो लगा कि अब अपना प्रदेश छत्तीसगढ़ लगने वाला है, जो कुछ खाने का रखा है खत्म करो। बोझ कम करो। कुछ खाया, कुछ फेंका और अब ये मुसीबत!''

इसने नमकीन का पैकेट निकाला। सीधे उसकी पत्नी की ओर बढ़ा दिया। उसकी पत्नी ने अपनी हथेली में जितना संभव था नमकीन निकाली और पैकेट अपने पति को दे दिया। पति ने भी झट अपनी हथेली भरी और पैकेट इसे सौंप दिया। इसने 'और ले लीजिए' की शिष्टता नहीं दिखायी। पता नहीं यह वनवास कब तक चले। भविष्य की चिंता इसमें भी आ गयी थी।

तभी दो लड़के, जिनमें एक के पास एक खाली टोकरी और दूसरे के पास

खाली बड़ा थैला था, डिब्बे के अंदर आये। अपने हाथ पसार कर इनकी तरफ़ देखा और बोले, ''कुछ खाने को मिलेगा, साहब ?...चाहो तो पैसा ले लो!''

यह चकित हुआ। युवती के पति ने, जिसने बाद में अपना नाम ईश्वर सिंह बताया था, इसके पसीजने के पहले ही खड़े होकर उन्हें डिब्बे से बाहर खदेड़ दिया। वापस अपनी सीट पर बैठते हुए बड़बड़ाया, ''साले अब मंगइया बन गये हैं!'' फिर हँसते हुए आगे कहा, ''ऐसे तीन-चार और लड़के हैं। दो औरतें भी हैं इसी ट्रेन में। ये सभी ट्रेन में ककड़ी, अमरूद, फल्लीदाना, चना आदि बेच रहे थे। सब माल बेच डाला अपना। अब जेब में इनके पैसा तो आ गया, मगर माल गायब!...भूख तो इन्हें भी लगनी है। इन्हें रुपया नहीं, खाने की चीज़ चाहिए। भिखारी बने ये सब कारोबारी हैं, भाई साहब!''

वास्तविकता का भान इसे अब होने लगा। ट्रेन से उतर कर इसने अपनी आँखों से नज़ारा देखना चाहा। मगर अपने बैग को लेकर चलना अच्छा नहीं लग रहा था। सोचा कि ईश्वर सिंह की पत्नी की निगरानी में छोड़ दे। ईश्वर सिंह का नीचे साथ भी रहेगा। मगर परिचय अभी नया था। इसे अभी और थोड़ा गहरा बनाये जाने की ज़रूरत थी। क्या पता ईश्वर सिंह उसके साथ नीचे घूमने से मना कर दे!

इसने नमकीन का पैकेट फिर निकाला। सामने वालों को संकोच न हो इसलिए, थोड़ी नमकीन अपनी हथेली पर ले, पैकेट ईश्वर सिंह की तरफ़ बढ़ा दिया। ईश्वर सिंह ने कोई ढिलाई नहीं बरती। अपनी पत्नी को दोनों हथेली खोलने का निर्देश देकर, नमकीन से भर दीं। फिर अपनी हथेली भी भर ली। थोड़ी देर सभी खाते-पगुराते रहे। नमकीन खत्म कर इसने पानी की बोतल निकाल कर दो घूँट पिया और उनकी तरफ़ बोतल बढ़ा दी। उन दोनों ने भी जल्दी-जल्दी अपनी नमकीन खत्म की और दो-दो घूँट पानी पी लिया। पैकेट में अभी भी थोड़ी नमकीन और बोतल में थोड़ा पानी शेष था। उसने ईश्वर सिंह से कहा, ''मैं डिब्बे से नीचे उतर कर देखता हूँ, क्या पोज़ीशन है!...आप भी चलेंगे क्या?''

ईश्वर सिंह एक पैर पर तैयार था। अपनी पत्नी से बोला, ''भाई साहब का बैग भी देखते रहना। हमारी तरह भाई साहब भी भिलाई के हैं। आखिर अपने ही हुए ना, मैं इनके साथ यहीं आस-पास हूँ।''

नमकीन और पानी ने असर किया। उसकी पत्नी को न नहीं कहने दिया।

डिब्बे से उतर कर उन्होंने देखा कि गाड़ी के इंजन के साइड में बड़ी भीड़ है। शायद झगड़ा हो रहा था। उन्हें टाइम-पास करने की ज़रूरत थी और सामने मुफ़्त में तमाशे का इंतज़ाम था। दूसरों के झगड़े का सात्विक आनंद लेने दोनों उस तरफ़ बढ़ गये। पास पहुँचकर देखा कि रेलगाड़ी का ड्राइवर इंजन से उतर कर गिट्टी पर बैठा, सुबक-सुबक कर रो रहा है। अपनी हथेली से उसने अपना चेहरा छुपा रखा था। उसकी रेल के स्टाफ़ के भी दो-तीन लोग आस-पास भयभीत खड़े थे। इस तमाशे को देखकर दूर खड़े एक सज्जन से जाना कि गोंदिया से चढ़े कारोबारियों ने ड्राइवर को पीट दिया है। वे चाहते हैं कि गाड़ी आगे जा नहीं रही है तो इसे वापस गोंदिया ले चले। मगर गाड़ी में सवार छत्तीसगढ़ के कारोबारी यह नहीं चाहते। इनका कहना है कि जब गाड़ी छत्तीसगढ़ की सीमा में पहुँच गई है तो इसे वापस नहीं होना चाहिए। ड्राइवर ने इस बीच गार्ड से मिलकर ऊपर बात की। पता चला कि गोंदिया और उसके पहले के सभी स्टेशनों में और गाड़ियाँ जाम खड़ी हैं। कोई प्लेटफ़ॉर्म खाली नहीं है। आपातकालीन सहायता वाली क्रेनगाड़ी चरौदा यार्ड से रवाना हो गई है वह शीघ्र पहुँचेगी। ट्रैक क्लीयर होते ही, आगे बढ़ना है। मगर ड्राइवर ने संक्षेप में उनसे इतना ही कहा था कि गाड़ी पीछे नहीं जायेगी! बस, गोंदिया वाले व्यापारी उस पर टूट पड़े। तड़ातड़ कई तमाचे मारे। बेचारा ड्राइवर अब रोता बैठा था।

ड्राइवर पर दया आ रही थी। कारोबारियों की खींचतान में बेचारा 'शहीद' हो गया था। भूख-प्यास उसे भी लगी होगी, मगर किसी ने सुध नहीं ली थी। फिर ड्राइवर के साथ स्टाफ़ के भी तीन और लोग थे। उसके बैग की अब इतनी औकात नहीं थी कि इन पर न्योछावर कर दे।

ईश्वर सिंह के कहने पर वह वापस अपने डिब्बे की ओर लौटा। ईश्वर सिंह को अपनी पत्नी की सुध भी लेनी थी और इस घटना को सुनाना भी था। पीछे महाराष्ट्र और छत्तीसगढ़ के कारोबारियों की आपस में तू-तू, मैं-मैं दूर तक सुनायी देती रही।

जब वे अपने डिब्बे के पास पहुँचे तो ईश्वर सिंह ने खिड़की से झाँकती अपनी गर्भवती पत्नी से कहा, ''सामने इंजन ड्राइवर को व्यापारी लोग मार रहे थे। बेचारा ड्राइवर अब गाड़ी चलायेगा भी या नहीं, क्या पता। व्यापारियों को

कुछ लोग समझाकर दूर हटा रहे हैं। कुछ लोग ड्राइवर को चुप करा रहे हैं। बड़ी परेशानी है।''

''यहाँ मैं पेट से हूँ...परेशान हूँ, मर रही हूँ और आप वहाँ ड्राइवर को मारने चले गये!''

लगभग एक घंटे से गायब अपने पति को देखते ही पत्नी गुस्से से उबल पड़ी थी। ईश्वर सिंह हड़बड़ाकर डिब्बे में घुस गया। यह अकेला नीचे रह गया। डिब्बे में चढ़कर बैठने की इसकी इच्छा नहीं हुई।

~

ज्यादातर यात्री अब भी ट्रेन के डिब्बे की छाया में गिट्टी पर बैठे थे। मगर कुछ लोग रेल पटरी से दूर खड़े जंगली वृक्षों की छाया में पाँव पसार कर लेटे थे। कुछ लोग पूरी ट्रेन की लम्बाई में चहल-कदमी करते महीनों की छूटी वॉकिंग की भरपाई कर रहे थे। वह डिब्बे की छाया में गिट्टी पर बैठ गया। उसके बैठने के दो मिनट बाद ही एक बुढ़िया उसके पास आयी। वह बोली, ''बाबूजी, मेरे अमरूद के पैसे दो!''

''अमरूद के पैसे? मैंने कब तुमसे अमरूद खरीदे?''

''देखो बाबूजी, गरीब के पेट पर लात मत मारो। मेरे पैसे दो!''

वह बुढ़िया की इस जबरदस्ती से भड़क गया। बोला, ''क्या झूठ बोलती है! मैं तो तुझे अभी पहली बार देख रहा हूँ। इस ट्रेन में तो तू कहीं मुझे मिली भी नहीं!''

बुढ़िया रूआँसी हो गई। अपनी टोकरी सामने करते हुए बोली, ''मैं ये गाड़ी में नहीं थी, बाबूजी! यहाँ से तीन मील दूर गाँव से अमरूद लेकर आयी थी। एक गाँववाले ने मुझे बताया कि रेलगाड़ी बहुत देर से यहाँ खड़ी है। सब सवारियाँ नीचे उतरी हैं। तेरी बाड़ी में अमरूद खूब हैं, ले जा। अच्छा रुपया मिलेगा। मैं अपनी बाड़ी के अमरूद तोड़कर इस टोकरी में लाई थी। मैं रेलगाड़ी के पास पहुँची भी नहीं कि लोग मेरे आगे-पीछे झूम गये। मुझे सिर्फ़ एक आदमी ने पाँच रुपये दिये, बाकी सब अमरूद उठा-उठा कर गाड़ी में चढ़ गये। मैं किसी को पहचान नहीं पायी। आँख से भी कम दिखता है। अब किसको बोलूँ। सभी तो 'नहीं लिया' कहते हैं!''

बुढ़िया की आपबीती सुनकर वह अपने गुस्से पर शर्मिंदा हुआ। बेचारी

कारोबार के तालाब में छोटी मछली है, मारी गई। बड़ी मछलियों ने उधर ट्रेन का इंजन हिला रखा है। मन हुआ जेब से पाँच रुपये निकालकर दे दे। फिर सोचा, 'वह कोई दानवीर धन्ना सेठ भी नहीं है और यह दया दिखावा ही होगी।' फिर भी विनम्र होकर उसने कहा, ''माताजी, सच में मैंने तुम्हारे अमरूद नहीं लिये हैं। फिर भी यदि तुम चाहती हो तो मैं तुम्हें चार-पाँच रुपये दे सकता हूँ।''

बुढ़िया कुछ नहीं बोली। अपनी खाली टोकरी उठाकर आगे बढ़ गयी। आगे बिना टिकट यात्रा करने वाले युवा हुड़दंगियों की टोली थी। बुढ़िया जैसे ही उनके पास पहुँची, युवकों की बाँछें खिल गयीं।

''क्यों माताजी, अमरूद बेचकर आज खूब माल बनाया ना?''

''पैसा कोई कहाँ दिया। सब अमरूद भी ले भागे!''

''कौन अमरूद लिया और पैसा भी नहीं दिया? तू उन्हें पहचानती है?''

''पहचानती नहीं हूँ, यही तो मुश्किल है। तुम लोगों ने तो मेरे अमरूद नहीं लिये ना?''

''हम लोग शरीफ़ लड़के हैं। हम ऐसा काम नहीं करते!''

एक लड़के ने मुस्कुराते हुए सबकी तरफ़ से जवाब दिया। उसकी मुस्कुराहट से लगता था, हो-न-हो बुढ़िया के अमरूद साफ़ करने में उन सबका भी कुछ हाथ है। एक लड़के को अपने सामने से बुढ़िया को हटाने की एक तरकीब सूझी। रेलगाड़ी के पीछे वाले हिस्से में एक नशेड़ी लड़खड़ाता-बड़बड़ाता झूम रहा था। उसकी तरफ़ इशारा करते हुए उसने कहा, ''माताजी आपके अमरूद लेने वाला एक वो आदमी है। मैं उसे जानता हूँ। मैंने उसे तीन बड़े-बड़े अमरूद लेकर डिब्बे में चढ़ते देखा था!''

बुढ़िया थोड़ी आशान्वित हुई और उस नशेड़ी की ओर बढ़ गई।

तभी दूर कहीं से किसी और रेलगाड़ी की सीटी सुनायी दी। लोग हड़बड़ाकर अपनी जगह खड़े हो गये। लगता था कि बगल वाला ट्रैक क्लीयर कर लिया गया है और अब छह घंटे बाद उधर से पहली कोई ट्रेन आ रही है। जल्दी ही अब इनकी रेल का ट्रैक भी क्लीयर हो जायेगा! लोग आशा से भर ट्रेन के दोनों साइड में चहल-कदमी करने लगे। किसी ने लोगों को बताया कि एक नशेड़ी पीछे लड़खड़ाता डोल रहा है। साला कहीं आती ट्रेन के सामने न कूद जाए! कुछ लोग उस नशेड़ी को सँभालने दौड़े। मगर अमरूद वाली बुढ़िया पहले ही उसके पास पहुँच चुकी थी। नशेड़ी से बोली, ''भइया, पैसा दो!''

नशेड़ी ने सुना, लेकिन वह अपने ही सुर में आलापता रहा, ''दुनिया चार सौ बीस है! जबलपुर में भूकम्प आया था, चार बज के बीस मिनट पर। वह भी चार सौ बीस! मेरे जैसे आदमी का अब यहाँ रहना ठीक नहीं! मैं तो जा रहा हूँ।...बूढ़ी माता, तू क्या मेरे साथ आ रही है?''

''भइया, पैसा दो!''

''पैसा? इस जंगल में सरकार ने क्या हेलीकॉप्टर से भिखारी छोड़ दिये? सरकार भी चार सौ बीस!''

''भइया, मेरे अमरूद के पैसे दो। तुमने तीन अमरूद उठाये थे ना मेरी टोकरी से?''

''देखो बूढ़ी माता, मैंने जो लिक्विड ली है, उसके साथ अमरूद नहीं चलता। मैं अमरूद खाता भी नहीं। खाने को जो चाहिए, सब खल्लास। हाँ, तेरे को थोड़ी लिक्विड चाहिए तो जा मेरे डिब्बे में। मेरे बैग में धरी है...मैं तो जा रहा हूँ। मेरे लिए अब इस दुनिया में रहना ठीक नहीं।''

तभी चार लोग आये। उन्होंने नशेड़ी को समझाकर वापस लाने का प्रयास किया, मगर नशेड़ी वहीं रेल की पटरी पर बैठ गया। उन लोगों ने नशेड़ी को अपनी बाँहों में उठा लिया और ट्रेन के एक डिब्बे में बिठा दिया। बेचारी बुढ़िया मुँह लटकाये ट्रेन की ओर लौटने लगी। सोचने लगी, 'अब यहाँ रुकी रहे या वापस अपने गाँव चली जाए! आज तो वह मुफ्त में अपना सामान लुटा बैठी। कितने अरमान से उसने और उसकी बहू ने बाड़ी के दोनों पेड़ों से अच्छे-अच्छे अमरूद तोड़े थे। सोचा था, खूब अच्छा दाम मिलेगा! मिल गया अच्छा दाम! अब यहाँ रुकने का क्या काम! अपने ही माल का पैसा माँगने से लोग भिखारी समझ रहे हैं!'

तभी बगल के ट्रैक से धीरे-धीरे एक मालगाड़ी गुज़रने लगी। इस रुकी ट्रेन की कुछ सवारियों ने उत्साहित होकर मालगाड़ी के ड्राइवर को हाथ हिलाकर इस ट्रैक के क्लीयर होने का समाचार जानना चाहा, मगर उस ड्राइवर ने इशारे से जो कहा वो कोई समझ न सका। फिर भी लोग अधिक आशान्वित हो गये थे। कुछ तो अपने-अपने डिब्बे में भी जा चढ़े।

इधर गोंदिया और दुर्ग-राजनांदगाँव के कारोबारियों का झगड़ा शांत हो गया था। कारोबारियों को लगा कि अब उनकी गाड़ी भी आगे बढ़ सकती है।

मगर गाड़ी बढ़ेगी कैसे? ड्राइवर को उन्होंने मारा है। वह इंजन से उतर गिट्टी पर बैठा है। उसने भोजन-पानी किया या नहीं? उसके पास है भी या नहीं? सिग्नल मिल भी गया और ड्राइवर ने ट्रेन नहीं बढ़ायी, तो वे फँसे रह जायेंगे। इस ट्रेन में जो माल लेकर वो चल रहे हैं, वो भी जाम हो जायेगा। कुछ खराब भी हो सकता है। जिस सामान की डिलीवरी आज करनी थी, वह तो गई ही!

कुछ कारोबारी जिनके पास खाने की चीज़ें और पानी अतिरिक्त था, लेकर ड्राइवर को मनाने पहुँचे। ड्राइवर ने इनकी चीज़ें लेने से साफ़ इनकार कर दिया। कुछ गोंदिया वाले कारोबारी, उन दो कारोबारियों पर भड़कने लगे, जिन्होंने जल्दी उत्तेजित होकर ड्राइवर पर हाथ उठाया था। वे दोनों कारोबारी अब ज्यादा घबरा गये। कहीं ड्राइवर ने स्टेशन पहुँचकर उनके खिलाफ़ रिपोर्ट कर दी तो? यह भी हो सकता है कि उन दोनों को ट्रेन में चढ़ने ही न दिया जाए! उनका कारोबारी सामान भी नीचे फेंक दिया जाए! अब उन दोनों कारोबारियों ने आव देखा न ताव झट ड्राइवर के कदमों में गिर गये। एक ड्राइवर का हाथ उठाकर अपने गालों को मारने लगा, तो दूसरा उसके पैरों पर अपना माथा पटकने लगा। बेचारा ड्राइवर असमंजस में फँस गया। भूख-प्यास उसे भी लगी थी। फिर मारने वाले खुद इतनी क्षमा माँग रहे हैं! इतने लोगों के बीच अब बच्चों की तरह रूठे बैठे रहने में उसे शर्मिंदगी भी महसूस हुई। एक कारोबारी द्वारा प्रस्तुत पानी की बोतल उसने ले ली और अपना चेहरा व हाथ धोये। फिर थोड़ा पानी भी पी लिया।

घबराया एक कारोबारी अपने परांठे और भिन्डी की सब्ज़ी व अचारवाला टिफ़िन-बॉक्स ड्राइवर को देते हुए यहाँ तक बोल गया कि ''ड्राइवर साहब, आप अगर इसे कबूल नहीं करेंगे तो भगवान भी कभी मुझे माफ़ नहीं करेगा। मैं जीवन भर अपने को अपराधी महसूस करूँगा!...मैं उमर में आपसे बड़ा हूँ। समझो, बड़ा भाई आपसे क्षमा माँग रहा है!...क्षमा कर दो, छोटे भाई!''

इतना लाड़ अब ड्राइवर से बरदाश्त नहीं हुआ। उसने टिफ़िन ले लिया और इंजन में जा चढ़ा। अपने स्टाफ़ के दो लोगों को भी, जो अब भी पास खड़े थे, इंजन में बुला लिया। वे सभी मिलकर कारोबारी के परांठे खाने लगे।

~

भोपाल से रात को चली ट्रेन के डिब्बों के बाथरूम का पानी भी खत्म हो गया था। दोपहर हो गई थी। अब पानी आये तो कहाँ से? ट्रेन की उत्तर दिशा में दो

किलोमीटर दूर एक छोटा-सा गाँव था। दो-तीन कच्चे घरों की खपरैलों वाली छतें डिब्बों से दिख रही थीं। कुछ उत्साही जवान वहाँ जाकर कुएँ से अपनी बोतलें भर कर ला रहे थे। कुछ कारोबारियों ने यह देखा तो वे भी गाँव की तरफ़ दौड़े। दो-तीन ग्रामीणों से उन्होंने सौदा किया। एक काँवर में दो-दो पीपे भरकर ट्रेन तक पहुँचाना है! प्रत्येक काँवर चालीस रुपये में! तीन ग्रामीण तैयार हो गये। वे जैसे ही पानी लेकर ट्रेन के करीब पहुँचे, व्यापारियों ने उनसे पीपे रखवाकर आधे घंटे की छुट्टी दे दी। खुद पीपों पर कब्ज़ा करके बैठ गये। ज़रूरतमंद यात्री उनके पास आते और कारोबारी एक लीटर पानी की बोतल पाँच रुपये की दर से उनकी बोतलों, बर्तनों को भर देते। देखते-ही-देखते तीनों काँवर के पीपे खाली हो गये। बाहर का पानी नहीं पीने की हिदायत पर जी रहे लोग, यहाँ प्यास से मर जाने के डर से अनजान कुएँ का पानी भी गटकने लगे। कुछ मजबूर लोग पानी से बोतल भर डिब्बे के टॉयलेट में भी घुसने लगे। कारोबारियों ने तीनों ग्रामीणों को और काँवर के पीपे भर कर लाने का आदेश दे दिया। प्रत्येक काँवर चालीस रुपये कमा कर ग्रामीण ख़ुश थे। प्रत्येक काँवर पर सौ रुपये बनाकर कारोबारी और ज़्यादा ख़ुश थे।

ग्रामीणों ने दूसरी बार भी कारोबारियों के लिए पानी पहुँचाया और प्रति काँवर चालीस-चालीस रुपये प्राप्त किये। मगर अगली बार के लिए उन्होंने कारोबारियों का आदेश नहीं लिया। ऐसा नहीं कि वे फिर पानी लेकर नहीं आये। वे आये, मगर इस बार वे खुद पानी बेचने बैठ गये। एक लीटर पानी का तीन रुपया। पाँच रुपये में दो लीटर। कारोबारी गुस्सा हो गये। उन्होंने ग्रामीणों को ट्रेन से दूर रहने को कहा। सीधे-सादे ग्रामीण ट्रेन से 50 मीटर की दूरी पर खड़े महुए के पेड़ की छाया में अपने पीपे रखकर बापू के तीन बंदरों की तरह उकड़ूँ बैठ गये।...जिनकी गरज थी, वे यात्री वहाँ जाकर अपनी बोतलें-बर्तन आधी कीमत में भर लाते।

इस तरह पानी संकट तो कुछ खत्म हुआ, मगर निर्धन यात्रियों की मुसीबत थी। ले-देकर तो ट्रेन की टिकट खरीदी थी। अब भोजन-पानी में पैसा खर्च करना उन्हें फ़िज़ूलखर्ची लगा। वे भूखे-प्यासे टाइम-पास करते रहे।

शाम के चार बज रहे थे। सुबह आठ बजे ट्रेन आकर यहाँ रुकी थी। इस बीच बगल के ट्रैक से दो रेलगाड़ियाँ और गुज़र गई थीं। लगता था, अब ये ट्रैक भी क्लीयर हो जायेगा, मगर ऐसा हो नहीं रहा था। दुर्घटनाग्रस्त मालगाड़ी से लगता है इसी ट्रैक को ज़्यादा नुकसान पहुँचा था। ट्रेन के यहाँ रुके होने

की खबर पास के उस गाँव में खूब फैल गयी थी।...'यदि खाने के फल-फूल बाड़ी-खेत में तैयार हों तो ले जाओ और रुपया बनाओ। एक बूढ़ी माता मूंदगाँव से जो अमरूद लेकर गई है। अब तक नहीं लौटी है। लगता है खूब रुपया बना रही है! तुम भी मौका मत चूको!...कुछ ग्रामीणों ने अपनी बाड़ी में तैयार ककड़ी, अमरूद आदि तोड़े, टोकरियों में भरे और चल पड़े। वे ट्रेन से पचास मीटर दूर बैठे पानी बेचते अपने गाँववालों से पहले मिले। उन्होंने इन्हें समझाया कि ट्रेन के एकदम पास मत जाओ। वहाँ के कुछ लोग ये पसंद नहीं करते। मगर ये नये कारोबारी ज़्यादा उत्साही थे।...''गाड़ी के पास नहीं जायेंगे तो कोई कैसे खरीदेगा? यात्रियों को पता भी तो चलना चाहिए।''

मगर ट्रेन के पास इनके पहुँचते न पहुँचते इंजन ने लम्बी सीटी मारी। लगता था कि ये ट्रैक भी अब क्लीयर हो गया है। ट्रेन अब तब में चल पड़ेगी। ज़्यादातर यात्री डिब्बों में जा चढ़े। कुछ उत्साही लोग इन नये ग्रामीण कारोबारियों से मोलभाव करने लगे। मोलभाव अभी अधूरा ही था कि ट्रेन ने फिर सीटी मारी और उसके डिब्बे सरकने लगे। कुछ यात्री मोलभाव छोड़कर बिना सामान लिए डिब्बे में चढ़ गये। कुछ अब भी रुके थे। मोलभाव पट ही नहीं रहा था। डिब्बे सरक रहे थे। ट्रेन के दो फुटकर विक्रेता लड़कों ने बिना दाम दिये एक ग्रामीण की अमरूदों भरी टोकरी अचानक उठायी और चलती ट्रेन के सामने पड़े डिब्बे में मिलकर चढ़ा दी। खुद भी चढ़ गये। लुटा ग्रामीण अपनी टोकरी और अमरूदों के दाम के लिए उनके पीछे दौड़ा, मगर अब रफ़्तार पकड़ चुकी ट्रेन में चढ़ना उसके बस की बात नहीं थी।

ट्रेन चल पड़ी तो सारे यात्रियों ने राहत की साँस ली। उसने भी अपने बैग से बाकी बची नमकीन और पानी की बोतल, जो कुएँ के पानी से फिर पूरी भर ली गई थी, निकाली। नमकीन ज़्यादा नहीं थी। इससे अब उन तीनों में एक की भी भूख नहीं मिट सकती थी, किंतु उसने उसे ईश्वर सिंह और उसकी पत्नी की हथेली में भी बराबर-बराबर बाँटा। फिर वे सभी बोतल से पानी पी ही रहे थे कि उनके सामने वही दो लड़के, जो तीन घंटे पहले भीख में भोजन माँग रहे थे, अमरूदों की टोकरी लेकर प्रकट हुए। इतराते हुए बोले, ''साहब, ताज़ा अमरूद हैं। अमरूद खाइये, भूख मिटाइये! कोई भी छाँटिये। पाँच रुपये में दो!...ऐसे अमरूद आगे फिर नहीं मिलेंगे, साहब!''

चोर अंकल

शहर में उन दिनों चड्‌ढी-बनियान वाले चोरों का बड़ा आतंक था। ये घरों से चड्‌ढी-बनियान चोरी नहीं करते थे, मगर चोरी के समय ये लोग सिर्फ़ इन्हें ही पहने होते। इनके हाथों में डण्डा या लोहे की रॉड होती। रॉड से ये दरवाज़े के ताले तोड़ डालते और ज़रूरत पड़ने पर इनका हथियार की तरह इस्तेमाल भी करते। इनके पूरे शरीर पर सरसों का तेल मला होता, ताकि दूसरों के हाथों की पकड़ से फिसलकर भागने में सहूलियत हो। सरसों के तेल का एक फ़ायदा और था। इन्हें अवसर की प्रतीक्षा में घंटों अधनंगे वीरान अंधेरे कोने में दुबके रहना पड़ता था, सरसों के तेल की गंध से इन्हें मच्छर नहीं काट पाते थे। ये घरों में घुसते समय चेहरे पर कपड़ा भी लपेट लेते, ताकि इन्हें पहचाना न जा सके। ये गरीब लोग थे, बड़े-बड़े धन्ना-सेठों के यहाँ चोरी की इनकी औकात नहीं थी। निम्न मध्यम वर्ग के नौकरीपेशा लोग अक्सर इनके शिकार हुआ करते। इन चोरों के भी अपने अलग गिरोह और इलाके थे। मंदी, गरीबी और बेरोज़गारी की मार ने इनकी संख्या में इजाफ़ा किया था।

चड्‌ढी-बनियान वाले चोरों के आतंक से लोगों ने अपने घरों के लकड़ी के दरवाज़ों के सामने लोहे की सलाखों वाले अतिरिक्त गेट लगवा लिये थे। फिर भी लोग घर छोड़कर जाते तो किसी-न-किसी को निगरानी के लिए ज़रूर कह जाते। दरवाज़े और गेट पर दो-दो ताले लगाते। निगरानी के लिए कुत्ता पालने का चलन भी इधर आम होने लगा था। कहना कठिन था कि वे कुत्ते की देखभाल करते थे या कुत्ता उनकी। अंधेरा घिरते ही ज्यादातर लोग घरों में घुस जाते। सोने से पहले दरवाज़े की सिटकनी और ताले अवश्य जाँच लेते। कुछ प्राइवेट कॉलोनियों में लोगों ने मोहल्ला समिति भी बना ली थीं, जिनमें पुरुष ही थे, जो रात में कभी-कभी गश्त भी लगा लिया करते थे।

ऐसी ही एक नई कॉलोनी भिलाई और चरोदा के बीच बस रही थी। फ़िलहाल गिने-चुने मकान ही थे। चरोदा की अपेक्षा भिलाई के अधिक करीब होने से इसे भिलाई का ही हिस्सा माना जा रहा था। यहाँ अभी की तरह पक्की सड़कों का अभाव था। नीचे खेती योग्य काली मिट्टी की ज़मीन थी। बरसात में मकान के बाहर निकले नहीं कि पाँव भारी हो जाते थे। कीचड़ और दलदल की वजह से वाहनों की सवारी भी स्थगित रहती। कामचलाऊ दो-तीन कच्ची सड़कें ज़रूर बन गई थीं, किन्तु बरसात में वे ज्यादा काम की नहीं रह जाती थीं। रहवासियों को उम्मीद थी कि राजधानी रायपुर और औद्योगिक नगरी भिलाई के बीच की यह खाली जगह शीघ्र पूरी भर जायेगी। आखिर राष्ट्रीय राजमार्ग भी तो यहीं पास से गुज़रता है। छोटा-सा रेलवे स्टेशन भी है। कॉलोनी के पूर्ण विकसित होने तक अभी कुछ वर्षों के लिए थोड़ा कष्ट तो झेलना पड़ेगा ही। मगर चड्डी-बनियान वाले चोरों के आतंक से, जो आस-पास के पूरे इलाके में पसरा था, शाम होते ही यह छोटी-सी कॉलोनी भी दहशत में आ जाती।

इस अनाम कॉलोनी में पन्द्रह-बीस मकान ही बने थे। इन्हीं में दो मकान ऐसे थे जो पास-पास तो थे, किंतु दोनों का मुख विपरीत था। एक में ईसाई परिवार रहता था और दूसरे में हिन्दू। हिन्दू परिवार में कुल जमा चार लोग थे, पति-पत्नी और उनकी दो लड़कियाँ। अभी गर्मी का मौसम था। स्कूल-कॉलेज बंद थे। बड़ी लड़की श्वेता बी.कॉम. प्रथम वर्ष की परीक्षा देकर मामा के घर बिलासपुर चली गई थी। छोटी लड़की, जिसका नाम मीनाक्षी था और जिसकी सहेलियाँ उसे चिढ़ाने के लिए 'आंक्छी' कहा करती थीं, पाँचवीं क्लास में थी। पिता रामजी सोनी विद्युत मंडल ऑफ़िस, भिलाई में क्लर्क थे। कहते हैं, पास-पास हो मकान और दुकान तो काहे की थकान! बैंक से हाउसिंग-लोन लेकर उन्होंने गत वर्ष ही यह मकान बनवाया था। मगर मकान पूर्ण रूप से बन पाता, इसके पहले ही लोन की रकम खत्म हो गई। बाउन्ड्री आधी-अधूरी रह गई। घर की दीवार पर सिर्फ़ चूना पुता था। घर के आगे-पीछे के दरवाज़े पर लोहे के अतिरिक्त दरवाज़े भी नहीं लगवा पाये थे। रुपयों की और दरकार थी, किंतु अब कहीं से कुछ और मिलने की गुंजाइश नहीं थी। किराये के मकान में रहने की बनिस्बत, किराया बचाकर अपने मकान में रहना उन्होंने श्रेयस्कर समझा। कुछ बचत होगी तो अधूरे काम भी एक दिन धीरे-धीरे पूरे हो लेंगे। यहाँ चले

आये, अब एक साल पूरा होने को आया था।

रामजी की पत्नी सीधी-सादी और नितांत घरेलू किस्म की महिला थी। थोड़ी पढ़ी-लिखी थी, इसलिए खाली समय में बच्चों की पाठ्य पुस्तकें और अखबार पढ़ा करती। पड़ोसी ईसाई परिवार से उनकी बातचीत ज्यादा न थी। पड़ोसी पति-पत्नी दोनों सरकारी नौकरी में थे। उनके एक लड़का और एक लड़की थी। लड़का बड़ा था और उसे भी दो साल पहले रायपुर में कहीं अच्छी नौकरी मिल गई थी। उनका मकान सुन्दर, मज़बूत, सुरक्षित और बड़ा था। मज़बूत बाउन्ड्री के अंदर बड़ा बागीचा था। उनके पास कार थी, विदेशी नस्ल का खूंखार कुत्ता था और काफ़ी बैंक बैलेंस भी।

रात अंधेरी थी। गरमी से त्रस्त लोग टेलीविज़न पर मौसम का हाल जानकर मानसून के आने का इंतज़ार कर रहे थे। आकाश में बादल बिना बरसे दायें-बायें हो रहे थे। चोरों का गिरोह रात ग्यारह बजे उस कॉलोनी से ज़रा दूर सूखे नाले में पहुँचा। वहीं अंधेरे में छिपकर कॉलोनी की गतिविधि पर नज़र जमाये रहा। दिन को जिन दो मकानों को उन्होंने चिन्हित किया था, रात्रि में उनसे भौंकते कुत्ते, चौंधियाती रोशनी, चलते टेलीविज़न और जागते लोगों ने उन्हें पुन:विचार के लिए बाध्य कर दिया। मगर अब खाली हाथ घर जाने या कहीं भी धावा बोल देने और पकड़े जाने का जोखिम उठाने को वे तैयार नहीं थे। दो घंटे तक उन्होंने सूखे नाले का आश्रय लिया और खूब सोचा। फिर एक-दूसरे को धकियाया, कोसा। अंत में उन्होंने 'जोय जोगन्नाथ' का उद्घोष किया और उठ खड़े हुए। डण्डा, रॉड उठाया और रामजी सोनी की अधबनी बाउण्ड्री के अंदर प्रविष्ट हुए।

~

चोरों की संख्या पाँच थी। चार जवान और एक बुजुर्ग था। सभी दुबले-पतले और साँवले। बुजुर्ग आज अनिच्छा से इनके साथ था। उसकी पोती 'लाली' बीमार थी, तेज़ बुखार था। सोये-सोये वह अपने माता-पिता को याद कर बड़बड़ाने लगती। माता-पिता की छोड़ी हुई बच्ची के लिए अब वह बुजुर्ग ही सब कुछ था। घर में खाने के लाले पड़े हुए थे, इलाज की बात तो दूर रही।

उसने गाँव में घर क्या बनाया, कर्ज़े में डूब गया था। कुछ कमाने, कर्ज़े से

मूक्ति पाने की गरज से वह भिलाई आया था। मगर यहाँ भी नियमित मज़दूरी नहीं मिल रही थी। गाँव का साहूकार उसकी दो एकड़ खेती की ज़मीन अपने कब्ज़े में कर लेने वाला था। इस बुजुर्ग की तीन संतानें थीं। शादीशुदा बड़ा लड़का काम लायक होते ही कहीं भाग गया। बहू भी अपनी बच्ची को इसके हवाले छोड़कर मायके चली गई। उस लड़के के बाद उसकी दो लड़कियाँ थीं। दोनों शादी के लायक हो गई थीं। पत्नी अपाहिज थी। चोरी तो मजबूरी थी। इन नौजवान चोरों के साथ वह भी शीघ्रता से कुछ पा लेना चाहता था। पन्द्रह दिनों की यहाँ-वहाँ की छानबीन के बाद आज का दिन और यह इलाका तय किया गया था। अब इनकार करने का सवाल तो नहीं था, मगर इस प्रतीक्षा से उदास होकर उसने एक जवान से कहा—

''तुमने तो कहा था, ये नौकरी वाले लोग हैं, जल्दी सो जाते हैं?''

''हाँ, नौकरी वाले तो हैं, पक्का पता किया है। अब खूब गरमी है तो रात को जल्दी नींद नहीं आती होगी! उस घर में कुत्ते का पता दिन में नहीं चला था। देखो साला, रात में कैसे भौंक रहा है!''

''तुम्हारे शरीर की गंध उसे मिल गई होगी! चार दिन से नहाये नहीं हो!''

एक दूसरे जवान ने पहले जवान को छेड़ा, तो पहले वाला नाराज़ हो गया, ''तुम्हारे शरीर से तो जैसे गुलाब महकता है!''

थोड़ी देर चुप्पी रही। तीसरा जवान बोला, ''और उस दूसरे घर में, जो भारी मालदार लगता है, माल साफ़ करना और मुश्किल है। वह घर नहीं किला है! देखो, अब रात में वहाँ गार्ड आकर बैठा है!''

निराश और चिंतित बुजुर्ग ने सलाह दी, ''अगर आज संभव न हो तो जाने दो। फिर कभी, यहाँ या और कहीं कोशिश करेंगे!''

जवानों को बुजुर्ग की यह सलाह पसंद नहीं आयी। एक बोला, ''अब आज निकले हैं तो खाली हाथ नहीं जायेंगे।...लगता है कि तुम्हें लाली की चिंता हो रही है!''

''हाँ, बहुत बीमार है लाली!...मगर फिर भी जब...!''

''ऐसा करते हैं, उधर एक छोटा मकान बिना बाउण्ड्री का दिख रहा है, वहीं चलते हैं। वहाँ से ज्यादा कुछ मिलने की उम्मीद तो नहीं है, मगर आज जब निकले ही हैं तो ये रात बेकार क्यों जाने दें, क्यों मामा?''

''हाँ, ठीक है। मगर याद रखना, ज्यादा मारा-मारी नहीं करना। अधिक

लालच में नहीं आना।''

''हाँ मामा, जैसा आप कह रहे हैं, वैसा ही होगा!''

पहले वाले दो जवानों ने बुजुर्ग को दिलासा दी। उन्हें उम्मीद थी कि बुजुर्ग अपनी बेटी उन्हें ब्याह देगा।

~

यहाँ आते ही चोरों ने अंधेरे में घिरे सोनी जी के मकान के आगे-पीछे के दोनों दरवाज़ों पर ताबड़तोड़ रॉडों से वार किया। सामने के दरवाज़े पर एक जवान के साथ बुजुर्ग चोर था। पीछे का दरवाज़ा उनके रॉड के वार और लातों के धक्के से चरमराकर जल्दी टूट गया। सोनी परिवार घबराकर उठ बैठा। सोनी जी बिजली ऑन करने दौड़े, मगर पीछे से चोरों का गृहप्रवेश हो चुका था। बिजली जली ही थी कि दो चोरों ने रामजी सोनी को धर दबोचा। एक ने उनकी पत्नी का मुँह बंद कर दिया। बच्ची चीखती, इसके पहले ही एक चोर ने बच्ची का मुँह भी बंद कर दिया। उन्होंने आपस में कुछ इशारा किया। बच्ची को सँभालने वाला चोर बच्ची को लिए-लिए ही सामने के दरवाज़े की ओर बढ़ा और अंदर से लगी उसकी सिटकनी खोल दी। सामने के दरवाज़े पर खड़ा बुजुर्ग चोर और एक जवान चोर भी अंदर आ गया। बुजुर्ग ने आदेशात्मक स्वर में कुछ संकेत किये। शेष चोरों ने पति-पत्नी का मुँह, हाथ और पैर कपड़े से अच्छी तरह बाँध दिए, फिर एक कमरे में धकेलते हुए चलताऊ भाषा में कहा, ''होशियारी करोगे तो जान से जाओगे! चुप्पे पड़े रहो।...अलमारी की चाबी कहाँ है, बतलाओ?''

रामजी सोनी ने बतलाने में थोड़ी देर की तो उनके हाथ मरोड़ दिये गये। घबराई पत्नी ने अलमारी के ऊपर ही चाबी होने का इशारा किया। चोरों को चाबी मिल गई। एक ने अलमारी की सारी चीज़ें उथल-पुथलकर बाहर कर दीं। साढ़े चार सौ नकद के अलावा चाँदी के कुछ ज़ेवर, हल्के वज़न की सोने की दो चूड़ियाँ, नाक और कान के आभूषण इन्हें मिले। बाकी सब कपड़े-लत्ते और कुछ मकान, ज़मीन, बीमा, नौकरी संबंधी कागज़ातों का पिटारा था। शेष मकान में कीमती और कम वज़न का चुराने और उठाकर ले जाने योग्य उन्हें कुछ न मिला।

पति-पत्नी एक कमरे में बँधे पड़े थे और बच्ची को अब बुजुर्ग चोर ने

अपने कब्जे में कर रखा था। बच्ची का मुँह एक हथेली से दबाये, वह दीवान पर बैठा था। बाकी चोर यहाँ-वहाँ और तलाशी ले रहे थे।

बुजुर्ग चोर ने अचानक अपनी हथेली में बच्ची के आँसू महसूस किये। उसने बच्ची का मुँह थोड़ा-सा ढीला कर पूछा, ''अरे, रोती क्यों है? हम तुमको कुछ नहीं करेंगे। तुम्हारे माता-पिता को भी छोड़ देंगे! बस चिल्लाना मत।''

चोर की हथेली के पीछे से बच्ची के होंठ फड़फड़ाये, बोली, ''चोर अंकल, आप लोग हमारे ही घर क्यों आये हो? हमारे घर तो ज्यादा रुपया भी नहीं है!''

''मगर हमारे पास तो इतना भी नहीं है!'' चोर ने कहा और बच्ची के मुँह पर से अपनी हथेली हटा ली। एक हाथ वह अब भी बच्ची की कमर पर रखे था, ताकि वह कहीं भाग न जाये। बच्ची के आँसू थम गये और वह चकित आँखों से अपने घर होती चोरी और इधर-उधर आते-जाते चोरों को देखने लगी। चोरों के बारे में उसने बहुत सुन रखा था। डरती भी थी, किंतु इन चोरों को देखकर उसे ज्यादा डर नहीं लग रहा था। जवान चोर ले जाने योग्य सामान बुजुर्ग चोर के सामने लाकर पटक रहे थे। एक चोर उन्हें गठिया रहा था।

''आप जॉन अंकल, अग्रवाल अंकल के घर जाते तो आपको बहुत सामान और रुपया मिलता! उनकी लड़की मेरी दीदी की सहेली है। वे ही बताती हैं कि उनके घर में कितना रुपया और सोना है!'' लड़की ने साहस कर सलाह दी।

''ठीक है, अगली बार हम तेरे को अपने साथ में ले जायेंगे। तू ही बताना कहाँ-कहाँ रुपया और सोना है!'' बुजुर्ग को उसकी बातों से मज़ा आया, लगा कि उसकी 'लाली' उससे बात कर रही है!

''नहीं-नहीं, मैं आप लोगों के साथ नहीं जाऊँगी। आप लोग दूसरों को बहुत मारते-पीटते हैं। मुझे भी मारेंगे!''

बुजुर्ग ने कुछ नहीं कहा। इतने में अलमारी से निकाले गये जेवर एक अलग कपड़े में बाँधते देखकर बच्ची ने बुजुर्ग चोर से कहा, ''इन गहनों को मत ले जाओ, चोर अंकल! श्वेता दीदी की शादी के लिए माँ ने इन्हें बनवाकर रखा है। अगले साल ही तो शादी है। आप भी आना। देखना इन्हें पहनकर दीदी कितनी अच्छी लगेगी! लेकिन आप लोग इन्हें ले जायेंगे तो वह क्या पहनेगी?''

बुज़ुर्ग कुछ देर सोचता रहा, फिर उस चोर को जो सामान की गठरी बाँध रहा था, संकेतों में कुछ कहा। वह चोर नाराज़ हो गया। बुज़ुर्ग चोर उठा और उसे एक चपत लगा दी और गहनों वाली छोटी गठरी उठाकर स्वयं बच्ची के पास दीवान पर रख दी। इस बीच बुज़ुर्ग के चेहरे पर पड़ा कपड़ा खुल गया और बच्ची ने उसे देख लिया, तो वह बोली, ''चोर अंकल, आप तो मेरे ताऊ जी के समान लगते हैं! उनके भी दाढ़ी-मूँछ के बाल पक गये हैं तो पूरा साफ़ करा लेते हैं। बस नाक के नीचे थोड़ी-सी मूँछें छोड़ देते हैं, बिन्दी जितनी, आपके समान!''

घबराकर बुज़ुर्ग ने झट अपने चेहरे पर फिर कपड़ा कस लिया। अबकी बच्ची को उसने अपनी गोदी में बिठा लिया। इतने में एक चोर चाँदी की एक मूर्ति उठा लाया। मूर्ति बुज़ुर्ग के हाथों में देकर, वह फिर कुछ ढूँढ़ने चला गया। वह मूर्ति कृष्णजी की थी। कृष्णजी बाँसुरी बजा रहे थे और उनके चेहरे पर मुस्कान थी। मूर्ति देखकर बच्ची मचल गई, ''चोर अंकल, यह तो भगवान कृष्ण कन्हैया की मूर्ति है। माँ कहती है कि कृष्ण भी बचपन में चोर थे, माखन चोर! मगर वे तो भगवान थे। पता नहीं भगवान होकर वे चोरी क्यों करते थे। मगर आप चोर होकर दूसरे चोर को क्यों चुरा रहे हैं! माँ तो इनकी रोज़ सुबह पूजा करती हैं। सुबह होगी तो माँ इन्हें ढूँढ़ेंगी।

बुज़ुर्ग चोर को हँसी आ गई। वह मूर्ति भी दीवान पर गहनों की गठरी के पास रख दी। इतने में एक चोर हड़बड़ाता हुआ आया, जो अभी बाहर निगरानी कर रहा था। उसने सबको सतर्क किया।...''लगता है कि पड़ोस के घर में पता चल गया है! मैंने ऊँची आवाज़ में टेलीफ़ोन करते सुना है। शायद पुलिस को बुला रहा हो! उसका कुत्ता इधर ही देखकर ज़ोरों से भौंक रहा है। जल्दी भागो!''

तत्काल बिजली बंद कर दी गई। मकान का मुख्य दरवाज़ा भी बंद कर दिया गया। अंधेरे में टटोलकर चोरों ने दीवान के नीचे रखी दो गठरियाँ उठायीं और पीछे के दरवाज़े की तरफ़ लपके। एक जवान का बच्ची की छोटी साइकिल पर ध्यान था। जाते समय उसने झट से उसे अपने कंधे पर लादा और बाहर ले जाने लगा। बुज़ुर्ग चोर भी बच्ची को वहीं छोड़कर जवानों के पीछे भागने लगा, मगर बच्ची ने दौड़कर उसकी उँगली थाम ली। बाहर चाँद का हल्का उजाला था।

''चोर अंकल, वह तो मेरी साइकिल है। उसे ले जायेंगे तो मैं स्कूल कैसे जाऊँगी ?''

बुजुर्ग ने बच्ची से अपनी उँगली छुड़ाई और अपनी दोनों हथेलियों से बच्ची का सिर थामकर उसके माथे को चूम लिया। फिर वह दौड़ा और साइकिल ले जाते जवान के हाथों से साइकिल छुड़ाकर वहीं ज़मीन पर धर दी। जवान से कहा, ''साइकिल रखोगे तो भाग नहीं पाओगे, पकड़े जाओगे !''

पड़ोस का कुत्ता अपने मकान मालिक की हद में सोनीजी की अधूरी बाउण्ड्री के पास आकर बुरी तरह भौंक रहा था। उस घर के लोग भी पीछे-पीछे टॉर्च लिए निकल पड़े। 'चोर-चोर' की आवाज़ देते हुए करीब आने लगे।

''सोनी जी, सोनी जी !''

पड़ोसियों की आवाज़ सुनकर बच्ची बाहर आई और जवाब में बोली, ''अंकल सारे चोर तो चले गये। माँ और पापा को उन्होंने बाँध रखा है। आप आकर उन्हें खोलिए ना, मुझसे गाँठ नहीं खुलती !''

ईसाई परिवार आया। उन्होंने रामजी सोनी और उनकी पत्नी को बंधनमुक्त किया। थोड़ी देर में सायरन बजाती पुलिस की दो जीपें भी आ पहुँचीं। कुछ और पड़ोसी भी जाग गये थे, वे भी आये। अच्छा मजमा लग गया। पुलिस जाँच-पड़ताल करने लगी।...चोर किधर से आये ? कैसे दिखते थे ? किस भाषा में आपस में बोलते थे ? क्या पहना-ओढ़ा था ? क्या-क्या सामान चुराकर ले गये ? आदि, आदि।

पति-पत्नी ने जल्दी-जल्दी अपने घर के सामान की सुध ली। रसोई से नया कुकर, टेपरिकॉर्डर, दो नई साड़ियाँ, साढ़े चार सौ नकद, फ्रिज से आइसक्रीम और मिठाई का डिब्बा गायब था। यानी कुछ खास सामान नहीं था। दीवान पर गहनों की पोटली, कृष्ण की मूर्ति और बाहर बच्ची की साइकिल पड़ी हुई थी।

घर के तीनों लोगों से पूछताछ करने के बाद पुलिस ने पाया कि बच्ची ने चोरों को अच्छी तरह से देखा है। अत: दूसरे दिन रामजी सोनी से बच्ची के साथ पुलिस थाने आने का आग्रह किया। रात्रि भर पुलिस ने आस-पास के सारे रास्ते सील कर दिये। दूसरे दिन सुबह आस-पास के संदेहास्पद और निगरानीशुदा अपराधियों को पुलिस थाने उठा लायी। दोपहर में पुलिस की एक जीप सोनी के

निवास पर पहुँची। रामजी सोनी, उनकी पत्नी और बच्ची पुलिस की उस जीप में सवार होकर थाने पहुँचे।

थानेदार ने पति-पत्नी को चाय पिलवायी। बच्ची को टॉफ़ी दी। टॉफ़ी खाती हुई बच्ची से थानेदार ने पूछा, ''बेटी, क्या नाम है तुम्हारा?''

''मीनाक्षी...कुमारी मीनाक्षी सोनी!''

''क्या तुम कल रात के चोरों को देखकर पहचान लोगी?''

''हाँ, पुलिस अंकल, मैंने तो उनसे बात भी की थी। उन्होंने मेरे कहने पर दीदी के शादी के गहने, कृष्ण भगवान की मूर्ति और मेरी साइकिल छोड़ दी थी!''

''चोर तुम्हारी इतनी बात मान गये?''

''सब नहीं, सिर्फ़ एक चोर अंकल अच्छे थे। मैंने उनका चेहरा देखा था।''

''क्या तुम उस चोर को पहचान लोगी?''

''ज़रूर पहचान लूँगी, पुलिस अंकल!''

''ठीक है, बगल के हॉल में चलो। संदेह में हम सत्ताईस लोगों को पकड़ लाये हैं। इन्हीं में वह चोर भी होगा। तुम उन्हें ज़रूर पहचान लोगी। अगर पहचान गईं तो तुम्हें बहुत सारी टॉफ़ियाँ और आइसक्रीम भी मिलेंगी!''

अपने माता-पिता और थानेदार के साथ बच्ची बगल के छोटे से हॉल में गई। पुलिसवालों ने संदेहास्पद लोगों को हॉल की दीवार के किनारे-किनारे तीन तरफ़ खड़ा कर रखा था। बच्ची से कहा गया कि वह हरेक का चेहरा गौर से देखे और पहचान करे।

बच्ची ने बड़ी अदा से संदेहास्पद लोगों के चेहरे देखना शुरू किया। उसकी नज़र कोने में खड़े बुजुर्ग चोर पर आकर ज़रा अटक गई। यही तो हैं वो चोर अंकल! बच्ची को देखकर उस चोर ने अपनी आँखें झुका लीं। थानेदार कड़क आवाज़ में बोला, ''अपना थूथना ऊपर रख साले। चोरी करते समय तो नज़र नीचे नहीं होती!''

थानेदार की कड़क आवाज़ सुन सारे संदेहास्पद लोग घबरा गये। बच्ची भी एक पल के लिए सहम गई। बुजुर्ग चोर सीधे अपने सामने की दीवार की ओर देखने लगा। बच्ची से आँख मिलाने की उसकी हिम्मत नहीं हो रही थी।

उसकी आँखों के आगे अंधेरा छाने लगा। पुलिस आज सुबह ही उसकी झोंपड़ी से उसे और दूसरे जवान साथियों को भी उठा लायी थी। पेट में अनाज का एक दाना भी नहीं गया था। अब दोपहर ढलने को थी।...उसे शरीर में कमज़ोरी और सिर में चक्कर-सा महसूस होने लगा। हाथ पीछे कर उसने दीवार थाम रखी थी, ताकि किसी तरह अपने को खड़ा रख सके। वरना ये थानेदार तो मार-मार कर उसे अभी नरक में पहुँचा देगा!

बच्ची ने उसके चेहरे से अपनी आँखें हटा लीं। सरसरी तौर पर उसने अन्य लोगों को भी देखा और फिर थानेदार से बोली, ‘‘पुलिस अंकल, मैंने सबको देख लिया!’’

‘‘शाबाश बेटी!’’ थानेदार ने ख़ुश होकर बच्ची की तरफ़ एक और टॉफ़ी बढ़ायी और पूछा, ‘‘तो अब बतलाओ बेटी, कल वाला चोर इनमें कौन-सा है, जिससे तुमने बात की थी, जिसका चेहरा तुमने देखा था?’’

अपने परिवार के अंधकारमय भविष्य की कल्पना से वह बुज़ुर्ग चोर सिहर उठा। उसने आँखें मूद लीं। आँखों के कोरों से आँसू ढुलक पड़े।

इधर बच्ची ने टॉफ़ी चूसते और आँखें मटकाते हुए कहा, ‘‘इनमें वे चोर अंकल नहीं हैं, पुलिस अंकल!’’

दद्दू का बेटा

जिसने बहुत दुनिया देखी होती है और बहुत दुख सहा होता है, उसमें अनजाने ही ऐसा कुछ आ जाता है जो अक्सर उसकी आँखों और हावभाव से प्रकट होने लगता है। बस-ड्राइवर बूढ़ा अनवर अली, जिसे सब 'दद्दू' कहते थे, ऐसे ही लोगों में था। पतला-दुबला, साँवला और पके खिचड़ी बालों वाला दद्दू बहुत कम बोलता था। अपनी भावनाएँ दूसरों के सामने व्यक्त करने में उसने हमेशा आनाकानी की और इसलिए भीड़ भरी दुनिया में भी वह गाँव के किनारे खड़े मन्दिर की तरह अकेला रह गया था।

अपनी जवानी की फक्कड़ी में उसने शादी को गुलामी का पर्याय मान लिया था और शादी नहीं की थी। जब उसे अपनी भूल का पता चला तब तक काफ़ी वक्त गुज़र चुका था। किराने की दुकान में नौकरी से लेकर कुली, बढ़ईगिरी, मोटर-गैरेज की वेल्डरी तक उसने न जाने कितना सफ़र तय कर लिया था और अंत में इस प्राइवेट-ट्रान्सपोर्ट कम्पनी की बसों में ड्राइवर के रूप में ऐसे टिक गया था, जैसे बीच समन्दर की लहरों के साथ कोई चीज़ बहती हुई आकर किनारों पर टिक जाती है। उसके जीवन में अब कोई बड़ी आशा और उत्सुकता नहीं बची थी। वह दिनभर की मेहनत के बाद थककर रात को शराब पीकर सुबह तक सोया पड़ा रह जाता था, मगर सुबह अपनी ड्यूटी के थोड़ा पहले ही वह खुद जाग जाता था। रात भर की तन्द्रा दूर करते हुए, अँगड़ाई लेता, मुँह-हाथ धोता, नहाता और अपनी बस के सामने आकर खड़ा हो जाता था। आगे सफ़र पर चलने के लिए कण्डेक्टर की सीटी की प्रतीक्षा करते हुए बस के कलपुर्ज़ों की थोड़ी चेकिंग कर लेता और अपनी सीट पर आ बैठता था। अपनी सीट के पीछे बैठे यात्रियों से वह तटस्थ ही बना रहता था। उसकी नज़रें सीधे काँच के पार सड़क पर टिकी होती थीं। चेहरे और, मन पर मनभर उदासी छायी रहती।

दद्दू के सफ़र की ड्यूटी हर दो-चार दिनों में बदलती रहती थी। कभी उसे दुर्ग से बेमेतरा, कवर्धा की ओर जाना पड़ जाता था, तो कभी बालोद, झरन दल्ली, महामाया या भानुप्रतापपुर की ओर। और कभी धमतरफ़, कोन्डा गाँव होते हुए जगदलपुर तक जाना पड़ जाता था। कई बार दूसरे ड्राइवर अपनी इच्छ और सुविधा के अनुसार अपनी ड्यूटी बदल भी लेते थे, मगर दद्दू ने आज तक कभी अपनी लगी ड्यूटी बदलने का आग्रह नहीं किया था। वह अपनी लगी ड्यूटी की दिशा में यंत्रवत् चल पड़ता था। पूरा स्टाफ़ और बस डिपो के प्रभारी दद्दू से ख़ुश रहते थे। मगर दद्दू को ही अपने अंदर ऐसी किसी ख़ुशी की पदचाप सुनाई नहीं देती थी। उसके अंदर स्थायी खालीपन और उदासी का धुआँ पसरा पड़ा रहता था।

प्राइवेट कम्पनी की इन बसों के ड्राइवरों और कण्डेक्टरों को कभी-कभी अपनी रातें जंगली इलाकों के कस्बाई बस-अड्डों पर भी गुज़ारनी पड़ जाती थीं। उनमें से कुछ लोग इन सुनसान और कम आबादी वाले इलाकों में ग्रामीणों के हाथों बनी सस्ती और तेज़ शराब, तमाम नसीहतों और वर्जनाओं को ताक पर रख, पीकर चुप किये पड़े रहते थे। कुछ नौजवान बसों में लगे टेपरिकॉर्डों से फड़कते हुए गाने और डिस्को-धुनें बजाते हुए झूमते, नाचते रहते, जब तक कि थक न जाते। रात को खाली खड़ी बसें उनका आवास बनतीं। सीटों की गद्दियों को सटा-भिड़ाकर वे अपना बिस्तर बना लिया करते थे।...उन सबकी ज़िन्दगी इसी सुर-ताल पर थिरकती-सरकती बीती जा रही थी।

~

जंगलों से निकलकर सड़कों पर पसरे अंधेरे को अपनी तेज़ रोशनी से चीरती, घरघराती आखिरी बस, जो दुर्ग बस-डिपो से निकली थी और अब महामाया के छोटे से बस-अड्डे पर पहुँची तो रात के लगभग बारह बज रहे थे। इस आखिरी पड़ाव पर उतरने वाले कुल सात यात्री थे, जो बस के रुकते ही उतरकर अपनी दिशा की ओर लगभग दौड़ते से चल पड़े थे। इस आखिरी बस के इंतज़ार में कोई होटल चालू नहीं था। इस बस के ड्राइवर-कण्डेक्टर को अपना भोजन रास्ते में ही किसी बड़े बस-अड्डे पर बने होटल से पैक करवा लेना या वहीं खा लेना पड़ता था।

अन्य दिशाओं से पहले ही आ पहुँची किसी अन्य कम्पनी की दो बसें वहाँ खड़ी थीं। दोनों बसों के ड्राइवर-कण्डेक्टर अपनी बसों में सोये हुए आराम कर रहे थे। अभी आयी बस के कण्डेक्टर ने अपनी बस से पाँव नीचे रखते हुए दूसरी बसों के लोगों को आवाज़ दी, ''ओय साला, सब सो गया क्या?''

''ओय जॉनी, पूरे एक हफ़्ते बाद तुम इधर आये हो यार! तुम्हारे साथ और कौन आया है, अंय?'' अपनी बस की खिड़की से झाँकते उनींदे कण्डेक्टर रमेशर ने पूछा और अचानक जॉनी (जिसे कभी-कभी लोग 'मराठी बाबू' भी कहते थे) के पीछे उतर रही मानवाकृति पर नज़र पड़ते ही लगभग चिल्लाकर बोला, ''दद्दू!...सलाम दद्दू!!''

''सलाम!'' दद्दू ने आहिस्ता से एक हाथ ऊपर उठाकर नीचे गिरा दिया और ठंड के बावजूद भी बंद होटल के बाहर रखी दो बैंचों में से एक पर जा बैठा। वह थक गया था और अब उसका सिर चकराने लगा था। उसकी बस के यात्रियों ने ठंडी हवा से बचने के लिए बस की सारी खिड़कियों को बंद करवा लिया था, जिसमें दद्दू का दम घुटने लगा था।

''ओय रमेशर, बगल की बस का ड्राइवर-कण्डेक्टर खल्लास हो गया क्या साला! कुछ पता नहीं चल रहा है!'' जॉनी बोला।

''अभी-अभी ही सोया है सब। हमारे ड्राइवर साहब भी बेदम हैं।...सोने दो भई, सवेरे ही छह बजे हमारी बस का पहला नम्बर है। जल्दी सोयेगा तो जागेगा जल्दी।...आप लोगों का क्या, आराम से नौ बजे निकलोगे,'' रमेशर ने कहा और जॉनी के साथ दद्दू के पास सामने रखी दूसरी बैंच पर बैठ गया। दद्दू अपनी बैंच पर अब लेट गया था।

''तुमने नहीं पी रमेशर?'' जॉनी ने अपनी रेज़गारी का हिसाब करते हुए पूछा।

''साली बीवी ने कसम खिला दिया है जॉनी!''

''साला, बीवी से डरता है क्या?...बड़ा बहादुर बनता रहा!'' जॉनी ने हँसते हुए कहा। ''यहाँ बीवी देखने थोड़े न आयेगी, क्या?''

''नहीं आयेगी माना, पर फिर अपनी बीवी से नज़र मिला के बात नहीं कर सकता, जॉनी!'' रमेशर बोला।

''साला भगत बन गया तू क्या, अंय?...हमारा दद्दू ही अच्छा है, पूरा

लाइफ़ शादी नहीं बनाया ।...चलो दद्दू उठो, खाना खायेंगे ।...ये रमेशर, हमारे वास्ते होटल वाला कुछ इंतज़ाम-उन्तज़ाम किया कि नई ? हम झरनदल्ली में खाना इसी के वास्ते नहीं खाया और यहाँ ले आया टिफ़िन में । यहाँ खायेंगे भी और पीयेंगे भी, क्यों दद्दू?''

जॉनी अपनी रेज़गारी समेटकर बैंच पर ही खाना लगाने लगा । रमेशर उस छोकरे को ढूँढ़ रहा था जिसे होटलवाले ने एक बोतल शराब छिपाकर रखने और आखिरी बस वालों के माँगने पर देने को कहा था । रुपया तो सुबह होटलवाला आकर ले ही लेता था ।

तभी उस छोटे से कस्बे के बस-अड्डे की ओर निकलने वाली गली से नौ-दस साल का छोटा-सा हँसमुख, गोल-मटोल लड़का प्रकट हुआ । उसके सिर पर सूखे छोटे-छोटे बाल तनकर सीधे खड़े थे । उसने चड्डी और बंडी पहन रखी थी । वह पास ही कहीं चल रही भागवत-कथा में श्रोताओं के साथ मिल-बैठ गया था । आखिरी बस की आवाज़ सुनकर दौड़ता चला आया था । अपने दोनों हाथों को सीने से चिपकाये, अपनी नन्ही-सी छाती को ठंड से बचाते हुए वह उनके सामने आया और सकुचाते, हँसते हुए बोला, ''देर हो गिया ना!''

''बिलकुल, लेकिन अब ला भी जल्दी, कहाँ छुपा रखी है? औरत के माफ़िक हँसता है साला!'' जॉनी बोला और उसे दोबारा गौर से देखने के बाद पूछने लगा, ''नया आया है क्या रे तू?''

''हव!'' लड़के ने सिर हिलाकर हामी भरी और होटल की ठंडी पड़ी भट्टी के दायीं ओर कहीं से एक बोतल निकालकर दे दी । साथ ही दो गिलास और एक डिब्बा पानी भी लाकर रख दिया ।

जॉनी के चेहरे पर संतोष का भाव उभरा । दद्दू उठकर बैठ गया । रमेशर अपनी बस की ओर चला गया । जॉनी के रोकने पर भी नहीं रुका । शराब को सामने देखकर उसका अपने पर से विश्वास उठने लगता था । वह अपनी बस में घुसा और दरवाज़ा बंदकर, मोटी चादर ओढ़कर बस की सीट पर पसर गया ।

जॉनी ने रोटी और मटन का टिफ़िन खोला और दोनों चीज़ें टिफ़िन के अलग-अलग डिब्बों में बाँटकर, गिलासों में शराब उँड़ेलने लगा । उधर लड़का भट्टी के पास बैठा पतली-सी लकड़ी से राख हटाकर अंगार ढूँढ़ने लगा था ।

''ये शराब भी क्या चीज़ है दद्दू, इसके बिना तो ज़िन्दगी बर्दाश्त नहीं

की जा सकती, क्या ?'' जॉनी ने शराब का गिलास अपने मुँह से लगाते हुए दार्शनिकों के अंदाज़ में कहा।

दद्दू ने एक ही घूँट में अपना गिलास खाली कर दिया। उसने जॉनी की बातों की स्वीकृति में एक बार सिर हिलाया। तभी दद्दू की आँखें उस लड़के से मिलीं जो चोरी-चोरी उन्हें देखे जा रहा था। वह लड़का घबरा गया। उसके हाथ की लकड़ी जल्दी-जल्दी राख पर फिरने लगी।

''कुछ खाया कि नहीं तूने ?'' दद्दू ने लड़के से पूछा।

''हव, खाया जी !'' लड़के ने शरमाकर कहा। यूँ तो वह छत्तीसगढ़ी ही बोलता रहा था, मगर यहाँ बस अड्डे पर धीरे-धीरे उसने कण्डेक्टरों-ड्राइवरों के मुँह से निकली हिन्दी की नकल करना भी शुरू कर दिया था। इस नकल में उसे मज़ा भी आने लगा था और उसका अभ्यास बढ़ता जा रहा था। यूँ भी अपने गाँव की पाठशाला में उसने तीन दर्जे तक पढ़ाई की थी। उसका हिन्दी से पाला पहले ही पड़ चुका था।

''क्या खाया रे ?'' दद्दू ने फिर पूछा।

''भजिया, चने का साग और एक समोसा और चाय भी पीया था,'' लड़के ने फटाक से उत्तर दिया। ये सारी चीज़ें आज होटल से बिकने से रह गई थीं, जो मालिक ने इन लड़कों को खाने के लिए बाँट दी थीं। इस लड़के के अलावा दो और लड़के भी इस होटल में काम करते थे, जो इस लड़के से काफ़ी बड़े थे। वे दोनों लड़के कई वर्षों से अनेक होटलों में काम कर चुके थे और फ़िलहाल इस होटल में टिके हुए थे। उनका घर इसी कस्बे में था।

यह छोटा लड़का अभी आया था, सप्ताह भर पहले। इसके पिता दो साल पहले मर चुके थे और पिछले दो माह पहले जब उसकी माँ किसी और को पति मानकर रहने लगी, जो पहले से शादीशुदा था, तो यह नया पिता इस लड़के के नन्हे से हृदय को कबूल न हुआ था। जंगलों, पहाड़ों से घिरे अपने गाँव को, जहाँ देर से सुबह और जल्दी शाम घिर आती थी, छोड़कर यहाँ भाग आया था। बस-अड्डे के इस होटल के मालिक ने उसे कप-प्लेट धोने के लिए रख लिया था। शेष दोनों बड़े लड़के, जिनकी अपनी स्थिति भी कम दयनीय नहीं थी, लेकिन जिनका यहाँ अपना घर था, रात दस बजे अपने घर चले जाते थे।

शराब खत्म हो गई थी। रोटी और मटन खाया जाने लगा। जॉनी ने अपना

हिस्सा जल्दी-जल्दी खा लिया। उस पर शराब की खुमारी कुछ अधिक थी। वह जल्दी सोना चाहता था।

''दद्दू, तुम्हारे सिर का दर्द कैसा है? अब तो ठीक हो गया होगा!''

''हाँ, ठीक ही है थोड़ा अब!'' दद्दू ने जॉनी को जवाब दिया। दद्दू से पूरा खाना खाया नहीं गया था। उसने अलग से हाथ धो लिए। बस की ओर आराम करने, सोने के लिए बढ़ते हुए, रमेशर ने लड़के की ओर इशारा करते हुए कहा, ''टिफ़िन माँज-धोकर सुबह बस में रख देना, क्या!''

~

दोनों ने बस में घुसकर दरवाज़ा बंद कर दिया। एक को छोड़कर शेष सभी खिड़कियों के काँच पहले से बंद थे। सीटों पर अपना-अपना बिस्तर लगाकर वे लुढ़क गये। जॉनी तो तुरंत सो गया, मगर दद्दू को जल्दी नींद नहीं आ रही थी। दद्दू के पास की खुली खिड़की के बाहर चाँद का उजाला बिखरा हुआ था। अचानक दद्दू को टिफ़िन के खुलने की आवाज़ सुनाई दी। वह उठ बैठा। उसने काँच के पार होटल की ओर देखा। होटल की बुझी भट्टी के पास चाँद के हल्के उजाले में उसने लड़के को जूठे टिफ़िन की बची हुई रोटी और सब्ज़ी को बड़ी तल्लीनता से खाते हुए पाया। उसके खाने के अंदाज़ से लगा कि होटल के मालिक से प्राप्त खाद्य-सामग्री से उसका पेट भरा नहीं था। दद्दू की इच्छा हुई, वह तुरंत उठे और उसके पास चला जाये, मगर फिर कुछ सोचकर वह रुका रहा और छिपकर उसे देखता रहा।

लड़के ने शेष सारी रोटी-सब्ज़ी खा ली, फिर धीरे से उठ कर होटल के बाहर रखी टंकी से पानी लेकर और थोड़ी मिट्टी उठा, टिफ़िन को माँज-धोकर साफ़ कर दिया, फिर ठंडी भट्टी के पास ही आकर लेट गया।

दद्दू की शराब की खुमारी एकदम गायब हो गई। वह बस का दरवाज़ा खोलकर बाहर निकला। बस-अड्डे और कस्बे के चारों ओर फैले घने जंगल और पहाड़ बाल-कहानियों के दैत्यों की तरह भयावह लग रहे थे। ज़ोरों से ठंड पड़ रही थी। एक क्षण दद्दू की इच्छा हुई कि वापस बस में लौट जाये, मगर उसने झट अपना विचार बदल दिया। वह लड़के के पास पहुँचा। दो पल खड़ा रहा। लड़का आँखें बंद किये एक बोरे में घुसा हुआ था। उसके सिरहाने के पास टिफ़िन के डिब्बे रखे हुए थे। ठंड से उसका शरीर हौले-हौले काँप रहा था।

दद्दू के सीने में ढेर सारा ममत्व पहाड़ी झरने की तरह छलछला उठा। वह लड़के के सिरहाने जा बैठा। उसकी उँगलियाँ काँपती हुईं, गोया वह कोई अपराध कर रहा हो, लड़के के सिर पर फिरने लगीं। लड़का घबराकर उठ बैठा। सिरहाने रखे टिफ़िन के डिब्बों को हाथ में लेकर दद्दू की ओर बढ़ाते हुए बोला, ''आप लोग सो गया, सोच के मैंने नइ दिया। सुबेरे दूँगा करके। लो साफ़ कर दिया है ड्राइवर साब!''

टिफ़िन उठाये दोनों नन्हे हाथों को अपने सामने देखकर दद्दू को लगा जैसे वे हाथ उससे कुछ याचना कर रहे हों। लड़का अब भी कमर तक बोरे में घुसा हुआ था। दद्दू ने टिफ़िन अपने हाथों में लेते हुए कहा, ''चलो, बस में सोना। यहाँ बहुत ठंड है!''

लड़का अचकचाकर उसे देख रहा था। उसका संकोच अब भी खत्म नहीं हुआ था। दद्दू ने फिर कहा, ''क्या सोच रहा है, चल!''

''बोरा भी रख लूँ?''

''नहीं, वहाँ ठंड नहीं है और बिछाने को गद्दियाँ हैं।''

अपने साथ लड़के को बस में चढ़ाकर दद्दू ने दरवाज़ा बंद कर लिया। अपने बिस्तर के पास ही दो गद्दियाँ लगाकर लड़के के लिये अलग बिस्तर तैयार कर दिया। अपने बिस्तर पर स्वयं लेटकर दद्दू ने देखा कि लड़का बिस्तर पर लेटा तो सही पर उसकी आँखें अब भी खुली हैं।

''चल सो भी जा, रात बहुत हो गई है। क्या सोच रहा है?''

लड़का एक पल सकुचाता–सा चुप रहा, फिर पूछा, ''ड्राइवर साब, तुम हमारे सिर के पास क्या कर रहा था?''

लड़के ने दद्दू को परेशानी में डाल दिया। उसे कोई उत्तर नहीं सूझा। बोला, ''क्या पता, शायद भट्टी में अंगार होगा सोचकर गया था! चल सो जा।''

दद्दू ने स्वयं लड़के की तरफ़ पीठ कर ली।

''ड्राइवर साब!'' थोड़ी देर बाद फिर लड़के की आवाज़ सुनायी दी तो दद्दू ने मुँह फेर कर पूछा, ''क्या है रे?''

''तुम्हारा सिर दबा दूँ? दरद कर रहा था न?''

दद्दू की इच्छ हुई, लड़के को खींचकर सीने से लगा ले। अपनी भावना को दबाकर और कुछ रूखे स्वर में उसने कहा, ''ना, अब ठीक है। चल अब

तू भी सो जा!'' और अपने सिरहाने के पास रखे तौलिए को उसकी तरफ़ बढ़ाते हुए कहा, ''इसे अपने पास रख, चाहे तो ओढ़ लेना या सिर के नीचे रख लेना।''

~

दद्दू देर तक सोता रहा था। जॉनी ने एक-दो बार उसे आवाज़ भी दी, पर वह नहीं जागा। जब नींद टूटी भी तो सबसे पहले उसे लड़के की याद आयी। लड़का सुबह उठकर जॉनी से भी पहले बस का दरवाज़ा खोलकर होटल में चला गया था। होटल के दूसरे नौकर लड़के भी होटल पहुँच गये थे। एक लड़का भट्टी सुलगा रहा था। एक लड़का नाश्ते के सामान की तैयारी में जुटा हुआ था। छोटा लड़का बैंच, टेबल, गिलास साफ़ कर अब होटल के आँगन में झाड़ू से कचरा एकत्रित कर रहा था। होटल में सुबह-सुबह बस-अड्डे आये यात्रियों और बस के कण्डेक्टरों-ड्राइवरों के लिए चाय-नाश्ता तैयार किया जाता था। होटल का मालिक काउन्टर पर बैठा सिगरेट पी रहा था और बीच-बीच में नौकरों पर झल्लाता जा रहा था। नौकर लड़के उसकी झल्लाहट से बेफ़िक्र अपना काम अपनी गति से किये जा रहे थे। भट्टी अब सुलग गई थी। चाय के लिए दूध और पानी अलग-अलग गरम किया जा रहा था। नाश्ते में समोसे और पूड़ियाँ बनने लगी थीं। मटर के दाने मिलाकर आलू की सब्ज़ी भी नाश्ते के लिए तैयार की जानी थी।

होटल के बाहर बैंचों पर और बसों की छतों पर बहुत ही सुहावनी धूप पसरी पड़ी थी। कुछ यात्री सुबह छूटने वाली बसों के इंतज़ार में बैंच पर आ बैठे थे। रमेशर और उसकी बस का ड्राइवर भी होटल में नाश्ते और चाय के लिए आ बैठे थे। एक बस अभी-अभी छूटी थी। कुछ देर बाद इनकी बस का नम्बर था। जॉनी और दद्दू की बस का नम्बर सबसे आखिर में था, इसलिए उन्हें ज़्यादा जल्दी नहीं थी।

दद्दू उठकर होटल के पिछवाड़े चला गया। होटल के पीछे कच्चा टॉयलेट और नहाने का जुगाड़ भी था। आदेश पर बस-स्टाफ़ के लोगों के लिए गरम पानी भी उपलब्ध किया जाता था। दद्दू आकर होटल की बैंच पर बैठा तो रात वाला छोटा लड़का दद्दू की टेबल पर एक मग में पानी रख गया। दद्दू ने पूछा,

‘‘रात कब भाग आया रे तू?’’

‘‘रात को नइ, सुबेरे। साथी होटल आ गये थे। भट्टी भी जलानी थी ना,’’ लड़के ने हँसते हुए कहा। फिर अचानक उसके चेहरे पर मायूसी छा गयी। धीरे से कान के पास आकर बोला, ‘‘मालिक के आते तक सोया रहूँगा तो मारेगा नइ क्या मालिक। नौकरी से निकाल देगा तो और कहाँ जाऊँगा मैं!’’

नन्हे से लड़के के मुँह से ‘नौकरी’ का नाम सुनकर न जाने क्यों दद्दू को बुरा लगा। तुरंत कुछ बोल न फूटे। सामने रखे मग के पानी को एक गिलास में डालकर मुँह से लगाया तो पानी कुछ कुनकुना लगा। दद्दू से नज़र मिलते ही लड़का मुस्कुराने लगा और धीरे से बोला, ‘‘कितनी तो ठंड है! पानी तो एकदम ठंडा था, उँगलियाँ जम जातीं। मैंने एक लोटा चाय के लिए रखा गरम पानी मग में मिला दिया था जी!’’

‘‘तभी तो!’’ दद्दू बुदबुदाया और दातुन चबाकर थोड़ी दूर पर मुँह-हाथ धोने लगा। बस अड्डे के पीछे ही जंगल के पास एक नाला बहता था। सुबह-सुबह उस नाले के पानी से इन दिनों भाप उड़ा करती थी। चारों तरफ़ उधर देर तक कोहरा छाया रहता था। दद्दू और जॉनी चाय पीकर, उधर ही दिशा-मैदान से और नहा-धोकर लौटे तो होटल में नाश्ता तैयार हो चुका था। इस बीच रमेशर की बस जा चुकी थी।

अपनी बस छूटने के पहले दद्दू और जॉनी ने चाय-नाश्ता लिया। रात की शराब और अभी के चाय-नाश्ते का रुपया होटल मालिक को देकर वे दोनों अपनी बस के करीब पहुँचे। जॉनी दुर्ग की ओर जानेवाले यात्रियों की टिकट बनाने लगा। दद्दू अपनी बस के कलपुर्जों का निरीक्षण करने लगा। दद्दू अपना काम खत्म कर फिर बस से टिक कर धूप सेंकने लगा। तभी होटल-मालिक की गालियों भरी कड़क आवाज़ सुनायी दी। वह छोटा-लड़का अपने मालिक के पास ही रुआँसा सिर झुकाकर खड़ा था। दद्दू यूँ तो किसी के झगड़े-लफड़े में पड़ता नहीं था, मगर आज उससे रहा नहीं गया। वह होटल की तरफ़ बढ़ा और मालिक से उसके चिल्लाने का कारण पूछा। पता चला कि उस लड़के ने साफ़ करते समय काँच के दो गिलास फोड़ डाले हैं। किसी तरह दद्दू के कहने पर होटल-मालिक शांत हुआ, मगर साथ ही उसने यह धमकी भी दी कि वह किसी योग्य लड़के के मिलने पर इस लड़के की छुट्टी कर देगा।

सामान्यत: सभी होटलों के नौकर स्वयं मालिक से त्रस्त होकर दूसरी जगह भाग जाया करते थे। वैसे होटल-मालिकों को न नौकरों की भारी कमी थी, न उन पर अधिक खर्च ही बैठता था। इस जंगली इलाके में कुछ नौकर तो सुबह-शाम के भोजन पर ही दिन भर होटल में जूठी प्लेटें साफ़ किया करते थे। कुछ ही पुराने और ज़रूरी नौकरों को भोजन के अलावा कुछ नकद राशि मिल जाया करती थी। मालिक को अधिकाधिक फ़ायदा पहुँचानेवाले नौकरों को अन्य होटलवाले अधिक पैसे और सुविधा का लालच देकर अपने पास खींच लाते थे। यह भाग-दौड़ अक्सर देखने में आती थी। प्राय: सभी होटलों में एक-दो अतिरिक्त नौकरों की भरमार थी।

जॉनी ने आवाज़ देकर दद्दू को बुलवाया कि अब बस के जाने का समय हो गया है। दद्दू अपनी सीट पर आकर बैठ गया। धूप खाते कुछ यात्री दौड़कर उस बस में सवार होने लगे। तभी दद्दू ने आवाज़ देकर उस लड़के को अपने पास बुलाया। लड़का घबराया सकुचाया-सा बस के पास आकर खड़ा हो गया। बस की सीट से नीचे उतरकर दद्दू ने धीरे से उससे पूछा, ‘‘क्या नाम है तेरा ?’’

‘‘दीना !’’ लड़के ने अपने दोनों हाथों के अँगूठों को एक-दूसरे से भिड़ाते हुए कहा।

‘‘दीना, आगे पढ़ेगा तू ?’’ दद्दू ने उसके चेहरे के उतार-चढ़ाव को घूरते हुए पूछा।

दीना ने सिर उठाकर एक पल चुप हो, दद्दू की ओर देखा, जैसे दद्दू के इस प्रश्न की प्रासंगिकता उसके चेहरे पर ढूँढ़ने की कोशिश कर रहा हो, पूछा, ‘‘क्यों ?’’

उसके इस ‘क्यों’ से दद्दू ज़रा झुँझलाया, ‘‘अरे क्यों क्या, बच्चे पढ़ते हैं !’’

‘‘जिनके माँ-बाप होते हैं और वो पढ़ाना भी चाहते हैं, जिनको रोज़ खाना मिलता है, जिनको कोई काम नहीं होता, वे लोग पढ़ते हैं !’’

‘‘तेरी बात कुछ ठीक भी है, मगर लोग बड़े होकर कोई अच्छा काम कर सकें, इसलिए भी तो पढ़ते हैं। क्या तू कोई अच्छा काम नहीं करना चाहता ?’’

‘‘अच्छा काम ?’’ दीना ने आश्चर्य से पूछा तो दद्दू की समझ में नहीं आया कि अच्छा काम किसे कहे, मगर तुरंत दीना ने दूसरा सवाल कर दद्दू को उबार

लिया। ''मेरे को पढ़ायेगा कौन ? खाना कौन देगा ?''

''मैं!'' दद्दू ने झट कहा। दीना चुप रह गया। उसे विश्वास नहीं हुआ। ऐसे कैसे हो सकता है, ड्राइवर साब उसे क्यों पढ़ायेगा भला ? दीना को चुप देख दद्दू ने आगे कहा, ''मैं पढ़ाऊँगा, शहर के स्कूल में तुझे। मेरे साथ रहना तू। बस शर्त है कि तू मन लगाकर पढ़ेगा, शैतानी नहीं करेगा और मेरी बात मानेगा!''

दीना के चेहरे पर मुस्कान खिल गई। फिर भी मन का संदेह प्रकट कर ही दिया, ''पर होटल का मालिक तो गुस्सा होगा!''

''नहीं होगा। अगली बार जब आऊँगा, उससे पूछकर ले जाऊँगा मैं!''

''तुम कब आओगे ?''

''जब इधर की फिर ड्यूटी लग जायेगी। शायद अगले हफ़्ते।''

''ड्राइवर साब, मैं आपका बहुत-सा काम कर दूँगा। खूब पढ़ूँगा और कोई शैतानी भी नहीं करूँगा। मुझे तुम अपना काम भी सिखा देना। बड़ा होकर मैं बस भी चलाऊँगा। तुम्हारी हर बात मानूँगा ड्राइवर साब, पर मुझे ज़रूर यहाँ से ले जाना!''

दीना भावुक हो उठा था। दद्दू ने प्यार से उसके सिर पर हाथ फेरा और कहा, ''हाँ ज़रूर, मगर तब तक तू यहाँ ठीक से रहना। इस बीच किसी से कहना नहीं कि मैं तुझे ले जाने वाला हूँ। और हाँ, ये 'ड्राइवर साब' क्या कहता है ? सबकी तरह तू भी 'दद्दू' ही कहा करना मुझे, समझे ?''

जॉनी ने सीटी बजायी तो दद्दू बस पर अपनी सीट पर बैठ गया और इंजन स्टार्ट कर दिया। बस थोड़ी दूर आगे बढ़ी लेकिन मोड़ पर उसकी रफ़्तार कुछ कम हो गई। दद्दू ने पलटकर होटल की तरफ़ जो देखा तो पाया कि दीना अब भी खड़ा उसकी ओर बड़ी उम्मीद से देखे जा रहा है।

~

और दीना को इंतज़ार करते हुए एक हफ़्ते से ज़्यादा हो गया, उसका दद्दू नहीं आया। दीना की व्याकुलता बढ़ती गई। जब उससे नहीं रहा गया तो उसने अन्य बसों के कण्डेक्टरों, ड्राइवरों से दद्दू के बारे में जानकारी प्राप्त करने की कोशिश की। ज़्यादातर लोगों ने अपनी अनभिज्ञता व्यक्त कर दी। कुछ ने तो सीधे झिड़क भी दिया, तो कुछ ने मज़ाक भी उड़ाया। बावजूद इसके वह हर दिन किसी-न-

किसी से पूछ ज़रूर लेता था।

और एक दिन जब कण्डेक्टर रमेशर ने उसे बड़ी गम्भीरता से दद्दू का सही हाल बताया तो उसके नन्हे दिल को बड़ी ठेस लगी। दद्दू से शीघ्र मिलने को उसका मन तरसने लगा। रमेशर ने उसे बतलाया था कि दद्दू किसी और कण्डेक्टर के साथ कवर्धा की ओर गया था कि उसकी बस का एक्सीडेंट हो गया था, जिससे उसके बाएँ पाँव में चोट लगी थी। एक ट्रक ने सीधे आकर उसकी बस को टक्कर मार दी थी, मगर इस एक्सीडेंट में दद्दू की कुशलता के कारण किसी यात्री की जान नहीं गई थी। ट्रक के एक तरफ़ के धक्के से बस ड्राइवर की साइड से चिपट गई थी और दद्दू का एक पैर उसमें फँस गया था। बाद में उस पैर को डॉक्टरों ने काट दिया था। दद्दू इस बीच अस्पताल में भर्ती रहा। जब लौटा तो उसे ड्राइवरी की जगह बस डिपो में पहरेदारी का काम सौंप दिया गया था।

दद्दू को इस बीच दीना की याद तो आई थी, मगर वह उसे एक स्वप्न की तरह भूल गया था। उसे लगा कि उसने लड़के से जो बात की थी, वह अब शायद पूरी नहीं कर सकेगा। एक पैर को इस तरह गँवा बैठने का दुख उसे अंदर-ही-अंदर सालता रहता था। उससे अब बैसाखियों के बिना दो कदम भी चला नहीं जाता था, लेकिन फिर भी उसने अपना दुख किसी पर प्रकट नहीं होने दिया था। वह पहले की तरह ही खामोश और निश्चिंत रहता। डिपो के मेनगेट के पास बैठा वह आती-जाती बसों और वर्करों को देखता रहता।

''कण्डेक्टर साब, मेरे को ले चलोगे वहाँ?'' हताश दीना ने एक दिन रमेशर से निवेदन किया।

''कहाँ?'' रमेशर ने अनजान बनते हुए पूछा।

''वहाँ, शहर में, जहाँ दद्दू दादा रहते हैं!'' दीना को सिर्फ़ 'दद्दू' कहना जमा नहीं, इसलिए उसने 'दादा' और जोड़ दिया था।

''नहीं!'' रमेशर ने साफ़ इनकार कर दिया। वह किसी झमेले में फँसना नहीं चाहता था। बोला, ''मैं तुम्हारे होटल मालिक से दुश्मनी मोल नहीं लेना चाहता। आखिर मुझे यहाँ अक्सर तो आना ही पड़ेगा। कल तुम्हारे माँ-बाप तुम्हें ढूँढ़ते हुए यहाँ आ जायेंगे, तब तो मैं और भी फँस जाऊँगा। नहीं बाबा, मुझसे ये काम नहीं होगा।''

इतना कहकर रमेशर उसके पास से ऐसे हट गया, जैसे उसे कोई छूत की बीमारी लग जाने का डर हो।

एक दिन दीना को बस-अड्डे में जॉनी दिखाई पड़ा, जो किसी और ड्राइवर के साथ बस लेकर आया था। इस नये बस-ड्राइवर को, जो मनमाना, मोटा, साँवला और छोटे-छोटे घुँघराले बालोंवाला अधेड़ था और जो अपनी छोटी-छोटी चमकीली आँखों से सारी दुनिया को दुश्मनी से देखता दिखायी देता था, उसे देखकर दीना को डर लगा। इसलिए रात में जॉनी को अकेले पाकर उसने अपने बारे में बात की। जॉनी कुछ सोचकर तैयार हो गया। बोला, ''सवेरे तू तैयार रहना, क्या। बस चालू होते ही आकर बैठ जाना।''

दूसरे दिन सुबह जब जॉनी की बस जाने को तैयार थी और दीना होटल में काम करते हुए एक नज़र इस बस पर भी लगाये हुए था कि बस चले तो वह दौड़कर उसमें घुस जाये। तभी एक दूसरी बस आकर अड्डे पर लगी। उस बस के कण्डेक्टर ने जॉनी को सतर्क कर दिया, ''देखकर चलना, आगे के स्टॉप में चैकर माँगीलाल खड़ा है!''

माँगीलाल इस बस कम्पनी का बड़ा दुष्ट चेकर माना जाता था। अन्य कण्डेक्टरों की तरह जॉनी भी उससे डरता था। बस चालू हुई और दीना दौड़कर बस के दरवाज़े के करीब पहुँचा तो जॉनी ने दुख के साथ इनकार कर दिया। बोला, ''आज नहीं बाबा, किसी और दिन चलना क्या। आज बड़ी चैकिंग है। बेटा, माँगीलाल अगले स्टॉप पर खड़ा है, ऐसा बोलते हैं। किसी और दिन मैं तेरे को ज़रूर ले जाऊँगा, क्या!''

और बस आगे बढ़ गई। जब दीना होटल लौटा तो मालिक ने उसे दो चाँटे लगा दिये। बोला, ''कुछ दिनों से देख रहा हूँ, तेरा होटल के काम में मन नहीं लग रहा है! ड्राइवरों-कण्डेक्टरों के मुँह लगता है, इसके-उसके पास दौड़ा फिरता है। क्या करने गया था उसके पास तू, बोल? साला भागना चाहता है! टाँग तोड़कर रख दूँगा कि फिर चल-फिर भी न सके।...इसीलिए तेरे को मैं खिला-पिला रहा हूँ, बोल?''

दीना को मालिक भोजन के अलावा कुछ भी नकद राशि तो देता नहीं था, इसलिए उसकी जेब खाली ही रहती थी, लेकिन कभी-कभी रात की बस के ड्राइवर-कण्डेक्टरों के लिए होटल में छिपा रखी शराब उपलब्ध कराने और

उनका थोड़ा-बहुत काम कर देने के एवज में जो टिप उसे मिल जाती रही थी, वह कुल जमा राशि बहुत ही कम थी, जिसे वह होटल के एक दूसरे लड़के के पास गुप्त रूप से जमा करता रहा था। एक दिन उसने उस लड़के से वे रुपये माँगकर अपनी बंडी की जेब में रख लिए।

बुधवार के दिन बस अड्डे के बगल में ही कस्बे का बाज़ार लगता था। वह दुर्ग जाने के लिए देर शाम को छूटने वाली आख़िरी बस में बाज़ार की भीड़ का लाभ उठाकर सवार हो गया। उसने बंडी की जेब में दो ताज़ा अमरूद भी बाज़ार से खरीदकर रख लिए थे। दद्दू को जाकर कुछ-न-कुछ तो खाने की चीज़ देनी ही होगी न! शहर में पेड़-पौधे तो होते न होंगे, फल कहाँ से मिलेंगे!

उसके होटल से निकलते समय किसी का ध्यान उसकी तरफ़ नहीं था। इस बस के ड्राइवर-कण्डेक्टर भी उसके लिए नये थे। उसने फ़िलहाल अपनी मौजूद रकम से कुसुमकसा तक की टिकट ले ली। 'आगे फिर देखा जायेगा,' उसने सोचा। दद्दू के शहर के लिए जितने रुपये लगते थे, उतने उसके पास तो कभी रहे नहीं। बस झरनदल्ली होते हुए कुसुमकसा पहुँची। कुसुमकसा का अपना कोई बस-अड्डा नहीं था, इसलिए बसें मुख्य सड़क पर खड़ी होकर थोड़ी देर में आगे बढ़ जाती थीं। मुख्य सड़क पर प्रकाश की भी व्यवस्था नहीं थी और रात थी अंधेरी।

बस के रुकते ही कुछ सवारियाँ उतरने-चढ़ने लगीं। दीना भी उतर गया और टहलता हुआ बस के पीछे चला गया। एक यात्री ने अपने सामान की गठरी बस के पीछे लगी सीढ़ी से चढ़कर, उतार ली और एक तरफ़ चला गया। इस दौरान ड्राइवर के पास जाकर कण्डेक्टर उससे बीड़ी माँग कर पीने लगा था। बस के पीछे देखने वाला कोई नहीं था। दीना बड़े आत्मविश्वास के साथ बस की सीढ़ियाँ चढ़, छत पर रखे कुछ सामानों की आड़ में दूर ड्राइवर की साइड में लेट गया था। छत में अब सिर्फ़ एक बड़ी गठरी और एक साइकिल ही रखी थी। दोनों सामान भी सीढ़ी के करीब ही रखे थे। आज की यह तरकीब उसे होटल के उस लड़के ने सुझाई थी, जिसके पास उसने अपना रुपया जमा कर रखा था। उसी लड़के ने दीना को बतलाया था कि यह बस रात दस बजे दुर्ग बस अड्डे में पहुँचती है। मगर जब तक बस कुसुमकसा से आगे नहीं बढ़ी, दीना का हृदय धड़कता रहा।

बस कुसुमकसा से निकलकर बालोद बस अड्डे पर फिर रुकी तो एक यात्री ने अपनी साइकिल बस पर चढ़कर नीचे उतार ली। उसे इतनी फ़ुर्सत नहीं थी कि बस के अन्य सामानों और चीज़ों का निरीक्षण करे। संयोग से कण्डेक्टर भी इतना आलसी था कि यात्रियों का सामान छत से उतारने-चढ़ाने के लिए सीढ़ियों से ऊपर-नीचे होने से बचता था, लेकिन उसने यात्री की साइकिल को नीचे खड़े होकर उतारने में मदद ज़रूर की थी, क्योंकि साइकिल को अकेले के बूते चढ़ाना-उतारना मुश्किल ही था।

बालोद के बस अड्डे पर चाय-पान की एक दूकान खुली हुई थी, शायद वह दिन-रात खुली ही रहती थी। यहाँ आकर ड्राइवर बस से नीचे उतर आया। कण्डेक्टर पहले से नीचे उतर गया था। दोनों एक साथ बगल के टॉयलेट में घुसे और फिर साथ में आकर चाय पीने लगे। चाय के बाद उन्होंने अपनी बीड़ियाँ सुलगा लीं। बस के अंदर बचे यात्री नींद में थे और उन्हें कुछ फ़र्क नहीं पड़ता था कि बस चल रही है या रुकी पड़ी है। उन्हें अपना गन्तव्य आने पर ही देखना था कि वह सही है या नहीं! उनकी संख्या भी अब गिनती में पन्द्रह रह गई थी। मगर बेचारा दीना बस की छत पर गठरी बना ठंडी हवा और गिरते कोहरे में ठिठुरता पड़ा था।

~

बस रात के अंधेरे को चीरती, छोटे-छोटे अनेक गाँवों-कस्बों को पार करती हुई दुर्ग शहर पहुँची तो रात के लगभग दस बज रहे थे। पूरा शहर और बस अड्डा जगमगा रहा था। दीना ने बस की छत से शहर को देखा। शहर इतना बड़ा होता है क्या! इतनी ऊँची-ऊँची इमारतें! इसमें लोग चढ़ते किधर से होंगे! और ये बड़ा-सा बस अड्डा और इतनी सारी जगमगाती बिजलियाँ उसने पहली बार देखीं। 'अच्छा तो ये शहर है दद्दू दादा का, इसे छोड़कर कौन भला जाना चाहेगा!'...वह सोचता हुआ मुस्कुरा उठा।

उस बड़े से बस अड्डे पर बहुत सारी रंग-बिरंगी बसें खड़ी थीं। तभी बस की सीढ़ी पर कुछ हलचल हुई। दीना लेटे, चुप पड़ा रहा। दीना को डर था, इतने सारे प्रकाश में उसका सिर कोई देख न ले। एक यात्री ने सीढ़ी चढ़कर छत से अपनी गठरी खींची और उसे लेकर नीचे उतर गया।...मगर दीना कैसे उतरे!

बस के जब सारे यात्री बस से उतर गये तब बस डिपो की ओर चली गई, जो बस-अड्डे से लगा हुआ ही था। बस डिपो में जाकर एक बड़े से खाने में खड़ी हो गई। अलग-अलग खानों में और भी कुछ बसें खड़ी थीं। कण्डेक्टर अड्डे पर ही उतर गया था, अब ड्राइवर भी अपनी सीट से नीचे कूद पड़ा और जाने कहाँ गायब हो गया। दीना दुबककर अब भी बस की छत पर पड़ा रहा। अब तक किसी का ध्यान उसकी तरफ़ नहीं गया था। थोड़ी-थोड़ी देर में और भी कुछ बसें आकर डिपो के खानों में खड़ी होती रहीं।

रात के लगभग बारह बजे, जब रात को आनेवाली सभी बसें आ गईं तो मेनगेट बंद कर दिया गया। डिपो के सभी कर्मचारी अपने आराम करने की जगह जा चुके थे। डिपो में सन्नाटा छा गया था। दीना बस की छत से उतरा। बस की छत पर अब तक ठंड से लड़ते हुए उसके शरीर की ऊष्मा खत्म-सी हो गई थी। बस से नीचे उतरकर उसने ठंड से बचने की जगह ढूँढ़ी। एक सुरक्षित कोना उसे नज़र आया, जहाँ कुछ अंधेरा भी था। वह वहाँ जाकर सिकुड़कर बैठ गया। उसे भूख लगी थी। एक बार उसकी इच्छा हुई कि उसकी बंडी की जेब में जो अमरूद रखे हैं, उनमें से एक खा ले। आज रात का खाना तो उसने खाया ही नहीं था। मगर उससे ऐसा न हो सका। दद्दू के लिए लाये अमरूद भला वह कैसे खा सकता है। सुबह ज़रूर दद्दू दादा से उसकी मुलाकात हो जायेगी, उसे पूरी आशा थी। उसने दोबारा अपने घुटने समेटे और कुड़कुड़ाता हुआ सुबह होने के इंतज़ार में बैठा तो उसे नींद आ गई।

एक ताल से ज़मीन को पीटने की सी आवाज़, जो क्रमशः पास आ रही थी, सुनकर दीना जाग गया और घबरा गया। उसने घुटने में अपना सिर अच्छे से छुपा लिया। उस आवाज़ के साथ टॉर्च की तीखी रोशनी भी घूम रही थी। अचानक दीना को लगा टॉर्च की पूरी रोशनी उसके शरीर पर पड़ रही है। वह एकदम घबरा गया और अपनी आँखों को चौंधियाने से बचाने के लिए उसने अपनी हथेलियों से अपना चेहरा ढँक लिया।

''अरे, कौन है तू?'' डिपो के पहरेदार ने कड़क आवाज़ में पूछा।

''बताता हूँ, पहले अपनी टारच दूसरी तरफ़ करो न!'' दीना ने रुँआसे स्वर में कहा।

''कौन, दीना? तुम हो!'' बैसाखियों के सहारे खड़े पहरेदार की परिचित

आश्चर्य मिश्रित आवाज़ दीना ने सुनी। वह अपने दद्दू को पहचान गया। दौड़कर वह दद्दू की साबुत टाँग से लिपट गया।...''ओ...दद्दू दादा...!''

दीना का दिल ख़ुशी से भर उठा। आँखें आँसुओं से छलछला उठीं। उसे बिलकुल आशा नहीं थी कि दद्दू से उसकी भेंट इस तरह, इतनी जल्दी हो जायेगी। दद्दू की आँखें भी छलछला उठीं। उसने कल्पना की कि इस लड़के को उस तक पहुँचने में बहुत तकलीफ़ उठानी पड़ी होगी। उसे दुख हुआ कि उसने इस लड़के को लगभग भुला दिया था। उसने झुककर अपने पाँव से लिपटे दीना को अलग खड़ा करना चाहा तो उसकी बाँह में अटकी बैसाखी ज़मीन पर गिर गई। दद्दू ख़ुद ज़मीन पर गिर पड़ता, मगर झट दीना ने उसे थाम लिया।

दीना के कंधे पर हाथ रख खड़े दद्दू को ऐसा लगा, जैसे उसने अपनी कटी हुई टाँग वापस पा ली हो, और दीना को दद्दू से मिलकर ऐसे लगा जैसे उसके पिता अभी मरे नहीं हों। दद्दू उसे डिपो में ही बने एक छोटे से अपने कमरे में ले आया। दद्दू के गरम कमरे के गरम बिस्तर में दुबका दीना उसे बताता रहा कि उसने उसका कितना इंतज़ार किया। कैसी–कैसी मुसीबतें सहते हुए यहाँ तक पहुँचा था।

दद्दू ने उसे खाने को कुछ डबलरोटी दी, जो उसने अपने सुबह के नाश्ते के लिए रात को मँगवा ली थी। फिर दोनों मिलकर दीना के लाये अमरूदों को खाने लगे। दीना खूब बोल-बता रहा था। बीच–बीच में ज़ोरों से हँस भी पड़ता कि कैसे उसने होटल मालिक को बुद्धू बनाया और भाग आया। दद्दू सब सुनता और मुस्कुरा पड़ता। दद्दू रह-रहकर दीना के सिर के बालों में एक हाथ फेरता, गोया तसल्ली कर रहा हो। वह दीना से कहता कि रात बहुत हो गई है, चल सो जा, मगर दीना को नींद कहाँ। उसके अंदर बोलने को इतना कुछ था कि वह बोलता गया और दद्दू सुनता रहा। दोनों जागते रहे और सूरज निकल आया।

～

सुबह-सुबह कण्डेक्टर जॉनी, डिपो के एक ऑफ़िस में आ बैठे एक क्लर्क के रजिस्टर में अपनी हाज़िरी लगाने आया तो दद्दू के साथ दीना को देखकर पहले तो अचम्भित हुआ, फिर बिजली की गति से डिपो और डिपो के बाहर चिल्ला-चिल्ला कर बता डाला कि गाँव से 'दद्दू का बेटा' आया है!

''दद्दू का बेटा' आया है ?...दद्दू का बेटा आया है... !'' बहुत से कर्मचारी जॉनी की ओर दौड़ पड़े।

''क्या यह सच है!''...गरुड़ की तरह लम्बी और मुड़ी नाक वाले डिपो के सबसे बुजुर्ग कर्मचारी ने अपना पोपला मुँह खोलकर पूछा।

''मैं कभी झूठ बोलता हूँ क्या, बुढ़ऊ दा!'' जॉनी ने झूठा गुस्सा दिखाया।

वह बूढ़ा कर्मचारी सिर झटकता, अपने हाथों में धरे पेचकस, हथौड़े और नटबोल्टों को आकाश की ओर उठाकर नाचता हुआ अन्य कर्मचारियों के साथ डिपो के बाहर एक होटल की ओर दौड़ा। उसके पीछे और भी कुछ लोग दौड़ पड़े। इनमें वह बस कण्डेक्टर और ड्राइवर भी था, जिसकी बस की छत पर दीना ने सवारी की थी।

होटल में सुबह-सुबह निकल रहे गरम-गरम भजिए दद्दू की ओर से खाते और बतियाते हुए डिपो के अधिकतर कर्मचारी दद्दू और दीना को घेरे हुए कुछ बैठे और कुछ खड़े थे। सभी बहुत ख़ुश नज़र आ रहे थे। दद्दू एक हाथ से भजिए की प्लेट लिए, दूसरे हाथ से एक-एक कर दीना के छोटे से मुँह में भजिया ढकेले जा रहा था। दद्दू की धुली हुई चादर से लिपटा, होटल की बैंच पर राजकुमार की तरह बैठा हुआ दीना—नहीं, दद्दू का बेटा—अपनी प्रजा को बख्शीश में अपनी मीठी मुस्कान बाँट रहा था।

मुजरिम

फूलझर...गाँव का नाम! जब मैंने पहली बार इस गाँव का नाम सुना तो मुझे अच्छा लगा। गाँवों के अजीबोगरीब नामों के बीच फूलझर सच में बड़ा सुकून देता था। शहर की चकाचौंध और भागमभाग से दूर महुआ के पेड़ों से घिरा, एक मझोले कद का गाँव फूलझर! किसानों और मज़दूरों का गाँव। छत्तीसगढ़ की सभी स्थानीय जातियों के लोगों को समेटे, महुआ की मादकता में अलसाया पड़ा गाँव, फूलझर!

लोग कहते हैं कि आस-पास किसी को महुए की शुद्ध शराब चाहिए तो वह फूलझर चला आये। गाँववाले पहले खुले में किंतु अब छुप-छुपकर अपने ही घरों में इसे उतारते हैं। महुए के फूलों की कमी इस गाँव को नहीं है। गाँव के बाहर और अंदर भी महुआ ही महुआ। इन पेड़ों पर जब मार्च-अप्रैल में फूल लगते हैं तो सारी रात गाँव सो नहीं पाता!...रोज़ सुबह उठना है। फूल चुनने जाना है। जो सुबह देर करेगा, वह फूलों से वंचित होगा।

इस फूलझर गाँव के आस-पास के लगे हुए, गाँवों के नाम भी बड़े निराले हैं। पश्चिम में राजमार्ग क्रमांक 6 की ओर है सोमनी। बड़ा कस्बा भी है, थाना भी। और शायद फूलझर के सोम की बड़ी हाट भी। मगर अब सरकारी प्रतिबंधों के बीच सोम सीधे कैसे पहुँचे? तो दोनों के बीच एक नया गाँव बसा फरहद। या समझिए सरहद। फूलझर के पूर्व में गाँव के बीच है टेडेसरा। जो फूलझर से फुल बोतल शराब पीकर, छककर निकलेगा, वह सीधा कैसे होगा! उसका शरीर, उसका सिर टेढ़ा तो हो ही जायेगा! फूलझर के उत्तर में पाँच किलोमीटर पर एक गाँव है। मुढ़ीपार! यह मुम्बई-हावड़ा रेल लाइन का छोटा-सा स्टेशन भी है। फूलझर से जो मस्त हो लिया, उसके भेजे में, उसके सिर में कोई बात कैसे घुसेगी! कैसे ठहरेगी! सारी बातें सिर के पार निकल जायेंगी, यानी मुढ़ीपार।

अब तो राष्ट्रीय राजमार्ग के दोनों ओर रायपुर से दुर्ग और दुर्ग से राजनांदगाँव तक छोटे-बड़े सैकड़ों कारखाने खड़े हो गये हैं। खेती की ज़मीन पर खड़े ये उद्योग किसानों को मज़दूरों में और मज़दूरों को मजबूरों में तब्दील करने के उद्योग भी बन गये हैं।

ललित इसी फूलझर गाँव का रहने वाला था। खेती किसानी थी। भाइयों के बँटवारे में खेत छोटे होते गये। व्यापारियों, उद्योगपतियों ने थोड़े अधिक रुपयों का लालच देकर वह ज़मीन भी कब्ज़ा ली। बड़ा भाई दुर्ग से लगी इस्पात नगरी भिलाई में नौकरी करने चला गया। छोटा किसानी छूटने पर ट्रक ड्राइवर हो गया। मँझला यानी ललित फूलझर से दो किलोमीटर दूर एक डामर-फ़ैक्ट्री में काम करने लगा। यहाँ भिलाई से डामर आता था। फ़ैक्ट्री में बड़े पैमाने पर डामर को पिघलाकर जीरा गिट्टी में मिलाया जाता, फिर डम्फ़रों में लाद कर ज़िले भर में जहाँ-जहाँ सड़क बन रही होती, सप्लाई की जाती।

ललित से मेरी कोई पुरानी पहचान नहीं थी। चौदह साल के एक लड़के की कृपा से मैं अस्पताल में भर्ती था। एक कान में बाली और लम्बी जुल्फ़ों वाला लड़का शायद उस दिन जल्दी में था। किसी दूसरे की मोटरसाइकिल में दस रुपये का पेट्रोल डलवाकर सौ की स्पीड में चल रहा था। शाम के धुँधलके में शायद उसने रोडब्रेकर नहीं देखा और उसकी गाड़ी का संतुलन बिगड़ गया। मैं भी दोपहिये पर सवार था। उसकी गाड़ी की हैडलाइट ने आकर मेरे दाएँ हाथ की उँगलियाँ तोड़ दीं। मेरी गाड़ी भी लड़खड़ाई। मेरे दाएँ पैर पर गाड़ी का पैडल आ टिका और दाएँ पैर की उँगलियाँ भी शहीद हो गई थीं!

अस्पताल के जिस वार्ड में मैं भर्ती था, मेरे बिस्तर के बगल में ललित का बिस्तर लगा हुआ था। ललित के पैर में चोट थी। बहुत गहरा घाव घुटने के ठीक नीचे था। घाव से उसकी हड्डी तक दिखायी दे जाती थी। जब सुबह कम्पाउंडर आकर ड्रेसिंग करता था तो मुझे अपनी बनिस्बत ललित की ड्रेसिंग देखकर ज़्यादा दर्द होने लगता था। ललित की तुलना में मैं तो बहुत ठीक था। मगर ललित स्वयं अपनी ड्रेसिंग में कम्पाउंडर की मदद करने लगता था। उसके चेहरे पर दर्द की कोई शिकन भी न आती। वह तो डॉक्टर और कम्पाउंडर के आने के पहले ही अपना बैंडेज खोलकर तैयार मिलता। डॉक्टर और कम्पाउंडर एक रॉड में कपास लगाकर उसके घाव की सफ़ाई करते, दवा लगाते। मगर हर

रोज़ उसके घाव में जाने कहाँ से मवाद भर जाता था।

ललित ने मुझे बताया था कि फ़ैक्ट्री से साइकिल पर सवार वह निकल रहा था कि फ़ैक्ट्री के ही एक ट्रक ने उसे टक्कर मार दी। वह उछला और ज़मीन पर एक पैर पर आ गिरा। एक मोटा रॉड उसके पैर में आ घुसा। हड्डी टूटी अलग। फ़ैक्ट्री के मालिक ने माह भर उसका राजनांदगाँव के सरकारी अस्पताल में इलाज कराया। टूटी हड्डी तो लगभग जुड़ गयी, मगर रॉड वाला घाव नासूर बन गया। फ़ैक्ट्री के मालिक ने नया वर्कर रख लिया। इधर ललित अपने बड़े भाई के रिश्तेदार के रूप में इस्पात-संयंत्र के बड़े अस्पताल में भर्ती हो गया। मुझसे एक माह पहले।

~

ललित की देखभाल के लिए अस्पताल में उसकी तेरह साल की बेटी थी। नाम था जूली। चेहरे-मोहरे से सामान्य होते हुए भी वह सुन्दर थी। नाक में पड़ी छोटी-सी फुल्ली और गले में काले धागे से बँधा भूरा ताबीज उसके सौन्दर्य को बढ़ा रहा था। हरेक से आसानी से घुलमिल जाना, उसके स्वभाव में था। एक बार किसी से पहचान हो जाने के बाद वह घंटों उससे बातें करती रह सकती थी।

अपने पिता की देख-रेख वह बड़ी ही आस्था और तल्लीनता से करती। साथ ही उस वार्ड के अन्य मरीज़ों और उनके रिश्तेदारों के कामों में भी उत्साहपूर्वक सहभागी बनती। रात्रि में नर्सों को किसी के सहयोग की ज़रूरत पड़ती तो जूली ही उनके काम आती। मरीज़ों के रिश्तेदार और सहयोगी अस्पताल से बाहर आते-जाते रहते, मगर जूली पिछले दो महीनों से अस्पताल के बाहर नहीं निकली। पिता के साथ जैसे वह भी अस्पताल में भर्ती हो गई थी। पता नहीं कब पिता को किस चीज़ की ज़रूरत पड़ जाये। बड़े पिता का घर भिलाई में था, मगर उस घर से कोई अस्पताल में रुकने को तैयार नहीं था। फूलझर से उसके भाई-बहन इस लायक नहीं थे कि आकर कोई जूली की जगह ले सकें।

मेरे सहायक के न होने पर अनेक बार मुझे व्हीलचेयर पर बाथरूम तक आने-जाने के लिए जूली की सहायता लेनी पड़ी। चूँकि, दो माह तक मुझे उस वार्ड में रहना पड़ा, तो वह धीरे-धीरे मेरे अधिक करीब हो गई। वह मेरे बिस्तर के करीब स्टूल खींच कर बैठ जाती और अपने गाँव, घर, सहेलियों की चर्चा

करने लग जाती। मैं उसकी 'हाँ' में 'हाँ' मिलाया करता। मुझे मालूम था कि उसे उनकी याद सता रही है और इस तरह बोल-बताकर वह अपने अंदर की पीड़ा को कम करना चाहती है। हास-परिहास में मैं उसे और उत्साहित करता तो वह संबंधित पात्रों की साभिनय नकल करती।

जूली ने ही एक दिन बताया था कि माँ टी.बी. से दो साल पहले मर गई थी। फूलझर में उसका बड़ा भाई अश्वनी जो सत्रह साल का है, रहता है। उसको पोलियो है। जाँघ से एक पैर बचपन से टेढ़ा है। किसी तरह चल-फिर लेता है। अश्वनी ही छोटे दो भाई-बहन की देखभाल करता है। पन्द्रह साल की मुझसे बड़ी बहन भी हैं, मगर उसे नानी ने माँ के मरने के बाद अपने पास रख लिया है। भैया अश्वनी यहाँ-वहाँ कुछ मज़दूरी भी कर लेता है। पहले सब गाँव के ही स्कूल में पढ़ने जाते थे, पर अब सिर्फ़ सिमी ही आँगनबाड़ी वाले स्कूल में पढ़ने जाती है। सिमी का कहना है कि स्कूल में दाल-भात बहुत अच्छा बनता है, इसलिए वह कभी नागा नहीं करती।

''मैं चौथी क्लास तक पढ़ी हूँ। अब पिताजी की देख-रेख में हूँ। मगर अब पढ़ने-लिखने में मेरा मन नहीं लगता। सोचती हूँ कि अब की बरसात से मैं भी खेतों में काम करने जाया करूँगी। हमारे घर में ब्लैक एण्ड व्हाइट टीवी है। साल भर से बिगड़ा तो फिर बना ही नहीं। टीवी सुधारने वाला डेढ़ सौ रुपये माँगता है। आप ही बताइये अंकल, रुपया कोई फोकट में आता है क्या? लेकिन अब सोचती हूँ, अपनी कमाई का रुपया जमा कर उसे मैं ही बनवाऊँगी। उस टीवी में बहुत अच्छे-अच्छे धारावाहिक और फ़िल्में हम लोग घर बैठे देख लिया करते थे। मगर अब प्रेम चाचा के घर जाकर देखना पड़ता है। अंकल, सच बताऊँ, मुझे गाँव जाने का भी मन नहीं करता!''

''तो फिर मत जाना गाँव!'' मैंने उससे कहा। ''यहीं भिलाई में तुम्हें स्कूल में भर्ती कर देंगे। हमारे घर रहना और खूब पढ़ाई करना!''

वह हँसने लगी। थोड़ी देर चुप रहने के बाद फिर बोली, ''यहाँ अस्पताल से छुट्टी मिलने पर हम लोग बड़े पिता जी के घर जायेंगे। बड़े पिता जी की लड़की की शादी है। एक हफ़्ता वहाँ रहने के बाद फूलझर लौटना ही पड़ेगा। मुझे सिमी की बहुत याद आती है। दो महीने हो गये उसे देखे।...ये डॉक्टर लोग भी पिता जी को जल्दी अच्छा नहीं करते। और अगर ठीक नहीं कर सकते तो

साफ़-साफ़ बताना चाहिए कि नहीं ?...आप तो ठीक हो रहे हैं। लगता है, आप पहले चले जायेंगे अस्पताल से!''

और सच, अस्पताल से मेरी जल्दी छुट्टी हो गई। जिस दिन मैं अस्पताल से छूट कर घर जाने को हुआ तो बैसाखी पर चलता हुआ ललित मुझे छोड़ने नीचे ग्राउंड फ़्लोर तक आया। मेरी व्हीलचेयर को कार तक धकेलते जूली आयी। मेरे बेटे को उसने व्हीलचेयर पर हाथ धरने भी न दिया। मैं जब कार में बैठने लगा तो जूली की आँखों में मैंने आँसू देखे। मुझे भी उससे दूर जाने का दुख था, मगर अस्पताल से मुक्ति की ख़ुशी अधिक थी। मैंने जेब से सौ रुपये का नोट निकाला और उसे देते हुए कहा, ''जूली लो बेटा, कुछ अपने लिए मिठाई खरीद लेना।''

जूली ने साफ़ मना कर दिया। मैंने ललित की ओर देखा ताकि वह अनुमति दे और आग्रह करे तो जूली ले ले। मगर उसने अनुमति नहीं दी। वह भी मुझसे बिछड़कर दुखी था। ललित निर्धन ही सही मगर स्वाभिमानी था। शुरुआती पन्द्रह दिन उसने मेरे बाज़ार से मँगाये गये बिस्कुट, चाय, फल-फूल आदि लेने की अनुमति जूली को नहीं दी थी। बाद में मित्रता बढ़ती गई तो उसने अनुमति दे दी। मगर अब उसकी कठोरता मेरी समझ में नहीं आ रही थी।

मुझे ख़याल आया कि एक रिश्तेदार ने आज सुबह ही कुछ सेब मुझे पहुँचाये थे। अस्पताल से छुट्टी मिलने की ख़ुशी तथा अस्पताल की बाकी औपचारिकता पूरी करने के चक्कर में वह पॉलीथीन की थैली खोली ही नहीं गई थी। वार्ड से मेरा सारा सामान समेटते हुए पत्नी ने वह थैली भी अन्य सामानों के साथ बड़ी थैली में रख ली थी। मैंने पत्नी से वह सेब वाली थैली माँगी और यह सोचकर कि रुपया न सही इसे तो जूली स्वीकार कर ही लेगी, मगर जूली ने अपने हाथ पीछे कर लिए। मैंने बड़ी कातर आँखों से ललित की ओर देखा और ललित को ही स्वीकार करने का आग्रह किया। मगर जूली ने बड़ी तत्परता से पिता से कहा, ''नहीं पापा, मत लो। अंकल को भी तो घर में अभी पूरा ठीक होने के लिए, इनकी ज़रूरत पड़ेगी।''

मुझे गुस्सा आ गया। ललित की ओर देखते हुए मैंने जूली से कहा, ''अगर इसे भी नहीं लोगी जूली, तो मैं कभी तुमसे मिलने नहीं आऊँगा। मैं

तुम्हारे गाँव फूलझर भी नहीं आऊँगा!''

मेरी इस बात का असर हुआ। ललित ने आँखों-ही-आँखों में जूली को इशारा किया। जूली मान गई। विदा होते हुए मुझसे ललित ने हाथ मिलाया। जूली ने आगे बढ़ कर मेरे पैर छू लिये।

मैंने मन में संकल्प किया कि कभी किसी दिन मैं फूलझर ज़रूर जाऊँगा! वहाँ जाकर देखूँगा कि इस स्वाभिमानी और नेक परिवार की वास्तव में क्या दशा है? किस्मत से मुझे ज़्यादा कोई कमी नहीं है। देखूँगा कि मैं कैसे और क्या सहायता कर सकता हूँ, जिससे इनका स्वाभिमान भी आहत न हो। अस्पताल की नीरसता और एकरसता को इनके साथ के कारण ही मैं बरदाश्त कर पाया था। अस्पताल की कैद जैसे मैंने परिवार में ही गुज़ारी थी।

~

मगर वह दिन कभी आया नहीं।

अखबार पर सरसरी नज़र डाल मैं आगे बढ़ जाता रहा। खास कर स्थानीय समाचार पर। इसी बीच किसी दिन ललित का समाचार भी छपा, किंतु मैं गौर नहीं कर पाया। आखिर एक आदमी की संवेदना बँटे भी तो कितनों पर और कब तक? रोते-रोते जैसे रोने की सीमा आ जाये और आदमी हँसने लगे! या फिर उस दुख से यूँ गुज़र जाये, जैसे कुछ हुआ ही न हो। आज आम आदमी के असंवेदनशील दिखायी देने के पीछे भी शायद अनेक कारणों में एक यह भी कारण हो! आखिर कब तक, किसके-किसके लिए...फिर हरेक का अपना भी तो दुख है? अपनी समस्या है!

माह भर बाद जब किसी से फूलझर की चर्चा सुनी तो सन्न रह गया। मुझे फूलझर जाना था। वादा किया था, लेकिन अब अगर मैं वहाँ—फूलझर गया भी तो मुझे पहचानेगा कौन? और अब जाने का क्या मतलब! मगर फिर भी मन नहीं माना!

~

भिलाई से पच्चीस किलोमीटर की दूरी पर, राजमार्ग के उत्तर की ओर सोमनी और टेड़ेसरा को यू-टर्न में जोड़ती दस किलोमीटर की एक-छोटी सड़क है। इसी सड़क पर वह गाँव है—फूलझर! इस गाँव के छोटे से होटल में एक कप

चाय के वादे पर एक बुजुर्ग ने जो मुझे बयान किया, उसे मैं आगे बढ़ा रहा हूँ—

अस्पताल में ललित का पैर ठीक न हो पाया था। तीन माह पूरे होते ही वह अस्पताल से भाग निकला। बड़े भाई की पर्ची पर उसका इलाज भले ही भिलाई में हो रहा था, मगर सारा खर्च तो बड़े भाई की तनख़्वाह से कटना ही था। इसकी पूर्ति भी तो उसको करनी होगी। तीन महीने हो गये। और ज़्यादा दिन अस्पताल में रहा तो फिर कर्ज़ उतारना मुश्किल हो जायेगा। पैर का घाव नासूर बन गया है। अस्पताल में जितनी मलहम-पट्टी होती है, उतनी तो मैं खुद अपने हाथों घर पर भी कर सकता हूँ। समझो भगवान ने एक ही पैर मुझे दिया है!...फूलझर में छूटे बाकी बच्चों का भी ख़याल आया। पत्नी तो उन्हें छोड़ पहले ही चली गई, और मैं स्वयं जीवित होकर भी उनसे दूर हूँ। बिना माँ-बाप के वे बच्चे कैसे जी रहे होंगे। घर में अनाज भी तो भरा पड़ा नहीं है कि कहीं जाने-आने के लिए उन्हें हाथ न पसारना पड़ रहा हो!

गाँव पहुँचने के पहले ललित सीधे डामर-फ़ैक्ट्री गया। मालिक से बहुत अनुनय-विनय की। अपनी पुरानी सेवा का वास्ता दिया। निवेदन किया कि उसे उसके पुराने काम पर रख लिया जाए। मगर मालिक ने इनकार कर दिया। उसने देख लिया था कि ललित का शरीर अब पुराने काम के लायक नहीं रह गया है। और यूँ भी उसने दूसरे व्यक्ति को उसकी जगह लगा रखा था। मगर मालिक ने फिर सोचा। आखिर ललित का पैर उसकी फ़ैक्ट्री में ही टूटा था। न्याय तो यह था कि उसका पूरा इलाज भी उसे ही करना चाहिए था। नहीं किया, और यह ज़िंदा लौट आया है तो अब जो कुछ काम इसके लायक बन सकता है इसे देना चाहिए। कहीं इसने कोर्ट-कचहरी कर ली, तो लेने के देने पड़ जायेंगे। फिर फ़ैक्ट्री भी इन्हीं की ज़मीन पर चल रही है। मालिक ने ललित को फ़ैक्ट्री में रात्रिकालीन चौकीदारी का काम सौंप दिया। रात्रि में यहाँ खड़ी बारह गाड़ियों, मशीनों, डामर-डिब्बों की सुरक्षा भी ज़रूरी थी। ठीक है अब तक कुछ खास चोरी या नुकसान नहीं हुआ, मगर भविष्य का क्या? दो हज़ार की मासिक तनख़्वाह या कहिये, मासिक बीमा-प्रीमियम ही समझ लो। सौदा फ़ायदे का ही है। फिर ललित कभी कामचोर नहीं रहा। अब अच्छी चौकीदारी भी करेगा।

ललित की तनख़्वाह पहले चार हज़ार थी। अब यह आधी हो गई। मगर इस लंगड़े को कौन क्या काम देगा भला। फिर अपने गाँव-घर के पास ही काम

का मिलना तो मुश्किल ही था।

ललित रोज़ अपने पाँव की अपने हाथों से मल्हम-पट्टी करता। दिन भर बच्चों के साथ रहता। संध्या छह बजे अपनी बैसाखी पर डामर-फ़ैक्ट्री पहुँच जाता। दूसरे दिन सुबह छह बजे फिर अपने गाँव वापस। फ़ैक्ट्री मालिक ने उसे दो जोड़ी ख़ाकी वर्दी बनवा दी थीं। उस वर्दी में ललित पुलिस वालों जैसा लगता। उसके गले में काले रंग की डोर से बँधी एक सीटी लटकती रहती। फ़ैक्ट्री में रात को ललित उसे थोड़ी-थोड़ी देर में बजाता घूमता रहता। घर में दिन को सिमी और अनिल उसे बजाते फिरते। ललित की दिनचर्या बहुत ठीक तो नहीं, फिर भी किसी तरह गाड़ी चल रही थी।

ललित ने अपने नये काम की एक तनख़्वाह ही उठायी थी कि उस पर फिर मुसीबत का पहाड़ टूट पड़ा। बड़ा लड़का अश्वनी जो पोलियो-ग्रस्त था, टी.बी. का शिकार हो गया। राजनांदगाँव ज़िला अस्पताल में उसका इलाज शुरू हुआ। पहले से आधी तनख़्वाह पर गुज़ारा वैसे भी मुश्किल था। बड़े होते बच्चों का पेट भी बढ़ता जा रहा था। कपड़े-लत्तों की ज़रूरतें अलग। अब बेटे के इलाज की अतिरिक्त मुसीबत। एक दिन ललित जब ज़िला अस्पताल से बेटे की दवा लेने गया तो लगे हाथ उसने अपनी भी जाँच करवा ली। उसे कुछ दिनों से संदेह तो था। पत्नी की मौत टी.बी. से हुई थी। फिर अश्वनी को टी.बी. हो गई। जाँच ने उसके संदेह को सही साबित कर दिया। अब घर में दो-दो टी.बी. के मरीज़ हो गये।

ललित अपनी जाँच कराने के बाद भारी मानसिक दबाव में आ गया। अश्वनी से यहाँ-वहाँ जाकर जो थोड़ी-बहुत मज़दूरी की आशा साग-भाजी के लायक, ज़िंदा थी, वह तो गत माह ही ख़त्म हो गई थी, और अब अपनी इस दूसरी बीमारी की शुरुआत ने उसे अचम्भित कर दिया।...ठीक है, सरकारी ज़िला-अस्पताल में मुफ़्त दवा मिलती है, मगर ज़िला-अस्पताल तक अक्सर आने-जाने का बस किराया, उस पर फल-फूल और टॉनिक की व्यवस्था। परहेज़ कि यह खाओ, वह मत खाओ। जो खाने को कहा जा रहा है, वह मुफ़्त तो मिलता नहीं। फिर आराम करने की नसीहत!...कैसे कोई आराम करेगा? चार-चार बच्चे। पोलियो और टी.बी. से ग्रस्त बड़ा बेटा। बाकी छोटे-छोटे बच्चे। उसके आराम करने से कौन रोज़ लाकर निवाला मुँह में डालेगा!

भिलाई के अस्पताल से आने पर लगता था कि वह सब ठीक कर लेगा।

दो-चार साल में बच्चे और ज़रा बड़े हो जायेंगे, काम करने लगेंगे तो सारी दीनता की बदली छँट जायेगी। मगर अब तो शरीर में कमज़ोरी घर करने लगी। मन की हिम्मत भी जवाब देने लगी। यहाँ तो मेरे मरने की नौबत आ गई है! खुदा न ख़ास्ता कहीं मैं मर ही गया अभी, वहाँ उस डामर फ़ैक्ट्री में, सुबह हुई और मैं उठ भी न पाया...तो फिर...फिर मेरे बच्चों का क्या होगा? यह अश्वनी ...इससे मुझे उम्मीद थी कि यह मेरा सहारा बनेगा, मगर यह और ज्यादा असहाय हो गया! उसके बाद जूली...लड़की की ज़ात है, न जाने कब कौन-सी आफ़त आ जाये! उससे छोटा अनिल...अभी तो बहुत छोटा है। पढ़ने की उम्र है मगर, कॉपी-किताब, फ़ीस और यूनिफ़ॉर्म ने उसे पढ़ने से रोक रखा है। उसका क्या होगा? फिर पाँच साल की सबसे छोटी सिमी...पहले ही वह बिना माँ के हो गई है तीन साल से, अब मैं भी न रहा तो इसका क्या होगा?

~

मंगलवार...लगता है इस वार में सब मंगल होता होगा। फूलझर के लोगों ने जब सुबह नौ बजे ललित को देखा तो दंग रह गये। साफ़ पाजामा-कुर्ता पहने और मुँह में पान की गिलोरी दबाये, पीक मारते ललित को गाँव में जिसने देखा, उसे लगा कि ललित के दिन फिर गए हैं। अपनी बैसाखी पर लँगड़ाता चला आता ललित, उसके पीछे टेढ़े-मेढ़े डग भरता अश्वनी, उसके पीछे किलकारी-सी मारता अनिल, झूमते-मचलते चलती जूली, और सिमी। सिमी के पास पेप्सी की बड़ी बोतल थी, जिसमें पानी भरा था। पूरा परिवार आज अपने सबसे अच्छे कपड़ों में राजनांदगाँव शहर के सैर-सपाटे को निकला था। उनमें आपस में बहुत मज़ाकबाज़ी हो रही थी। रास्ते में जो मिला, उसने पूछा, ''ये पलटन कहाँ जा रही है भाई, हमें भी तो कुछ पता चले?''

ललित ने हँसकर जवाब दिया, ''आज अश्वनी को अस्पताल में दिखाना है। मैंने सोचा कि क्यों ना सभी बच्चों को शहर घुमा लाऊँ!''

अनिल बोला, ''हम लोग पिकनिक मनाने जा रहे हैं, चाचा!''

''बहुत अच्छा, बहुत अच्छा,'' वह व्यक्ति बोला। ''देखो जूली, पापा का हाथ अच्छे से पकड़े रखना! कहीं ऐसा न हो कि शहर में तुम लोग छूट जाओ या कोई तुझे ही कहीं उठा ले जाये!''

जूली उस व्यक्ति का मज़ाक समझ गई। गुर्राकर बोली, ''कौन मुझे उठायेगा, चाचा ? किसमें है इतनी हिम्मत ? मैं उसी को नोच लूँगी।''

ललित ने जूली को चुप कराया, ''बड़े हैं, मज़ाक करते हैं। ऐसा जवाब नहीं देते !''

थोड़ी देर बाद सिमी बोली, ''पापा, आज शहर में समोसा खायेंगे ना ?'' सिमी को उत्तर मिलता इससे पहले ही जूली बोली, ''पापा, नहीं पापा, हम तो जलेबी खायेंगे !''

''छी !'' अनिल भला क्यों चुप रहता। बोला, ''मुझे तो बस दोसा अच्छा लगता है। मैं तो तीन दोसे भी खा सकता हूँ ! कोई शर्त लगा लो !''

ललित ने सबको शांत कराया। कहा, ''अच्छा, अब शांत रहो। आज मैं सबको उसकी पसंद की चीज़ खिलाऊँगा !''

''हुर्रे ! आज मज़ा आ जायेगा !'' अनिल और जोश से चिल्लाता हुआ सबसे आगे दौड़ पड़ा। जूली और सिमी भी एक-दूसरे को दौड़कर पकड़ते हुए, उस तक पहुँचने की कोशिश करने लगे। तभी अश्वनी गरज कर बोला, ''अनिल रुक जा ! हम लोगों को छोड़कर क्या तू अकेला चला जायेगा ? रुक जा...नहीं तो मारूँगा !''

मस्ती में तीनों छोटे बच्चे कहाँ किसी की सुनने वाले ! मगर अंतत: वे डामर-फ़ैक्ट्री के पास पहुँच कर स्वत: रुक गये। सड़क किनारे खड़े शिरीष के पेड़ के नीचे तीनों अपने पापा और बड़े भाई की बाट जोहने लगे।

थोड़ी देर बाद जब दोनों दल मिले तो जूली ने कहा, ''पापा, आप ये सामने वाली डामर-फ़ैक्ट्री में ही काम करते हैं ना ? चलो ना हमको दिखा दो। सिमी भी देखने को बोल रही है !''

''बिलकुल, इसमें क्या मुश्किल !'' ललित ने कहा और आगे-आगे फ़ैक्ट्री की ओर बढ़ने लगा। फ़ैक्ट्री में उसकी पहचान के अनेक लोग काम में लगे थे। डम्पर और ट्रक आ-जा रहे थे। कहीं डामर पिघलाया जा रहा था। एक डम्पर में तैयार सामग्री भरी जा रही थी। फ़ैक्ट्री का मालिक अभी नहीं आया था। मैनेजर ऑफ़िस में बैठा था। ललित ने मैनेजर से इजाज़त ली और बच्चों को प्रत्येक चीज़ दिखाते और समझाते हुए बताने लगा कि आखिर फ़ैक्ट्री में मशीनों से कैसे काम होता है ? वह पहले यहाँ क्या काम करता था। अब रात को यहाँ चौकीदारी करते हुए कहाँ पर विश्राम करता है ! यहाँ से तैयार सामग्री

राजनांदगाँव और दुर्ग ज़िले में कहाँ-कहाँ तक जाती है!

बड़ी देर तक बच्चे कौतूहल भरे फ़ैक्ट्री की प्रत्येक हलचल को ध्यान से देखते रहे। फ़ैक्ट्री और उसके काम के संबंध में जो भी प्रश्न व शंका उठी, उन्होंने पापा से पूछी। पापा ने उसका समाधान किया। मन भर जाने पर सभी छोटी सड़क से मुख्य सड़क पर आये। यह राष्ट्रीय राजमार्ग था, जो उस फ़ैक्ट्री से आधा किलोमीटर की दूरी पर था। यहीं पर ग्राम टेड़ेसरा का बस-स्टैण्ड भी था। थोड़ी देर में उन्हें दुर्ग से आती और राजनांदगाँव की ओर जाती बस मिल गई।

~

ललित ने तीन दिन पहले अपनी तनख़्वाह अग्रिम उठा ली थी। जेब में रुपये भरे थे। राजनांदगाँव पहुँचकर ललित ने शहर के सबसे बड़े और व्यस्त होटल 'मानव मन्दिर' में बच्चों की मनचाही चीज़ें मँगवाईं। मन भर खिलाया। फिर सभी अस्पताल पहुँचे। अश्वनी और अपनी दवा ली। अब खाली समय था। ललित ने पूछा कि इतनी जल्दी गाँव जाकर क्या करेंगे। कहीं कुछ घूमना-घुमाना हो तो बताओ।

जूली सबकी तरफ़ से फट से बोली, ''पापा हमने राजनांदगाँव शहर ठीक से नहीं देखा है। चलो घूमते हैं।''

ललित ने एक रिक्शा किराये पर लिया। रिक्शेवाले के सामने प्रस्ताव रखा कि वह उन्हें इस शहर की सभी महत्त्वपूर्ण जगहें, जैसे रानी-सागर, बूढ़ासागर, राजा-रानी का महल, बी.एन.सी.मिल, स्टेडियम, कोर्ट, सिनेमा लाइन आदि सौ रुपये में घुमा दे!

रिक्शेवाले ने एक सौ पच्चीस रुपये की माँग की। ललित सहर्ष तैयार हो गया। सभी रिक्शे पर सवार हो गये। रिक्शेवाला भी ख़ुश था। इस छोटे से शहर की परिक्रमा कर बस स्टैण्ड में छोड़ आना, वह भी सवा सौ रुपये में, फ़ायदे का सौदा था। दिन-भर की मेहनत में भी अक्सर इतना नहीं मिल पाता था। ज़्यादातर समय तो सवारी की प्रतीक्षा में ही गुज़र जाता था।

रिक्शा जब रानी-सागर की ओर बढ़ा तो जूली ने पापा के कान में मुँह लगाकर कहा, ''पापा, रिक्शेवाला सौ रुपये में ही मान जाता। आप ठगे गये।''

ललित ने सिमी को थोड़ा सरकाकर रिक्शे के बाहर पान की पीक मारते

हुए कहा, ''बेटी, यह भी गरीब आदमी है! एक दिन के लिए इसे भी ख़ुश होने दे। दुबारा तो इसे ख़ुश करने हम आयेंगे नहीं!''

रिक्शेवाला दो बजे से पाँच बजे तक इन्हें शहर की सभी महत्त्वपूर्ण जगहें घुमाता रहा। इमारतों, तालाबों और दूसरे स्थलों पर पहुँचकर रिक्शेवाला स्वयं मूक-दर्शक बन जाता था। उसे इन सबका इतिहास पता नहीं था। उसने कभी यह जानने की कोशिश भी नहीं की। इसकी उसे ज़रूरत भी क्या थी! उसने ज़िन्दगी में पहली बार ऐसे पर्यटक पाये थे। गाँव उपनाम का यह छोटा-सा विकसित होता शहर था। इसे अभी आकुल-व्याकुल पर्यटकों की प्रतीक्षा थी। कभी कुछ अजनबी मिलते भी तो वे सीधे एक जगह से दूसरी जगह जा उतरते। इस शहर में 'घुमा दो' वाली पर्यटक टीम से पहली बार सामना हुआ था।

बी.एन.सी. मिल के सामने पहुँचकर रिक्शावाला अपने को रोक भी न पाया। वह बताने लगा, ''यह कपड़ा मिल, जिसका पूरा नाम बंगाल-नागपुर कॉटन मिल्स है, देश की आज़ादी के पहले से बनी थी। इस शहर की शान और तरक्की में इसका बड़ा हाथ है। छत्तीसगढ़ की इकलौती कपड़ा मिल थी। मेरे बाबूजी इसमें काम करते थे। मिल के एक एक्सीडेंट में वे मर गये। उनकी जगह मैंने भर्ती का आवेदन किया। नौकरी नहीं मिली, सिर्फ़ आश्वासन मिलता रहा। फिर पिछले दस सालों से यह मिल बीमार घोषित चलती रही। मिल मालिक पूरा बनिया था। मिल चलाने से फ़ायदा दिखा तो खूब चलाया, फिर बंद करने में फ़ायदा नज़र आया तो बंद कर दिया। पिछले दस सालों से यह पूरी तरह बंद है। बाबूजी की मौत से जो रुपये मिले, उसी से घर चलाते रहे। मेरी शादी हुई। दो बच्चे हुए। मैंने मोहल्ले में एक किराना दुकान खोल ली। अपुन को दुकानदारी का तजुर्बा तो था नहीं। दुकान को उधारी खा गई। हाथ-पैर साबुत थे, सो मैंने यह रिक्शा पकड़ लिया। इसके भरोसे ही किसी तरह मेरा परिवार जी-खा रहा है।''

रिक्शेवाला इतना सारा बोलकर जैसे शर्मिंदा हो गया। उसका गला सूख गया। ललित के इशारे पर सिमी ने पानी की बोतल उसे दी। गटगट पानी पीते रिक्शेवाले को ललित घूरता रहा। जब रिक्शेवाले की प्यास मिट गई तो ललित ने अपनी जेब से पॉलीथीन की पोटली निकालकर एक पान की गिलोरी उसे भेंट की।

~

ठीक पाँच बजे रिक्शेवाले ने इस पर्यटक-टीम को राजनांदगाँव बस-स्टैण्ड पर ला छोड़ा। सोमनी टेड़ेसरा की ओर जाने वाली बस छूटने में दस मिनट शेष थे। ललित ने सभी बच्चों को बस में बिठा दिया और स्वयं 'अभी आता हूँ' कहकर पुराने बस-स्टैण्ड के पास उसी रिक्शे से देशी शराब-भट्टी जा पहुँचा। दो पैग उसने रिक्शेवाले को पिलाये और दो पैग स्वयं भी पी गया। फिर एक भरी पूरी बोतल अपने थैले में भी रख ली। रिक्शेवाला बड़ी फुर्ती से उसे वापस बस-स्टैण्ड छोड़ गया। ललित के बस में सवार होते और बस के छूटने तक वह इस मेहरबान परिवार को देखता वहाँ खड़ा रहा।

आधे घंटे के अंदर बस ने बारह किलोमीटर की दूरी पार की। सोमनी में ये सभी उतर गये। यहाँ से फूलझर की दूरी उतनी ही थी, जितनी आगे जाकर टेड़ेसरा से पड़ती। सोमनी में ललित ने कुछ समोसे, जलेबियाँ और केले रख लिए। पिता को खाने-पीने पर इतना खर्च करते बच्चों ने पहले कभी न देखा था। जूली ख़ुश थी कि अब घर पर जाकर खाना नहीं बनाना पड़ेगा।

वे सभी सोमनी से फूलझर की ओर पैदल चल पड़े। अश्वनी के कंधे पर खाद्य-सामग्री का थैला लटक रहा था। ललित के काँधे पर शराब की बोतल भरी थैली थी। सिमी से खाली बोतल लेकर अनिल ने एक होटल से फिर पानी भर लिया था। अब वह बोतल अनिल के ही कब्ज़े में थी।

चलते-चलते ललित ने सिमी से पूछा, ''सिमी, बस की सवारी में मज़ा आया ?'' सिमी ने कहा, ''हाँ पापा, पर अनिल ने मुझे खिड़की के पास बैठने नहीं दिया!''

''क्यों रे अनिल!'' ललित ने पूछा, ''सिमी को खिड़की के पास क्यों बैठने नहीं दिया ?''

''पापा, ये सिमी झूठ बोलती है!'' अनिल ने अपना बचाव किया। ''उसे खिड़की से रेलगाड़ी देखनी थी। मगर जब तक ये बोली तब तक रेलगाड़ी जा चुकी थी, क्या देखती ?''

थोड़ी देर बाद ललित ने सिमी से पूछा, ''सिमी, तुझे ट्रेन देखनी है क्या, आज ?''

''हाँ, पापा!'' सिमी चहक उठी। ''मैंने कभी ट्रेन को पास से नहीं देखा। दूर से जाती ट्रेन बस एक बार देखी है!''

''तो फिर जल्दी-जल्दी चलो यहाँ से। मुढ़ीपार रेलवे स्टेशन ज्यादा दूर नहीं हैं। जोरातराई गाँव के पास से भी ट्रेन देख सकते हैं।...ऐसे भी अब घर जाने की जल्दी नहीं है। आज मेरी ड्यूटी से छुट्टी है और खाया भी सबने खूब है। घर में भोजन बनाने-करने की जरूरत नहीं। जिस किसी को और भूख लग ही जाये तो अश्वनी से माँग कर खा लेना!''

कच्ची सड़क से चलते उन्हें किनारे पर एक मन्दिर दिखायी दिया। बच्चों को वहीं रोककर ललित मन्दिर के अंदर गया। मन्दिर के अंदर उसने पाँच मिनट लगा दिये, बच्चे अकुलाने लगे थे। मगर ललित के मन का संकल्प दृढ़ हो गया। वह दृढ़ता चेहरे पर भी आ विराजी थी। उसने बच्चों को आदेश दिया—

''सब एक-एक कर मन्दिर में जाओ। भगवान को सिर झुकाओ। आशीर्वाद लो!''

पिता के आदेश पर चारों बच्चे पंक्तिबद्ध हो गये। सब एक-एक कर मन्दिर में गये और निकल आये। मन्दिर छोटा-सा था। उसका द्वार उससे भी छोटा और संकरा था। यह हनुमान मन्दिर था। मन्दिर में एक दीया जल रहा था। मन्दिर से लौटे प्रत्येक बच्चे के माथे पर सिंदूर का टीका लगा था, जिसे उन्होंने स्वयं लगाया था।

''पापा, इस मन्दिर में प्रसाद देने वाला कोई नहीं है?'' सबसे आखिर में मन्दिर से निकलकर अश्वनी ने मज़ाक में कहा।

''प्रसाद चाहिए ना?...मेरे पास है, चलो कहीं बैठ कर लेंगे!'' ललित ने कहा।

अश्वनी की नज़र पिता के काँधे पर झूलती थैली पर ही थी। उसे पता था, पिता ने उसमें क्या रखा है। उसका भी मन ललचाने लगा। गाँव में दूसरे लड़कों के साथ उसने गाँव की बनी शराब कई बार चखी थी। शुरू-शुरू में जरूर बुरी लगी थी, मगर फिर उसे मज़ा देने लगी थी।

''आपका थैलीवाला प्रसाद ना, जो आपने राजनांदगाँव से रखा है?'' अश्वनी बोला। वह और निश्चिंत हो जाना चाहता था। कहीं ऐसा न हो कि पापा उसे जेब से टॉफ़ी निकाल कर देने लगें।

''हाँ, भई वही प्रसाद!'' ललित ने उलाहना देते हुए कहा। ''और क्या

मुझे मालूम नहीं है बेटा कि, गाँव में तुमने कितनी बार, कहाँ-कहाँ से और कब-कब चखा है!''

अश्वनी की बोलती बंद हो गई।

~

सोमनी में ही शाम ढल आयी थी। सोमनी से आगे छोटी सड़क पर बढ़ते इस परिवार के काफ़िले को कुछ लोगों ने देखा भी। बच्चे मस्तिया रहे थे। बाप गम्भीर था। मन की दृढ़ता कहीं ऐन मौके पर शिथिल न पड़ जाये! ललित ने अपनी थैली से बोतल निकाल ली। प्लास्टिक का एक गिलास भी निकाला और एक पैग बना लिया। अब सोमनी से फरहद गाँव की सरहद पार हो चुकी थी। ललित ने अनिल से पानी माँग कर गिलास में डाला और झट से पी गया।

अश्वनी अपने पिता की क्रिया पर सतत् निगाह जमाये था। गिलास वापस अपनी थैली में रखते हुए ललित को उसने डरते हुए टोका—

''पापा, आप तो अकेले ही प्रसाद ले रहे हैं?''

''दूँगा, सबको दूँगा। प्रसाद कोई अकेले लेने की चीज़ थोड़े है। मगर इसे अभी ले लोगे तो आगे चल न पाओगे!...सिमी को आज पास से रेलगाड़ी दिखानी ही है। जोरातराई होते हुए मुढ़ीपार तक पहुँचना है अभी। थोड़ा धीरज धरो।''

जूली अनिल के साथ पीछे चल रही थी। अनिल से उसने फुसफुसाते हुए पूछा, ''ये दारू कैसी लगती होगी, अनिल?''

बड़ी बहन के इस सवाल पर अनिल को बड़ा बनने का मौका मिला। बोला, ''अरे, कुछ नहीं। बस कड़वी लगती है, थोड़ी।''

''तूने कब पी थी?'' जूली ने आँखें तरेर कर पूछा।

''पिछले साल!'' अनिल बोला। ''पापा घर में रखे हुए थे। मैं चुपके से एक चम्मच कप में डालकर पानी मिला, पी गया था। बदबू थी उसमें!''

''फिर क्या हुआ?''

''एक चम्मच से तो कुछ ठीक पता नहीं चला। मगर हाँ, मेरी सर्दी ठीक हो गई थी!''

''सर्दी ठीक हो जाती है, अनिल?''

‘‘मेरी तो हो गई। तेरी तू जान!’’

नवम्बर का महीना था। शाम होते ही शरीर में हल्की ठंड दस्तक देने लगी। मगर बच्चों को बरसों बाद ऐसी मस्ती का, घूमने-फिरने का मौका मिला था। उन्हें ठंड से कोई डर नहीं लग रहा था, और न ही घिर आया अंधेरा ही उनकी मस्ती को कम कर पा रहा था। वैसे आकाश में आधा चाँद खिला था। उसकी चाँदनी में अंधेरा भी आधा ही था।

कच्ची सड़क के दोनों ओर सुबबूल की झाड़ियाँ और कहीं-कहीं पर महुआ, शीशम, आम और कहवा के पेड़ खड़े थे। पेड़ों से लगे धान के खेत फैले हुए थे। ज्यादातर खेतों की फ़सल काट ली गई थी। कटे खेत चाँदनी में बड़े मैदान की शक्ल में दिखायी पड़ रहे थे।

मुढ़ीपार रेलवे स्टेशन से एक किलोमीटर पहले जोरातराई गाँव था। वे गाँव के किनारे-किनारे आगे निकल गये। एक सपाट-सी ऊँची जगह पर, जिधर अब रात को गाँववालों के आने की सम्भावना नहीं थी, ललित ने सबको ठहरने के लिए कहा। पास ही रेल की पटरियाँ उस आधी चाँदनी में दिख रही थीं।

यहाँ पहुँचकर ललित ने अपनी बैसाखी ज़मीन पर रखी और बैठ गया। चारों बच्चे भी उसे उत्सुकता से घेरकर आस-पास बैठ गये। ललित ने काँधे से अपना थैला उतारते हुए सिमी से कहा, ‘‘देख सिमी, यहाँ से आती-जाती रेलगाड़ी भी दिखाई देगी। देख, उन पटरियों की तरफ़ देखती रह! तब तक हम लोग ज़रा प्रसाद ग्रहण कर लें।...हाँ, किसे-किसे प्रसाद लेना है, हाथ खड़ा करो?’’

सिमी और जूली को छोड़ दोनों भाइयों ने हाथ ऊपर कर लिए। पिता ने तीन प्लास्टिक के गिलासों में पैग बनाए। सबमें पानी भी बराबर-बराबर डाला। फिर ललित ने अपना गिलास उठाकर आँखें बंद कीं। प्रभु का स्मरण किया, ‘‘हे प्रभु, मेरा मनोरथ पूरा कर, शक्ति दे!’’

दोनों भाइयों ने भी अपना-अपना गिलास उठाया। आँखें बंद कीं। कुछ बुदबुदाया भी। फिर पिता का अनुसरण करते हुए गिलास की शराब मुँह से लगा ली। ललित और अश्वनी ने एक साथ पूरा गिलास खाली कर लिया। अनिल पिछड़ गया। शराब की बू उसे नापसंद थी। मगर थोड़ी ही देर में उसने भी नाक बंद कर अपना गिलास खाली कर दिया। अपने को वह छोटा साबित नहीं होने देना चाहता था।

ललित शराब के तीन पैग पहले ही ले चुका था। वह सतर्क और संकल्पबद्ध था। शराब का नशा उसे और बल दे रहा था। उसने अनिल के पास रखे थैले से खाद्य-सामग्री पेपर के दो टुकड़े पर निकाली। सबको चखने-खाने के लिए आमंत्रित किया। सिमी और जूली केले, समोसे और जलेबी खाने में लग गयीं। तीनों मर्दों ने फिर शराब का अगला पैग बनाया और पी लिया। अब वे बीच-बीच में चखना के तौर पर समोसे भी खाने लगे। अश्वनी ने जूली को टोका, ''तू और सिमी अब समोसे छोड़कर जलेबी और केले ही खाओ। समोसे हम लोग खायेंगे। प्रसाद के साथ जलेबी और केले नहीं चलते!''

अनिल को दूसरे पैग के बाद नशा हो गया। उसने एक समोसा खाया और पास के एक पेड़ के तने से पीठ टिकाकर लेट गया। उसके हाथ में और आधा समोसा धरा था, जिसे वह खा नहीं पा रहा था। बुदबुदाते हुए उसने ललित से कहा, ''पापा जूली को भी एक गिलास दे दो। उसको सर्दी है।''

ललित ने झट अपना अगला भरा पैग जूली की ओर बढ़ा दिया।

''ले जूली। भगवान का प्रसाद समझ कर पी जा।''

जूली ना-नुकुर करने लगी, मगर पिता के अति आग्रह के चलते अपना हाथ बढ़ाकर गिलास थाम लिया। उधर अश्वनी तीसरे पैग के बाद ढेर हो गया। उसे ज़ोर से पेशाब लगा, मगर पैंट का बटन भी उससे खुल नहीं रहा था। बड़ी कोशिश से जब वह खुला तो उसकी पोलियो-ग्रस्त टाँग की तो जाने दीजिए, साबुत टाँग भी खड़ी नहीं हो पा रही थी। वह थोड़ी दूर जाकर पेशाब करना चाहता था। उसने पिता की सहायता माँगी।

ललित झट अपनी बैसाखी पर खड़ा हो गया। उसने एक हाथ से खींचकर अश्वनी को खड़ा किया। दोनों बाप-बेटे लँगड़ाते हुए साथ-साथ चल पड़े। इसी समय एक मालगाड़ी धड़धड़ाती हुई पटरियों पर दौड़ती दिखाई दी। जूली ने अपने गिलास की शराब पी ली थी। वह सिमी को गोद में लेकर मालगाड़ी दिखाने लगी। इधर ललित अश्वनी को एक बबूल की झाड़ी के पीछे ले गया। अश्वनी वहाँ पेशाब के लिए बैठा। पेशाब कर उठने की ताकत उसमें नहीं थी। वह वहीं लुढ़क गया। ललित मौके की ताक में ही था। ललित ने भगवान का स्मरण किया और अचानक अश्वनी की छाती पर सवार हो गया। इसके पहले कि अश्वनी कुछ बोल पाता, ललित ने अपनी जेब से निकालकर हाथ में धरे

रूमाल से अश्वनी का गला घोंट दिया। थोड़ी देर दबाये रखा, कहीं काम अधूरा न रह जाये। अश्वनी थोड़ी देर हाथ-पैर मारता छटपटाता रहा, मगर अंगद के पाँव की तरह जमे अपने पिता को छाती से डिगा न सका। उसकी साँस उखड़ गयी।

एक हत्या कर लेने के बाद ललित के सिर पर शराब के अलावा खून का नशा भी सवार हो गया। अश्वनी को वहीं छोड़कर वह रूमाल लेकर लौटा। जूली ने पूछा, ''अश्वनी कहाँ है, पापा ?''

''वह वहीं सो गया। थोड़ी देर में ठीक होगा तो आ जायेगा!...तू और थोड़ी पी ले, जूली!''

''नहीं पापा! मेरा सिर चकरा रहा है!''

शराब की बोतल में अब एक चौथाई से भी कम शराब बची थी। ललित ने झट से दो पैग बनाये। एक खुद पी गया। दूसरा जूली की ओर बढ़ा दिया। जूली ने फिर इनकार किया तो ललित ने गिलास उसके मुँह में लगाते हुए रुआँसे स्वर में कहा, ''पी ले जूली, पी ले। इससे दर्द कम होगा!''

जूली चौंकी, मगर कुछ समझी नहीं। पिता का यह रुआँसापन और यह आग्रह अजीब था। उसने कुछ पिया, कुछ छलकाया। सिमी जलेबी खाने में मगन थी। जूली को अब नशा होने लगा। उसका सिर घूमने लगा। तभी ललित का रूमाल जूली के गले में आ लिपटा। असहाय जूली ने पूरी ताकत लगायी, मगर गले का रूमाल न छुड़ा सकी। रोते हुए पाँच साल की सिमी भी पिता के हाथों से रूमाल को छुड़ाने लगी। मगर रूमाल न छूटा, न ढीला हुआ। अलबत्ता जूली के गले का ताबीज टूट कर अलग हो गया। सिमी पिता की पीठ पर मुक्के बरसाने लगी। मगर सब बेकार। दो-तीन हिचकी और घुरघुराती आवाज़ के बाद जूली का दम निकल गया। सिमी दहाड़ मारकर रोने लगी। मगर उस वीराने में सुनने वाला कौन था, जो सुनने वाला था, वही उनकी आवाज़ बंद कर रहा था।

सिमी, ललित की सबसे छोटी बेटी और ललित को सबसे ज्यादा प्यारी थी। अपने नशे और हैवानियत की हालत में भी वह उसे मारने की कल्पना से काँप गया। इस समय वह उसंसे दूर खड़ी रोती हुई उसे अजनबियों-सी घूर रही थी। ललित ने पुचकार कर उसे अपने पास बुलाया, मगर वह नहीं आयी। उलटे

बेसुध पड़े अनिल को जाकर हिलाने-डुलाने लगी। अनिल कुनमुनाते हुए जागा, मगर उसे साफ़ कुछ दिखायी नहीं दिया। लड़खड़ाती जुबान से पूछा, ''क्या हुआ, सिमी ? क्यों रो रही है ? कोई चिल्लाया क्या ?''

तभी ललित की एक बैसाखी आकाश की ओर उठी और सीधे सिमी के सिर पर आ लगी। सिमी अनिल के पास लुढ़क गई। उसके सिर से ख़ून टपकने लगा। अनिल कुछ समझता कि इतने में ललित उसकी छाती पर आ बैठा। सिमी के ढेर हो जाने के बाद ललित का संकल्प पूरा होने में बस थोड़ा फ़ासला ही रह गया था। उसने अनिल की गर्दन पर भी रूमाल कस दिया।...''अब कोई मेरे परिवार का क्या बिगाड़ेगा! मैं ही सब ठीक किये जाता हूँ!''

''अब कोई डर नहीं!'' ललित जैसे निश्चिंत होकर अनिल की छाती पर से हाँफ़ता हुआ उतरा। फिर वह सिमी को अपनी गोद में लेकर बैठ गया। उसे हिलाने-डुलाने लगा। तभी एक पैसेंजर गाड़ी पटरियों पर दौड़ती दिखाई दी।

''उठ सिमी, उठ! देख सवारी गाड़ी देख। फिर मत कहना कि पापा ने तुझे रेलगाड़ी नहीं दिखायी। उठ बेटी, सिमी उठ!''

मगर सिमी नहीं उठी। तब उसने अपनी बैसाखी सँभाली। सिमी के छोटे से शरीर को किसी तरह काँधे पर उठा, लड़खड़ाता हुआ रेलवे लाइन के पास पहुँच गया। अभी कोई रेलगाड़ी आती दिखायी नहीं दे रही थी। मगर आयेगी ही। वह सिमी को लेकर रेल-पटरी पर सो गया।

≈

फिर उसके बाद ? बाद की कथा तो बहुत छोटी है। जोरातराई गाँव से प्रात:कर्म करने निकले एक नौजवान को पटरी पर ललित की क्षत-विक्षत लाश दिखायी दी। और सिमी...सिमी मरी नहीं थी। ललित ने सिमी को बैसाखी के प्रहार से मरा समझ लिया था, मगर वह सिर्फ़ बेसुध थी। रात की ठंड और पास आती रेलगाड़ी की तेज़ आवाज़ सुनकर वह उठ बैठी और ललित को छोड़कर जूली की लाश के पास जा पहुँची। जूली से लिपटकर रोते-रोते वह सो गई। उस नौजवान ने बाकी तीन लाशों को भी देखा। थोड़ी देर में फूलझर ही नहीं, आस-पास के सारे गाँवों में कोहराम मच गया।

≈

बुजुर्ग का बयान खत्म हुआ। मैं पानी-पानी हो गया। मेरी जुबान बंद हो गयी थी। जनवरी का दूसरा हफ़्ता था। शाम के पाँच बजते ही ठंड का एहसास होने लगता था। अभी शाम के छह बज रहे थे और मैं पसीने से तरबतर था। अपनी बात खत्म हो जाने और मेरी चुप्पी से बुजुर्ग ज़रा असमंजस में पड़ा। साहस कर बोला, ''साब, एक कप चाय का अउर ऑर्डर कर देते तो... ?''

उसकी बात से मेरी तन्द्रा टूटी। अपने को सहज बनाने की असफल कोशिश करते हुए मैंने पूछा, ''और सिमी कहाँ है ?''

बुजुर्ग ने बतलाया, ''कुछ दिनों वह अपने चाचा प्रेम के पास रही। फिर उसकी नानी उसे ज़िद कर अपने साथ गाँव ले गयी। सिमी की बड़ी बहन तो पहले से उसके पास ही थी। अब फूलझर से ललित का पूरा परिवार झर गया।''

दुश्मन

रात के नौ बज रहे थे। सड़कों पर चहल-पहल थी। एक रिक्शे में प्यारासिंह लुढ़का हुआ बैठा था। उसकी साइकिल भी रिक्शे पर सवार थी। घर के लिए संतरों की एक टोकरी भी रिक्शे में लदी थी। प्यारासिंह शराब के नशे में था। आँखें भी ठीक से खोल नहीं पा रहा था, अलबत्ता जुबान खूब चल रही थी। रिक्शे के आस-पास से गुज़रनेवालों को वह कभी हुड़क भी देता, कभी बेढंगी-सी आवाज़ में किसी गीत को गाते इतराने लगता, 'नैन परितो दे बेजा बेजा कर दे...!'

प्यारासिंह और उसका लगेज उठाये रिक्शा धीरे-धीरे आगे बढ़ रहा था। एक चौराहे के किनारे कुछ पान के ठेले थे। वहीं कुछ लोग खड़े गप्पें हाँक रहे थे। प्यारासिंह की सवारी वहाँ पहुँची। किसी ने प्यारासिंह को देखकर व्यंग्य किया, ''मियां पीते तो छटाक भर हैं, पर दिखाते ऐसा हैं जैसे शराब से नहाकर आ रहे हैं!''

प्यारासिंह ने सुन लिया। उसने रिक्शा चौराहे पर रुकवाया, फिर रिक्शे से ही गालियाँ बकने लगा, ''कोण है, किन्ने छटाक पीत्ती है? आजा फेर देखला कम्पटीशन करके! तेन्नू डब ओंदा वां मैं शराब वेच!''

जिसने व्यंग्य किया था, वह कहीं खिसक गया। कुछ लोगों ने आकर प्यारासिंह को समझाया और कहा कि वह आपको नहीं कह रहा था। कुछ देर तक बहस चलती रही। बाद में प्यारासिंह मान गया, मगर उसे यकीन नहीं था। रिक्शा फिर आगे बढ़ा। प्यारासिंह का बड़बड़ाना कम हो गया था, मगर वह नशे में अब भी हौले-हौले डोल रहा था।

आगे सड़क किनारे लगातार दो बिजली के खम्भों की ट्यूबलाइट फूट गयी थी। सड़क पर अंधेरा था। रिक्शे का एक चक्का अंधेरे में किसी पत्थर

से टकरा गया। प्यारासिंह को धक्का लगा। वह अपनी साइकिल पर जा गिरा। चोट तो नहीं लगी, मगर वह रिक्शेवाले पर बरस पड़ा। तरह-तरह की रिश्तेदारी जोड़ने वाली गालियाँ उसने उसे दीं और अंतत: वह उस रिक्शे से उतर गया। सामने से एक खाली रिक्शा आता उसने देख लिया था। खाली रिक्शे को रुकवाकर वह उस पर जा चढ़ा। दूसरे रिक्शे पर से उसने पहले रिक्शेवाले को फिर दो गालियाँ दीं और कहा, ''होण मेरा मूं की तक्कदा है, जा सेकल ते टोकरी मेरे घर रुंआबांधा सेक्टर छड़ु आ!''

फिर दूसरे रिक्शेवाले से बोला, ''तू की कदमताल करीं जादां है! चल ओए भट्टी वल चल!''

दूसरा रिक्शेवाला उसे वापस शराब भट्टी की ओर ले चला। पहला रिक्शेवाला कुछ देर वहीं किंकर्त्तव्यमूढ़ खड़ा रहा। फिर भुनभुनाता हुआ एक ओर चला गया।

रात के ग्यारह बजने लगे थे। प्यारासिंह किसी तीसरे रिक्शे पर सवार होकर घर पहुँचा। वह अब पहले से भी ज्यादा नशे में था। उसने रिक्शेवाले को मनमाने पैसे दे डाले। वह रिक्शावाला तुरंत वहाँ से खिसक लिया। प्यारासिंह घर के अंदर घुसा। वह लड़खड़ा रहा था। पत्नी से पूछा कि क्या साइकिल और संतरों की टोकरी आ गई? पत्नी उसे गुस्से से घूरने लगी, फिर बोली, ''हुण तक कोई सेकल से संतरों की टोकरी लेके नई आया!''

प्यारासिंह बौखलाया हुआ घर से बाहर निकला। अभी आया रिक्शेवाला तो जा चुका था। वह फिर घर में घुसा। उसका बड़ा बेटा घर पर नहीं था। सबसे छोटा दस साल का बेटा एक खाट पर सोया था। उसने उसे ही जगा लिया। फिर बेटे का हाथ पकड़ खींचता हुआ पहले रिक्शेवाले की तलाश में निकला।

कुछ गलियों को पार कर वे एक दूसरी गली से गुज़र रहे थे, तभी प्यारासिंह का बड़ा बेटा आता मिल गया। जोगेन्दर सिंह नाम था उसका। बीस-इक्कीस साल का जवान था, ऊँचा पूरा। छोटे भाई को बाप के साथ इतनी रात को फिरते देखकर उसने कारण पूछा। बाप ने नशे में रोते और लड़खड़ाते हुए कारण बताया। जोगेन्दर कुछ न बोला, बस अपने छोटे भाई का हाथ बाप से छुड़ाकर घर की ओर चल पड़ा।

बाप आगबबूला हो गया। चिल्ला-चिल्लाकर बड़े बेटे को गाली देने

लगा, ''जान तो मार दऊँगा! अग वेच जिन्दा साड़ दऊंगा। आक्कड़दां मेरे नाल! नर्क मिलूगा तेन्नू। ठैर जा, मैं तेन्नू हुणे मार दूँगा।...ओए कोई हैगा!''

लड़खड़ाता हुआ प्यारासिंह गली से एक सड़क पर पहुँचा। रात के बारह बज रहे थे। सड़क के किनारे एक दोराहे पर एक पान का ठेला अब भी आधा खुला हुआ था। पाँच-छह जवान छोकरे वहाँ पान-गुटखा खाते, बतियाते खड़े थे। दो ऑटोरिक्शा और एक टेम्पो भी वहाँ खड़े थे। प्यारासिंह बड़बड़ाता, शोर मचाता वहाँ पहुँचा।

''क्या हुआ पापाजी, क्या हुआ?'' प्यारासिंह को पहचानकर छोकरों ने पूछा।

''एक दुश्मन नू मारना है!'' प्यारासिंह बोला।

''दुश्मन को? आप उसे जानते हैं?''

''हाँ, चंगी तरां जाणदां ओन्नू! मेरी बेज्जती कित्ती है ओनने। मेरे पास सौ रुप्पये हैं, ये रख लो।''

''रुपये की कोई बात नहीं पापाजी, लेकिन एक टेम्पो कर लेते हैं, चलो!''

सारे छोकरे तैयार हो गये। कोई रॉड, कोई डण्डा लेकर टेम्पो में जा चढ़ा। प्यारासिंह टेम्पोवाले के साथ सामने की सीट पर बैठा, उसे रास्ता जो दिखाना था।

टेम्पो प्यारासिंह के घर के सामने जाकर रुका। सभी टेम्पो से उतर आये। प्यारासिंह अपने घर की ओर मुँह करके गालियाँ बकता हुआ ललकारने लगा, ''निकल मेरे दुश्मना, घरों बाहर निकल! बेज्जती कित्ती है तू मेरी! हुणे तेन्नू मजा चखौना, निकल बाहर तेरी ते...!''

छोकरों की समझ में नहीं आया कि आखिर दुश्मन कहाँ है, कौन है? यह तो पापाजी का ही घर लगता है। रॉड और डण्डा लिए वे टेम्पो के सामने असमंजस में खड़े थे और पापाजी थे कि लगातार ललकारे जा रहे थे।

तभी घर का बंद दरवाज़ा खुला। जोगेन्दर सिंह बाहर निकला। उसके पीछे-पीछे उसका छोटा भाई और माँ भी निकली। छोकरों ने जोगेन्दर सिंह को पहचान लिया। यह तो अपना यार है। दो छोकरे उससे मिलने दौड़े। पूछा, ''क्या बात है? कौन दुश्मन है तुम्हारे पिताजी का? तुम्हें कुछ पता है?''

जोगेन्दर सिंह बोला, ''हाँ पता है, मैं हूँ!''

जश्न

एक बुजुर्ग रिक्शे पर बैठा जा रहा था। उसने एक पनवाड़ी के पास रिक्शा रुकवाया। उससे बोला, ''बच्चे, ज़रा जल्दी से पान लगा दे!''

पनवाड़ी अपनी दुकान समेट रहा था। बोला, ''बाबाजी, माफ़ कीजिए, मैं दुकान बंद कर रहा हूँ।...सामने एक और पनवाड़ी मिलेगा, आप वहाँ से ले लीजिएगा। मुझे कामरेड मुश्ताक के घर जाना है।''

''कामरेड मुश्ताक...! अरे, मुझे भी तो वहीं जाना है।...अब क्या है बच्चे, कि जब भी मैं कामरेड के घर जाऊँ, वे मुझे पान ज़रूर खिलाते थे। अब तो वे स्वयं नहीं रहे। कोई वहाँ पान खिलायेगा भी नहीं। सोचा, उन्हीं का नाम लेकर, खाता चलूँ। अब तुमने दुकान बंद कर दी है तो जाने दो। कामरेड मुश्ताक मेरा मुँह तो देखेगा नहीं कि लाल किया या नहीं!''

''कामरेड मुश्ताक...!'' पानवाला लड़का बुदबुदाया, ''एक मिनट बाबाजी, एक मिनट!...कामरेड के घर आप भी जा रहे हैं!...बड़े अच्छे आदमी थे। उनके घर से मेरी दुकान दूर है तो भी, मेहमानों के पान-गुटखे के लिए बच्चों को मेरे पास ही भेजते थे। सड़क किनारे की यह दुकान मैंने उन्हीं की प्रेरणा से लगाई थी। मैं तो बेरोज़गार घूमता था, उन्होंने ही मुझे दाल-रोटी का यह आसरा दिया। आप उनके मित्र हैं। मैं अब आपको पान खिलाये बिना जाने नहीं दूँगा।...बोलिये, कौन-सा पान खायेंगे आप?''

बुजुर्ग अपने आधे टूटे दाँत लिए मुस्कुराया, ''बच्चे, कोई भी लगा दे। पान की मेरी आदत नहीं है। मुझे पान-पान में कोई फ़र्क भी समझ में नहीं आता।''

''सुपारी भूंजी या कच्ची?'' दुकान की खिड़की फिर खोलते हुए लड़के ने पूछा।

''बच्चे, कोई भी सुपारी नहीं डालना, बस ऐसे ही लपेट दे।''

पनवाड़ी लड़का ठेले की खिड़की से—खिड़की जो उसकी दुकान का द्वार भी थी—अंदर घुसा और थोड़ी देर बाद बाहर निकला। एक पान बुजुर्ग को और एक रिक्शेवाले को भी देकर उसने एक मोटी पोटली फिर बुजुर्ग की ओर बढ़ायी। बोला, ''इसमें और भी पान हैं बाबाजी, सब सादे। कामरेड के और जो मित्र पान खाते होंगे, उन्हें मेरी तरफ़ से दे दीजिएगा।...अब क्या है कि, मैं उनके मित्रों को पहचानता तो हूँ नहीं। फिर वहाँ पहुँचकर गमी के आलम में मेरा पान देना अच्छा भी नहीं लगेगा। आप मौका देखकर बाँट दीजिएगा!''

बुजुर्ग ने पोटली रख ली। रुपयों के लिए जेब में हाथ डाला, पूछा, ''कितने रुपये हुए बच्चे ?''

''आप मुझे शर्मिन्दा कर रहे हैं बाबाजी!'' लड़का सच में झेंप गया, ''मैंने आपको कुछ नहीं दिया। यह तो मेरी कामरेड को ज़रा-सी श्रद्धाँजलि है। कृपया इनकार न करें।''

～

कामरेड मुश्ताक अहमद सत्तर साल के रहे होंगे। दिन के ग्यारह बजे उनकी अचानक हृदयगति रुक गई, वे चल बसे। रेलवे कॉलोनी में मातम छा गया। आता-जाता हर व्यक्ति उन्हीं की चर्चा कर रहा था। लोग जो बाज़ार-हाट गये थे, दुकानों के सामने खड़े थे, जब सुना तो उन्हीं की चर्चा करने लगे। मुश्ताक अहमद सबके साथी थे। सबकी स्मृतियों में उनका स्थान था। कहीं-न-कहीं, किसी-न-किसी रूप में मुश्ताक सबके अंदर बसे हुए थे।

उनकी मृत्यु का समाचार सुनकर इनके साथ रेलवे में काम करने वाले पुराने साथी भी, जो अब तक ज़िंदा थे, एकत्रित होने लगे। उन साथियों की उम्र भी साठ से पचहत्तर साल के आस-पास थी। वे नाती-पोतों वाले थे। उनके बेटे भी किसी-न-किसी काम-धंधे में लग गये थे। बेटियों की शादी हो गई थी या होने लायक थी। वे स्वयं शरीर से जर्जर और अपाहिज-से हो गये थे। रेलवे की अनुशासित और कठिन नौकरी में उनकी जवानी और शरीर ढल चुका था। किसी को लकवा मार गया था, कोई हाई-ब्लडप्रेशर का शिकार था। गाल और आँखें धँस गई थीं। किसी को दिखाई या सुनायी भी कम देता

था। कमर भी झुकने लगी थी। कुछ तो लाठी, बेटे या नाती-पोते के सहारे चलते। मगर जब सुना कि कामरेड मुश्ताक नहीं रहे तो सभी यहाँ मुश्ताक के घर जमा होने लगे।

शहर के आख़िरी मोहल्ले से कोदूलाल आया। वह अपने समय का लड़ाकू मज़दूर नेता था। रेलवे में इंजन ड्राइवर था। वह अपने पोते की साइकिल पर कैरियर पर बैठकर आया। मुश्ताक के घर के सामने कैरियर से उतरकर उसने पोते से कहा, ''ये रुपये ले और दो मीटर का एक कपड़ा कफ़न के वास्ते ले आ!''

रियाज अहमद रुआँसे ज़मीन पर बैठे थे। रोते-रोते बुदबुदाने लगे, ''देखी दुनिया की यारी, बिछड़े सभी बारी-बारी!''

वहाँ उपस्थित बुजुर्गों की आँखें भी भर आयीं। जामनिक नाम का एक साथी जो महाराष्ट्रियन था, अपनी जगह से उठा और रियाज के पास आकर बैठ गया। रियाज के सिर को उसने अपनी छाती से लगा लिया...''मत रो रियाज भाई, ऐसा तो होना ही था। जीवन के खेल की रेल है। आगे बढ़ेगी तो सभी डिब्बों को, थोड़ा आगे-पीछे स्टेशन तो छोड़ना ही पड़ेगा, है कि नहीं!''

''मगर जामनिक, मेरा डिब्बा तो मुश्ताक से पहले लगा था, मैं उनसे दो साल बड़ा था!''

तभी बाज़ार से कोदूलाल का पोता लौटा। सड़क किनारे उसने अपनी साइकिल खड़ी की। कोदूलाल ने उसे देखा तो उठकर बाहर पोते के पास पहुँचा। पोते ने अपने दादा के हाथों में पॉलीथिन में लिपटा कपड़ा और बचे रुपये दिये और जाने लगा। कोदूलाल ने पॉलीथिन हटाकर एक नज़र कपड़े पर डाली तो उसका दिमाग सनक गया। पोता जब साइकिल पर बैठने वाला ही था, उसने वह कपड़े की पोटली उसे दे मारी। पोता हड़बड़ा गया। साइकिल खड़ी कर उसने ज़मीन पर पड़ी पोटली उठायी और डरते हुए पूछा, ''क्या हुआ दादाजी, कपड़ा पसंद नहीं आया?''

''अरे अक्ल के दुश्मन, कफ़न के वास्ते तू सफ़ेद कपड़ा लाया है! तुझे मालूम नहीं है क्या, ये कपड़ा कामरेड के लिए है...कामरेड मुश्ताक के लिए! जा, जाके बदल ला, लाल वाला!''

''कटा कपड़ा अब दुकानदार वापस भी नहीं लेगा!'' घबराया पोता बोला।

''कोई बात नहीं, ये और रुपये रख ले। दुकानदार से कहना, ये सफ़ेद कपड़ा अपने कफ़न के वास्ते रख ले हमारी तरफ़ से, मगर हमें लाल ही चाहिए!''

पोता चला गया। कोदूलाल वापस आकर अपने साथियों के पास बैठ गया।

∾

कामरेड मुश्ताक की लाश पहले घर की परछी में रखी थी, जिसके चारों ओर रिश्तेदार और औरतें बैठी हुई थीं। फिर लाश को आँगन में लाया गया। अब लाश को घेरकर बुजुर्ग कामरेड बैठ गये थे।

खुले ताबूत में कामरेड मुश्ताक लेटे हुए थे। चेहरा छोड़कर उनका पूरा शरीर ढँका हुआ था। कुछ लोगों ने उनके गले में फूलों की मालाएँ डाल दी थीं। नाक और कान के छिद्रों में कपास की गोलियाँ दबी पड़ी थीं। अपने इतने सारे साथियों के रहते कामरेड आँखें बंद किये पड़े थे, लगता था जैसे वे अभी कुछ गुन रहे हों और अब-तब बोल पड़ेंगे!

कामरेड मुश्ताक रेलवे में साधारण कर्मचारी, किंतु लोकप्रिय यूनियन नेता के रूप में जाने जाते थे। यूँ तो लाल झंडा रेलवे यूनियन में तब सैकड़ों कामरेड थे, पर जब सिर्फ़ 'कामरेड' को पूछा जाता तो सबका ध्यान मुश्ताक की ओर ही जाता था। यूनियन के आधार-स्तंभ पन्द्रह-बीस पक्के कामरेड थे और आपस में इनकी उतनी ही पक्की दोस्ती भी थी। मगर इस दोस्ती को आपस में जोड़ने की मज़बूत कड़ी तो कामरेड मुश्ताक ही थे। वे इन लीडरों के लीडर थे। शहडोल के एक तरफ़ बिलासपुर और दूसरी तरफ़ कटनी लाइन में ज्यादातर इन लोगों की चलती-फिरती नौकरी थी। कोई लाइनमैन था, कोई इंजन-ड्राइवर, तो कोई पोर्टर, तो कोई मैकेनिक, तो कोई और कुछ!

सन् 1974 का ज़माना था। कामरेडों की जवानी के दिन थे। रेलवे के कर्मचारियों का अपनी माँगों और अधिकारों के लिए 'रेल रोको आन्दोलन' हुआ। समाजवादी और जुझारु नेता जॉर्ज फ़र्नांडीस का नेतृत्व था। लाल झंडेवाली यूनियन के साथी भी अन्य यूनियनों के साथियों के साथ थे। पूरे देश में रेलवे का इतना बड़ा आन्दोलन न पहले हुआ, न बाद में ही देखने को मिला।...रेलवे

इस देश की साँस थी और इस साँस ने चलना बंद कर दिया था।

इस आन्दोलन से तत्कालीन कांग्रेस सरकार पर जैसे गाज गिर गई थी। सरकार आगबबूला हो गई। आन्दोलनकारी रेलवे कर्मचारियों की धरपकड़ आरंभ हुई। पुलिस मारती-पीटती, जेलों में ठूँस देती। फिर भी कर्मचारी और लीडर गिरते-पड़ते, छुपते-छुपाते, आन्दोलन को सफल बनाने में कोई कोर-कसर बाकी न रहने दे रहे थे। देश की पहली महिला प्रधानमंत्री इंदिरा गाँधी परेशान थीं। रेलें रुक जायेंगी तो सरकार निकम्मी साबित होगी। सरकार गिर भी सकती है। सारा विपक्ष इस आन्दोलन में साथ था। देश भर में नारे उछल रहे थे...'हमारी माँगें पूरी करो, वरना इंदिरा डूब मरो!'...'जो सरकार निकम्मी है, उसका काम तमाम करो!'

खैर, उस आन्दोलन की समाप्ति के बाद कुछ साथी नौकरी से निलम्बित हो गये, कुछ बर्खास्त हो गये। कुछ का केस बरसों चलता रहा। वे रिटायरमेंट की उम्र में भी जा पहुँचे। उनमें कुछ जीते, कुछ हारे।

कामरेड मुश्ताक केस लड़ने वाले साथियों में थे। उन्होंने अपना केस भी लड़ा और दूसरे साथियों की मदद भी की, यूनियन को भी चलाये रखा। रेलवे से अलग इस छोटे से शहर के आम लोगों की ज़रूरतों-तकलीफ़ों में भी वे सहभागी बनते रहे। बुढ़ापे में उनकी सक्रियता में कुछ कमी ज़रूर आई, मगर फिर भी उनके नाम और काम को लोग भूले नहीं थे।

～

कामरेड के चल बसने का समाचार जिसने भी सुना, जहाँ भी सुना, एक आह भरी। जिनका उनसे सीधे ताल्लुक था, वे तो सीधे उनके घर पहुँचने लगे।...कामरेड के आख़िरी दर्शन कर लें! ऐसे आदमी बार-बार कहाँ मिलेंगे! हमारा जीवन धन्य था, जो कामरेड मुश्ताक के ज़माने में हम हुए! उन्हें देखा, उनसे बात की! उनके मज़ाक सुने और झेले! खूब हँसे! अपनी तकलीफ़ों पर भी हँसे! अब ऐसे जिंदादिल लोग मिलें या न मिलें! उनके आख़िरी दर्शन तो कर लें भाई!

लाश के चारों ओर छोटे-छोटे ग्रुप में बँटे बुजुर्ग और सेवानिवृत्त रेलवे कर्मचारी धीरे-धीरे बतिया रहे थे। अपनी आवाज़ के प्रति वे सचेत थे कि कहीं

वह ऊँची न निकल जाये, उन्हें अशिष्ट न समझ लिया जाये! कुछ प्रौढ़ और नौजवान साथी आस-पास मैयत की तैयारी में लगे थे। कभी-कभी वे करीब आते और बुज़ुर्गों की बातें सुनने की कोशिश करते, मगर तब बुज़ुर्गों की आवाज़ और धीमी हो जाती।

''आज नौकरी में मज़ा नहीं रहा। एकरसता आ गई है। नौकरी के बाद किसी के पास फुर्सत भी नहीं रही। हँसी-ठिठोली की महफ़िलें भी पहले जैसी नहीं सजतीं!''

''आज लोग व्यक्तिवादी ज़्यादा हो गये हैं। चाय पीना हो, चर्च जाना हो, बाज़ार जाना हो, पहले सब साथ-साथ ही जाते थे।...क्या ज़माना था वो भी!

''आज के ट्रेड यूनियन के नेता!...'कामरेड' से उनकी कोई तुलना ही नहीं, ज़मीन आसमान का अंतर है!''

''वक्त बदल गया विलियम, काम भी बदल गया। रेलगाड़ी ने स्पीड पकड़ ली है। पहले कोयला इंजन था, फिर डीजल हुआ और अब बिजली के इंजन आ गये। देश तरक्की कर रहा है, विलियम!''

''हाँ, तरक्की तो दिख रही है, मगर यह तरक्की जा किधर रही है? इस तरक्की की रेल ने कितनों को और पीछे किया है, कितनों को रौंदा है!''

''परसों चर्च से मैं निकल रहा था कि कामरेड मिल गये। छोटी लड़की की शादी को लेकर मैं परेशान था। दो-तीन लड़के मैंने देख भी रखे थे। एक लड़का मुझे कुछ जँच रहा था, मगर मैं कामरेड की राय जानना चाहता था। कामरेड ने उस दिन कहा कि परसों शाम को लड़के के घर चलेंगे। और देखो... सुबह ग्यारह बजे इनका हार्टफ़ेल हो गया! प्रभु ईशु इनकी आत्मा को शान्ति प्रदान करें!''

~

मुश्ताक अहमद चल बसे, उनके घर पर भारी रोना-कलपना हालाँकि नहीं हो रहा था, मगर फिर भी माहौल में गमजदगी और बोझिलता व्याप्त थी। हर कोई अपने को ज़ोर से बोलने से रोके था। लोग धीरे-धीरे कानाफूसी करते और बहुत ज़रूरी समझने पर ही बोलते थे। कामरेड के जीवन का वह हिस्सा, जो प्रत्येक के साथ अलग-अलग गुज़रा था, उन्हें याद आ रहा था। कामरेड की

अचानक हुई मौत उनके दिल-दिमाग और कंठ को दबोचे हुई थी।

इसी समय कामरेड सुरेश पाण्डेय, जो पेशे से वकील थे और रेलवे कर्मचारियों के सैंकड़ों केस लड़ते-लड़ते बुजुर्ग हो चले थे, वहाँ उपस्थित हुए। उनकी उम्र पैंसठ साल हो चली थी, किन्तु शरीर से तन्दुरुस्त ही थे। कोर्ट अब भी जाते थे। आज भी दो पेशियाँ थीं, मगर कामरेड के निधन का समाचार सुनकर उन्होंने पेशियों की तारीख आगे बढ़वा लीं और सीधे इधर चले आये। इन रेलवे कर्मचारियों के वे अभिन्न मित्र थे और इनकी नस-नस पहचानते थे। मुश्ताक की तरह उनकी भी साथियों में अच्छी साख थी। साथियों में सबसे ज्यादा पढ़े-लिखे और समझदार होने का तमगा उन्हें हासिल था। उन्हें कोर्ट के काले कोट और सफ़ेद फुलपैंट में आया देखकर कामरेड के किसी रिश्तेदार ने एक स्टूल उनके बैठने के लिए ला दिया।

स्टूल पर बैठकर वे दो पल मुश्ताक अहमद के चेहरे को घूरते रहे, फिर आस-पास बैठे रेलवे के बुजुर्ग साथियों पर नज़र डाली। कामरेड वकील से नज़र मिलते ही बुजुर्गों ने उन्हें आँखों-ही-आँखों में सलाम किया और नज़रें झुका लीं, जैसे किसी अपराध में पकड़े जाने का डर हो। कुछ की आँखों में फिर गम का पानी तैर गया। वकील को कामरेड मुश्ताक के लिए निर्मित यह माहौल गवारा नहीं हुआ। उन्होंने स्टूल छोड़ दिया और ऐसे खड़े हो गये जैसे कोर्ट में खड़े हों, कोई दलील पेश कर रहे हों। वे ऊँची आवाज़ में बोल पड़े—

''अरे, कामरेड मुश्ताक मर गया तो क्या, हम लोग तो अभी ज़िंदा हैं!... जिस दिन हम लोग मर जायेंगे, बाकी दूसरे साथी लालझंडा उठायेंगे। यूँ मुँह लटकाये काहे बैठे हो ?...आखिर यह 'कामरेड मुश्ताक' मरा है! कामरेड अगर ज़िंदा होता और किसी दूसरे कामरेड की सामने लाश होती तो क्या वह इस तरह देर तक मुँह लटकाये बैठा होता ?''

सारे बुजुर्ग और ज्यादातर शरीर से अशक्त कामरेड वकील की ओर देखने लगे। वकील अपनी लय में सबको सम्मोहित किये था। लगने लगा कि जैसे कामरेड मुश्ताक की भूमिका आज कामरेड वकील निभा रहे हों!

''ज़रा सोचो, आप किसकी मैयत पर बैठे हो !...क्यों कामरेड कोदूलाल, तुम भूल गये वो दिन, जब रेल-स्ट्राइक पर तुम इसी कामरेड के पीछे झंडा लेकर दौड़े थे? तुम्हारे पीछे पुलिस लगी थी। तुम एक गड्ढे में जा गिरे थे कि पुलिस

पहुँच गई थी। इसके पहले कि पुलिस तुम्हें पकड़ पाती, कामरेड ने तुम्हें खींच लिया और फिर दोनों 'ज़िंदाबाद' करते भागे थे!''

कामरेड कोदूलाल का अपने ऊपर अब नियंत्रण नहीं रहा। चीख पड़ा, ''कामरेड मुश्ताक!''

''लाल सलाम...लाल सलाम!'' बाकी कामरेड भी बोल पड़े।

''और कामरेड रियाज...उस स्ट्राइक में तो पुलिस ने तुम्हारे घुटने ही तोड़ दिये थे, मगर तब भी तुम रोये नहीं थे! और याद है, एक बार तुम्हीं ने बताया था कि कटनी के रेलवे-स्टेशन के संडास में तुम फुलपैंट दरवाज़े पर बाहर लटकाकर अंदर बैठे थे तो इसी कामरेड ने तुम्हारा फुलपैंट निकालकर रेलवेमास्टर बोरकर की मेज़ पर रख दिया था। बोरकर से कहा था कि कोई प्लेटफ़ॉर्म पर भूल गया लगता है! और तुमने चड्डी में ही कामरेड मुश्ताक को दौड़ाते-दौड़ाते पूरा प्लेटफ़ॉर्म नाप डाला था!''

बुज़ुर्ग कामरेडों के मुरझाये चेहरों पर मुस्कान दौड़ गई। वकील की लय अभी टूटी नहीं थी। बोले, ''न जाने कितनी होली-दीवाली में तुम लोगों को ज़्यादा भांग पिलाकर वह कैसे सबको हँसाता-रुलाता, बैठा, सबका मुजरा देखा करता था!...और याद करो, एक बार नये साल की रात में सबसे स्कॉच पिलाने के नाम से चंदा लिया और स्कॉच की पुरानी बोतल में देशी शराब भर दी थी। तुम सब लोग भड़क गये थे, तो यह कामरेड बोला था कि स्कॉच हमारी औकात के बाहर पड़ती है कामरेडों! तुम्हारे रुपये ये सुरक्षित हैं। लो, आपस में बाँट लो, और आज रात का सारा खर्चा मेरी तरफ़ से! तुम सबको नया साल मुबारक!''

''हाँ, कामरेड ने अइसाइच किया था!'' जामनिक बोल पड़ा। कामरेडों के आँसू गायब हो गये थे। वे खुलकर हँसने-बोलने को तत्पर दिखने लगे। उनकी अपनी स्मृतियों में कामरेड मुश्ताक फिर ज़िंदा हो उठे। प्रत्येक कामरेड मुश्ताक के संबंध में कुछ बोलना-बताना चाहने लगा, मगर कामरेड वकील तो चुप होने का नाम ही नहीं ले रहे थे।

''और ईद में...इसी घर-आँगन में, हम लोग दोनों टाइम कभी बिरयानी, तो कभी ईदी के लिए जमे होते थे। हमारी परेशान करने वाली उपस्थिति के बावजूद क्या हमने कभी उनके चेहरे पर कोई शिकन देखी?...खूब मस्त दिन गुज़ारे हैं हमने कामरेड के साथ!''

‘‘कामरेड मुश्ताक ज़िंदाबाद!’’ किसी कामरेड ने आवाज़ लगायी। बाकी सभी चिल्ला पड़े, ‘‘ज़िंदाबाद...ज़िंदाबाद!’’

वकील ने साथियों का उद्घोष खत्म होते ही अपनी बात पूरी की, ‘‘कामरेड मुश्ताक ज़िंदादिल इंसान था! वह कभी मर नहीं सकता। उसने ज़िन्दगी में कभी हार नहीं मानी। ज़िन्दगी की हज़ार तकलीफ़ें उठायीं, पर कभी किसी ने उसे रोता हुआ नहीं देखा! भरी-पूरी ज़िन्दगी गुज़ारी उसने। उसके जाने के बाद आज यदि तुम दुखी होते हो, रोते हो, तो समझो उसे तकलीफ़ देते हो!...अरे उठो, उठकर अपने कामरेड को सही ढंग से विदा करो!’’

और देखते-ही-देखते बूढ़ों में नई जान आ गयी। दूसरों के सहारे यहाँ तक पहुँचे बुज़ुर्ग कुछ अपनी और कुछ अन्य साथियों की मदद से उठ खड़े हुए। एक-दूसरे का हाथ थाम लिया। कामरेड मुश्ताक की लाश के चारों ओर वे लँगड़े, लूले और बीमार कामरेड झूमने लगे। पोपले मुँहों से लगातार ज़िंदाबाद के नारे लगने लगे। उनके नारों की गूँज में युवा भी शामिल हो गये, वे और ज़ोरों से ‘ज़िंदाबाद’ करने लगे।

रेलवे स्टेशन से आते हुए एक मुसाफ़िर ने भीड़ देखकर और शोरगुल सुनकर किसी से पूछा, ‘‘ये शोरगुल, ये हंगामा, ये हँसी-मज़ाक क्यों हो रहा है? क्या कोई जश्न है?’’

उसे जवाब मिला, ‘‘अच्छ तो आप नहीं जानते!...कामरेड मुश्ताक नहीं रहे!’’

मेमना

रेलगाड़ी ने एक लम्बी तेज़ सीटी बजाई और ढेर सारा धुआँ आकाश में उगल दिया। (ये आठवें दशक की रेलगाड़ी थी, जब सारी रेलें कोयले से चलती थीं।) प्लेटफ़ॉर्म पर खड़ा वह किसान, जिसने छोटी-सी मटमैली धोती और बंडी पहन रखी थी, और जिसके सिर पर छोटी-सी पगड़ी बँधी हुई थी, पशोपेश में चारों तरफ़ देखने लगा, शायद उसका साथी उसे अब भी कहीं से आता दिख जाये! चारों तरफ़ लोग आवाज़ देते, दौड़ते, हँसते, बातचीत का सारांश दोहराते और फिर 'बाय-बाय' करते दिखाई दे रहे थे। रेलगाड़ी के रवाना होने की सांकेतिक सीटी सुनकर ये गतिविधियाँ और भी तेज़ हो गई थीं। सभी को अपनी पड़ी थी। उनमें से कुछ दौड़ते हुए आपस में टकरा भी रहे थे और क्षमा माँगकर या झुँझलाकर आगे बढ़ रहे थे।

बारहों माह कठिन श्रम से मज़बूत हो आयी देहवाले उस किसान के चेहरे पर थोड़ी चिंता उभर आयी थी। उसके एक हाथ में दो टिकटें और दूसरे हाथ में बकरी का छोटा-सा मेमना था। चार दिनों का काले रंग का, भोला और प्यारा-सा मेमना। रेलवे स्टेशन से पाँच किलोमीटर दूर के गाँव के ढाबे में उसका मंझला भाई रहता था। उसके घर की बकरी ने तीन मेमनों को जन्म दिया था। इन मेमनों को जन्म देने के बाद ही बकरी इतनी कमज़ोर हो गई थी कि बच्चों के लिए दूध की समस्या बन आई थी। कल सुबह वह खेती के लिए अच्छे बीजों की तलाश में अपने भाई के पास आया था, बीज तो नहीं मिले लेकिन भाई ने एक मेमना उसे सँभालने के लिए दे दिया।

इस राजनांदगाँव शहर से नागपुर जाने वाली रेल लाइन से कोई पच्चीस किलोमीटर दूर बांकल स्टेशन के बाद आनेवाला दूसरा स्टेशन 'मुसरा' उसका अपना गाँव था। वहाँ उसका घर था और पाँच एकड़ खेती की ज़मीन भी।

बीज-धान का जुगाड़ तो हुआ नहीं और आकाश में कुछ बादल मँडराने लगे थे। उसे किसी तरह आज ही अपने गाँव पहुँचना था, ताकि गाँव में ही अब किसी से बीजों का जुगाड़ कर सके।

शहर के बाज़ार के रास्ते रेलवे-स्टेशन की ओर आते, उसके गाँव मुसरा का एक किसान कुछ सामान लेते, उसे मिल गया था। गाड़ी का वक्त हो गया था और उसकी खरीदारी नहीं हुई थी। उसने ही अपने लिए टिकट और हो सके तो, बैठने की जगह रखने को कहा था, जबकि इतनी भीड़ भरी गाड़ी में बैठने की जगह का तो सवाल नहीं था। साथी के लिए ले ली गई टिकट अब बेकार हो जाने का अंदेशा था, क्योंकि वह साथी कहीं भी अब तक आता दिखाई नहीं दे रहा था।

रेलगाड़ी ने दोबारा लम्बी सीटी बजाई, लम्बी-लम्बी साँसें भरीं और आगे सरकने लगी। अब सोचने और साथी के इंतज़ार का समय नहीं रह गया था। टिकटों को अपनी बंडी की जेब में रखकर प्लेट्फ़ॉर्म में सामने से जा रहे डिब्बे के दरवाज़े को एक हाथ से पकड़कर वह लटक गया, फिर दूसरे ही पल वह मेमने सहित डिब्बे के अंदर था। मेमने के अलावा उसके पास और कोई सामान नहीं था।

डिब्बे में भीड़ बहुत थी। कुछ लोग खड़े थे और कुछ अपने सामान को नीचे रखकर उस पर बैठे थे। सामान्य श्रेणी का यह गंदा और बदबूदार जनरल डिब्बा था। आरक्षित श्रेणी के साफ़-सुथरे और केबिनों में बँटे डिब्बे अफ़सर और धनी लोगों के थे। जनता को अपनी रेलयात्रा बहुत दिनों तक याद रहती थी और अफ़सरों और धनिकों को पता ही नहीं चलता था कि वे रेलयात्रा कर लौटे हैं या घर में ही थे।

लेकिन जिस डिब्बे में वह किसान आ घुसा था, वहाँ उजले कपड़े पहने, अफ़सरनुमा स्वभाव वाले कुछ नौजवान भी थे, जो बिना टिकट थे और सीट पर पसरकर बैठे हुए थे। उनमें से खिड़की के पास दो, तीन ऊपर की सीट पर और दो नीचे की लम्बी सीट पर पाँव फैलाये बैठे थे। उन्होंने अपनी उपस्थिति, हाव-भाव और बोलचाल से पूरे डिब्बे में आतंक-सा मचा रखा था। कभी इस, कभी उस यात्री का परोक्ष रूप में मज़ाक उड़ाया जा रहा था। लोग चुप थे और ज़रूरी होने पर फुसफुसा लेते थे।

उस किसान के पीछे और भी कुछ लोग उस डिब्बे में चढ़ आये थे। दरवाज़े की ओर जगह की इतनी तंगी थी कि कुछ लोग एक ही पाँव पर खड़े थे। वे रह-रहकर अपना पैर बदलकर अपना भार दूसरे पैर पर डाल भी रहे थे। भीड़ में घबराकर मिमियाते मेमने की फ़िक्र करके और डिब्बे के मध्य, जहाँ नौजवान लड़के जमे हुए थे, खड़े होने की कुछ अच्छी जगह देखकर किसान सरकता हुआ वहाँ चला गया। वहाँ पहुँचकर उसने कुछ राहत की साँस ली और लड़कों के पास वाली खिड़की से थोड़ा झुककर देखा कि गाड़ी कितनी रफ़्तार से चल रही है। फिर एक हाथ बंडी की जेब में डालकर उसने टिकटों की तलाशी ली। दोनों टिकट थे, मगर उसे दुख हुआ कि उसका दूसरा साथी नहीं आ पाया। दो रुपये का बेकार नुकसान हो गया।

तभी खिड़की के पास बैठा एक लड़का किसान पर व्यंग्य करते हुए अपने साथियों से कहने लगा, ''कूड़ा-करकट हमारी नाक के पास आ पड़ा है डॉन! अपनी तरफ़ बुला लो इसे!''

ऊपर की सीट पर बैठे एक मोटे लड़के ने किसान की पगड़ी पर उँगली करते हुए पूछा, ''ऐ...कहाँ तक जाना है?''

पगड़ी पर घूम रही मोटे लड़के की उँगली को अपने हाथ से अलग करते हुए उसने शांत स्वर में कहा, ''मुसरा तक, बस एक स्टेशन बाद!''

और इतना कहकर किसान 'बीज-धान के लिए, गाँव में सबसे पहले किसके पास जायेगा,' सोचने लगा। पिछली बार तो उसके भाई ने अच्छे बीज सस्ते में उसके लिए जुगाड़कर मदद कर दी थी।...उसके गाँव का मुखिया देने को बीज-धान तो दे देगा, मगर फ़सल होने पर वह दुगना माँगेगा। रामधन ठाकुर ड्योढ़े में शायद दे दे, मगर उससे इस संबंध में कभी बात नहीं की है। पता करने पर तो कुछ छोटे किसानों से सवैया पर भी मिल सकता है। खैर, अब गाँव पहुँचकर ही ठीक से पता करना होगा।

''इतने करीब जाना है तो डिब्बे में क्यों घुस आये? दरवाज़े पर ही खड़े नहीं रह सकते थे?'' फल्ली खाकर डिब्बे में कचरा करते हुए नीचे बैठे, तीन लड़कों में से एक बोला। तभी ऊपर सीट पर बैठा एक लड़का, खायी हुई फल्ली के छिलके नीचे बैठे दूसरे यात्रियों पर जानबूझकर गिराता हुआ नीचे उतरा और उसके बदले खिड़की के पास बैठा छैलानुमा लड़का सीटी बजाता हुआ ऊपर की

सीट पर चढ़ गया। बिना जूता उतारे चढ़ने से उसके जूते की धूल और कंकड़ नीचे बैठे दूसरे यात्रियों पर गिरे, मगर यात्री चुप कर गये। इन बदमाशों से लड़ना अपनी ही इज़्ज़त कम करना था। इस भीड़ भरी गाड़ी में अपनी जगह बदली भी नहीं जा सकती थी, यहाँ पर कम-से-कम कूल्हे टिकाने की जगह तो थी, मगर यह अपमान...!

किसान ने सुना-अनसुना कर दिया और क्षमा कर देने के अंदाज़ में उसने सोचा, 'लड़के ही तो हैं, उसे स्वयं कौन-सी लम्बी यात्रा करनी है!'

गाड़ी चलती रही, आगे बढ़ती रही। गाड़ी के हिचकोलों के साथ यात्री भी हिलते-डुलते रहे। जो यात्री अभी-अभी गाड़ी में चढ़े थे, वे अपने छोड़े हुए ठिकाने के बारे में सोच रहे थे, लेकिन जिन्हें गाड़ी में सवार हुए काफ़ी वक्त हो गया था, वे अपने आगे के ठिकाने के बारे में सोचने लगे थे। पर उन लड़कों को न अपने अतीत में दिलचस्पी थी और न ही भविष्य की फ़िक्र। वे वर्तमान में ही खोये, उसे अपनी तरह से भोग रहे थे।

उन लड़कों में से एक ने अपनी जेब में से सिगरेट का एक पैकेट निकाला और सभी लड़कों की ओर बढ़ाया। सभी ने पैकेट से एक-एक सिगरेट खींच ली। फिर उसने माचिस की डिबिया निकाली, जिसमें सिर्फ़ दो ही तीली बची थीं और जो उसकी लापरवाही से बिना एक भी सिगरेट सुलगाये नष्ट हो गईं। उसने माचिस की खाली डिबिया खिड़की से बाहर फेंक दी। डिब्बे में चारों तरफ़ देखकर फ़िल्मी खलनायकों के अंदाज़ में वह लड़का बोला, ''अरे, किसी के पास माचिस है क्या?''

किसी ने जवाब नहीं दिया। यात्री उसकी तरफ़ से मुँह फेरकर दूसरी तरफ़ देखने लगे, गोया उन्होंने उसकी आवाज़ सुनी ही न हो। कुछ यात्रियों के पास माचिस थी ज़रूर, मगर देने की इच्छा किसी की नहीं थी।

''अंय, तुम्हारे पास?'' उस किसान से पूछा गया। किसान ने मेमने को दूसरे हाथ में लेते हुए, अपनी बंडी की जेब से माचिस की डिबिया उसे दे दी। अपनी सिगरेट सुलगाते हुए लड़के ने कहा, ''कानों में छेद नहीं है क्या?''

''मोर इच्छ, चाहे दौं, चाहे ना दौं!'' किसान ने जवाब दिया और उनकी अंतिम सिगरेट सुलगते ही माचिस की डिबिया पकड़कर अपनी जेब में रख

ली। सारे लड़के एक-दूसरे की तरफ़ देखकर मुस्कुराये, फिर एकाएक ठहाका मारकर हँस पड़े, जैसे शिकारियों को अनायास उनका शिकार मिल गया हो। एक ने किसान के मेमने को लक्ष्य करते हुए कहा, ''साले गँवार जानवरों सहित डिब्बे में घुस आते हैं!''

''मगर जो स्वयं आदमी न हो, उसे क्या फ़र्क पड़ता है?''

''मगर दूसरों के बारे में भी तो ख़याल रखना चाहिए!''

''ख़याल रखता तो आदमी न हो जाता!''

उनकी बातें सुनकर अब किसान से चुप नहीं रहा गया, बोला, ''तुम काकर बारे म इ सब बोलत हव? तुम्हर बड़े-बड़े पेटी अउ थैला अतेक घला नइ हे ये पिला ह। फेर येला त हम अपन हाथ म उठाय हन जी। तुम्हर ऊपर कोनो बोझा त नइ हे ना!'' फिर कुछ सोचते हुए धीरे से बुदबुदाया, ''ये बकरी के बच्चे की माई दूध नहीं दे रही थी। हमर घर में भी बकरी है, उसके दूध को पिलाकर हम इसको बड़ा करेंगे, इसीलिए भाई के घर से ले जा रहे हैं। हमर पास दू टिकिट हैं। एक संगवारी के लिए भी लिया था, पर वो आया नहीं। समझो वो टिकिट ये बच्चा के लिए है। नहीं तो, टिकिट चेकर साब बोलेगा तो इसकी टिकिट का पैसा भी हम दे देंगे। मुफ़्त की सवारी हम नहीं करते, समझे!''

''टिकट लेकर डरपोक लोग यात्रा करते हैं!'' मोटे लड़के ने कहा।

''ये गलत बात आय!'' किसान ने सिर हिलाकर इनकार किया और आगे कहा, ''डरना है त खराब काम ले डरौ, खराब काम करे ले जउन डरथे तउन डरपोक नइ, बने मनखे होथे जी!''

''यानी तुम अच्छे आदमी हो?'' छैलानुमा लड़के ने सीटी बजाते हुए पूछा।

डिब्बे के शेष सारे यात्रियों का ध्यान इनकी ओर ही था। उन सबकी सहानुभूति किसान की ओर थी। वे मन-ही-मन चाहने लगे कि किसान कोई अच्छा-सा जवाब उन लड़कों को दे, जो उन्हें ज़िन्दगी भर याद रह जाये। मगर किसान ने कोई जवाब नहीं दिया, इधर-उधर देखने लगा। पहले स्टेशन 'बांकल' में गाड़ी आधा मिनट रुकी और आगे बढ़ गई। इसके बाद किसान

का स्टेशन 'मुसरा' आने वाला था।...उसे अब डिब्बे के दरवाज़े की तरफ़ चले जाना चाहिए ताकि गाड़ी रुकते ही वह झट नीचे उतर सके। गाड़ी वहाँ भी एक मिनट से कम ही रुकती थी। किसान यही सोचते हुए, किसी से कुछ कहे बिना दरवाज़े की दिशा में सरक ही रहा था कि एक विचित्र घटना घट गई। उस घटना के कारण उस डिब्बे के यात्रियों के मन में किसान के प्रति आदर का भाव भर गया और जिसके बाद उस डिब्बे से आतंक और उत्पात का वातावरण समाप्त हो गया।

किसान जैसे ही पीछे मुड़ा, ऊपर की सीट पर बैठे एक शैतान लड़के ने अपनी जलती सिगरेट किसान के हाथों में लटकते मेमने के सिर में दबाकर बुझा दी। मेमना चिहुँककर मिमियाने लगा। किसान पलटा तो दूसरे छैलानुमा लड़के ने उसकी पगड़ी में ही अपनी जलती सिगरेट दबा दी।

अब किसान ने मेमने को अपने पाँव के पास रखा और ऊपर की सीट पर बैठे छैलानुमा लड़के का कॉलर पकड़कर उसे नीचे खींच लिया, जो नीचे की सीट पर बैठे अपने दो साथियों के पैरों पर इतनी बुरी तरह गिरा कि एक साथ तीन लड़के कराहने लगे। ऊपर बैठे मोटे लड़के के गाल पर ऐसा करारा चाँटा उन मज़बूत हाथों ने रसीदा कि मोटे का मुँह और आँखें फैल गईं। खिड़की के पास बैठे दो लड़के किसान पर झपटे, मगर उल्टे हाथों की दो चाँटों की मार ने उन्हें सीधा कर दिया। वे अपनी सीट पर दुबक कर हाँफ़ने लगे।

पूरे डिब्बे में कुछ पल के लिए स्तब्धता छा गई। सातों लड़के, जिनमें से कुछ ने उन मज़बूत हाथों का प्रसाद पाया था और कुछ ने नहीं भी पाया था, घबराये से अपनी सीट पर सिमट गये। वे सभी अविश्वास, भय और संकोच से अपने आप को देख रहे थे और रह-रहकर अपने मुँह में आया थूक गले में वापस उतार रहे थे।

अब पास खड़े हुए यात्रियों को बैठने की जगह मिल गई थी और एक पाँव पर खड़े यात्रियों ने दोनों पाँव नीचे टिकाकर राहत की साँस ली। आपातकाल में बंद हो गई जुबानें अब कूकने लगी थीं। कुछ ने अपनी बीड़ी सिगरेट भी सुलगा ली। डिब्बे में छाया हुआ आतंक अब बिना किसी संवाद के इस लड़ाई के साथ ही समाप्त हो गया था।

किसान के करीब बैठे एक यात्री ने सरककर किसान के लिए जगह बनाते हुए कहा, ''भाई, यहाँ बैठ जाओ, जगह तो है!''

''नइ, हमर स्टेशन आ गय!'' किसान बोला और सिर की ढीली हो गई पगड़ी को कसते हुए उसका ध्यान अपने मेमने की ओर चला गया।

''मेमना कहाँ है?''

''ये रहा!'' एक यात्री ने अपनी पत्नी की गोद की ओर इशारा करते हुए कहा। उसकी पत्नी ने इस बीच मेमने को उठाकर अपनी गोद में रख लिया था। यात्री की पत्नी बोली, ''भैया, आप उतर जाइये, खिड़की से हम इसे दे देंगे!''

व्हाइट कैप

यह कहानी कोरोना-काल के शुरूआती दिनों की है।

शहर में जगह-जगह नई कॉलोनियाँ कुकुरमुत्ते की तरह उग रही थीं, ख़ास कर शहर के आउटर में। इनमें कुछ वैध थीं तो कुछ अवैध भी। इन नई बसाहटों के कारण हर साल शहर की शक्ल बदल जाती। शहरी लोग ही जब कुछ अंतराल में इस तरफ़ आ निकलते तो चकित हो जाते। जब कोई अजनबी उनसे इन नये मोहल्लों के नाम पूछ बैठता तो वे स्वयं भी अजनबी बन जाते।

यहाँ की निर्माणाधीन इमारतों में काम करने वाले ज़्यादातर मज़दूर, जो मूलतः छोटे किसान ही थे, आस-पास के गाँवों से अपनी सेवा देने आते थे। वे रोज़ काम खत्म होते ही अपने गाँव लौट भी जाते। गाँव की खेती-किसानी घाटे का सौदा बनती जा रही थी। अपनी बेगारी के दिनों में वे शहर को नया रूप देने चले आते थे। बदले में शहर उनकी जेबों में चंद रुपये ठूँस देता, और वे इतने में ही ख़ुश हो जाते। मगर कुछ मज़दूरों का गाँव-घर इतनी दूर था कि वे रोज़ वहाँ लौट नहीं सकते थे। ऐसे मज़दूर निर्माणाधीन इमारतों के आस-पास ही कामचलाऊ झोंपड़ी डालकर या किसी अधबनी इमारत के किसी कोने में अपनी गठरियाँ रखकर, चूल्हा सुलगाकर, भोजन बनाते, खाते और रात गुज़ारते रहते। उनके आवास के लिए कुछ कच्ची सामग्री की व्यवस्था ठेकेदार भी दया दिखाते हुए कर दिया करते थे, हालाँकि इसमें उन्हें अपने ही हित का अधिक ख़याल रहता। उन्हें मुफ़्त में या कम मज़दूरी में रात के पहरेदार मिल जाते थे, जिससे चारों तरफ़ फैले उनके लाखों के कच्चे सामानों की रखवाली हो जाती थी।

इन्हीं मज़दूर-पहरेदारों में एक परिवार केशव का भी था। केशव आठ साल का छोटा-सा, नाटा-सा, टकला और साँवला-सा लड़का था। उसके माता-पिता, बेमेतरा जिले के किसी गाँव के रहवासी थे, जो इस दुर्ग शहर के

आउटर में एक ठेकेदार द्वारा बन रही कॉलोनी की इमारतों में मज़दूरी करते थे। पिता, ठेकेदार द्वारा नई खड़ी की जा रहीं इमारतों में घूम-घूमकर दीवारों, छतों पर पानी पलोता, ठेकेदार द्वारा दिये दूसरे कामों के अलावा रात में चारों तरफ़ बिखरे ठेकेदार के सामान की रखवाली भी करता। उसकी माँ अन्य मज़दूरनियों के साथ दिनभर राजमिस्त्रियों के हाथों तक ईंटें और रेत-सीमेंट का गारा पहुँचाती रहती। शाम होने पर वह राजमिस्त्रियों के सभी औज़ारों और काम आये सामानों की साफ़-सफ़ाई करती। रात को परिवार के लिए भोजन पकाती। पिता ईमानदारी से रात को दो-तीन बार उठकर उस कॉलोनी के चक्कर मारकर ठेकेदार के सभी सामान की पड़ताल कर लिया करता। दिनभर पति-पत्नी कभी साथ-साथ, तो कभी अलग-अलग इमारतों के काम में लगे रहते। उन्हीं अधूरी इमारतों में अभी एक जगह इस परिवार का अस्थायी डेरा था, जो कुछ महीनों पहले दूसरी जगह से शिफ़्ट होकर यहाँ पहुँचा था।

फ़रवरी माह के अंत में, जब गर्मी अपने पाँव पसारने लगी थी, तीसरी कक्षा की अपनी वार्षिक परीक्षा दे चुकने के बाद केशव अपने दादाजी से माता-पिता के पास शहर जाने की ज़िद कर बैठा। गाँव में दादाजी ने उसे खूब समझाया, ''अरे बेटा, वे दोनों होली में तो गाँव आयेंगे ही, बस दस-पन्द्रह दिनों की तो बात है, दिमाग मत खा।'' मगर केशव, परीक्षा के तुरन्त बाद मिली स्कूल की अपनी छुट्टी में बदलाव चाहता था और इसलिए भी कि जनवरी के महीने में भी आने की बात कहकर उसके माता-पिता गाँव नहीं आये थे। उसने अपने दादाजी का (जो दोपहर में सोते और रात भर खाँसते हुए जागते रहते), बुढ़ापे में बचा-खुचा दिमाग जब कुतरना शुरू किया तो हताश होकर उसके दादाजी ने उसे बस में बिठाकर यहाँ उसके माता-पिता के पास ला छोड़ा और तुरंत अकेले लौट गये, दोपहर की नींद निश्चिंत होकर लेने के लिए।

मगर यहाँ आकर केशव के हाथ निराशा ही लगी। वह दिनभर के लिए परिवार के अस्थायी डेरे में अकेला पड़े रहने को मजबूर था। ठेकेदार ने मज़दूरों को अपने साथ बच्चों को साइट की तरफ़ न लाने का फ़रमान सुना रखा था। आखिर कुछ दिनों अकुलाते पड़े रहने के बाद केशव उस डेरे से बाहर निकला। आस-पास की दूसरी कॉलोनियों के उसने चक्कर लगाये, फिर एक कॉलोनी के पास अपने से जरा बड़े लड़कों को क्रिकेट खेलता देखकर ठहर गया। उसे

समय गुज़ारने के लिए क्रिकेट खेलते देखना अच्छा लगा। वह दूर एक नीम के पेड़ के नीचे छाया में बैठ गया। बाकी लड़के निश्चिंत होकर क्रिकेट खेलते रहे। इन लड़कों में कुछ की परीक्षाएँ हो गई थीं और कुछ के कुछ पेपर, सम्भावित कोरोना वायरस के डर से स्कूल बंद कर दिये जाने से, स्थगित कर दिये गये थे। लड़कों को उम्मीद थी कि जनरल प्रमोशन मिल जायेगा। कोरोना वायरस की चर्चा दिसम्बर महीने से विदेशों में तो खूब हो रही थी, मगर भारत में अभी शोर नहीं उठा था। जनवरी-फ़रवरी में देश में दो-एक संक्रमित मरीज़ मिले भी तो उन केसों पर ज़्यादा ध्यान नहीं दिया गया। फ़रवरी के तीसरे हफ़्ते में अमेरिकी राष्ट्रपति ट्रम्प को, जो हमारे प्रधानमंत्री जी के खासमखास बन गये थे, उनके ही निवेदन पर उन्हें अपने पूरे लाव-लश्कर के साथ भारत आना था, जिनका यहाँ भव्य स्वागत भी होना था। मार्च के महीने में वायरस की हलचल दिखायी दी, मगर हिन्दुओं का होली का त्यौहार सामने था। एक राज्य की राजनीतिक दाँव-पेच और उठा-पटक के चलते और वायरस को साधारण मर्ज समझने की केन्द्र की भूल ने निर्णय लेने में देर कर दी थी।

केशव अब रोज़ दिन में लड़कों का खेल देखने उधर आने लगा। नीम के नीचे बैठे अपना खेल देख रहे केशव को, लड़कों ने अपने खेल में तो शामिल नहीं किया, मगर उसे अपनी हँसी-मज़ाक का विषय ज़रूर बना लिया था। केशव के सिर में बार-बार ख़ुजली होने के कारण उसके दादाजी ने उसे गाँव से मुण्डन करवाकर भेजा था, जिसमें इन दिनों नई फ़सल अंकुरित हो गई थी और खाज के चिन्ह छुप से गये थे। खेल में आउट होकर आये और पहले से नीम के नीचे आकर बैठे लड़के बीच-बीच में उसकी खोपड़ी पर तबला बजाते। कभी मज़ाक में सिर पर हाथ भी जमा देते, तो भी केशव मुस्कुराता रहता। कुछ बड़े लड़के सहानुभूति जताते, ''उसकी खोपड़ी के पीछे मत पड़ो यार, दुखता होगा!'' मगर उन्हें नहीं मालूम था कि इससे केशव को सुख ही मिलता था। वह महसूस करता कि उसकी स्वीकार्यता बढ़ रही है और वह लड़कों के कुछ काम तो आ रहा है!

और सच ही कुछ दिनों के बाद वह लड़कों के खेल की ज़रूरत भी बन गया था। किसी लड़के के समय पर न पहुँचने पर वे केशव को उसके घर बुलवाने भेजने लगे। केशव उचक-उचककर अपने नन्हे हाथों से उस लड़के के

घर की ऊँची कॉलबेल बजाता। लड़का खुद प्रकट हुआ तो ठीक, यदि उसके घरवाले निकल आते तो इस गन्दे, गंजे और भिखारी से लगनेवाले केशव को देखकर अपने लड़के को खेलने न भेजने का उनका इरादा और पक्का हो जाता, ''गुल्लू आज खेलने नहीं जायेगा। पढ़ाई करेगा। तुम भागो यहाँ से!''

''आँटी, उसके दोस्त बुला रहे हैं!'' केशव मासूमियत से कहता। इन दिनों शहरी लड़कों के साथ ने उसे कुछ अंग्रेज़ी शब्दों के (बॉल, बैट, आंटी, अंकल, मैडम, सर, ऑटो, आउट आदि) के प्रयोग का हुनर सिखा दिया था।

''तुमको भागने को बोला है, फिर भी खड़े हो! लगाऊँ क्या दो झापड़?''

तब खिलाड़ी की कमी की पूर्ति केशव से की जाती। मगर दूर इमारतों से, झाड़ियों से, गंदी नाली से बॉल लाने का ज़िम्मा केशव का ही होता, चाहे वह दोनों टीमों में किसी का भी हिस्सा हो। कई बार उनकी बॉल किसी खूँखार दम्पति के अहाते में चली जाती, जिन्हें लड़कों का इधर खेलना ही पसंद नहीं था, मगर लड़कों को टकराने का मौका, जिसमें उन्हें गुप्त आनंद मिलता था, वे छोड़ते नहीं थे। बड़े लड़कों को वहाँ बॉल माँगने जाने पर अपमानित होने और बॉल से हाथ धो बैठने का डर रहता था। इसलिए वे कुछ देर रुककर चुपके से केशव को उनके अहाते के अंदर उतारते। केशव बंदर की तरह बॉल को ढूँढ़कर बाहर उछाल देता और लड़के केशव को वापस अहाते के बाहर खींच लेते। यह काम वे मिलकर इतनी सतर्कता से करते कि अक्सर खूँखार दम्पति के कान में जूँ तक न रेंग पाती। बाद में जब उस दम्पति को पता चलता कि उनके आनंद का एक मौका जाता रहा, वह मन मसोसकर भुनभुनाता रह जाता। नई बनती और बसती इस कॉलानी में बढ़ते बच्चों के खेलने के लिए किसी मैदान का प्रावधान नहीं था। लड़के कॉलोनी में खाली पड़े एक प्लॉट पर, तो कभी खाली कच्ची सड़क पर अपना खेल जमाते। गिरते-पड़ते मगर वे खेलते रहते।

खेल के ज्यादातर समय केशव किनारे बैठा, बाकी लड़कों को खेलता देखता रहता। उसका 'काम' बहुत महत्त्वपूर्ण था, जिसे करने को वह लालायित भी रहता था, मगर वह कभी-कभी ही निकलता था। केशव की इच्छ के बावजूद, (चूँकि वह उन लड़कों से औसतन चार साल छोटा था और उसे कभी इस खेल को गाँव में खेलने-सीखने का मौका भी नहीं मिला था) सामान्यत: कोई भी टीम उसे अपनी तरफ़ खिलाने को तैयार नहीं होती थी। कई बार केशव

ने अपने माता-पिता से उसके लिए भी बल्ला और बॉल खरीद देने का आग्रह किया था, मगर माता-पिता ने उसे डपट दिया था— ''इस महँगे खेल का रोग शहरी लड़कों को ही शोभा देता है। गाँव में इस रोग को नहीं ले जाना है। गाँव में तो लड़के गुल्ली-डंडा ही खेलते हैं। तू नाहक हमारा भेजा न खा!''

बेचारा केशव दिन को रुआँसा पड़ा रहता, मगर रात को सपने में वह अपने को अक्सर क्रिकेट खेलता देखा करता। उसके हाथों में नया बल्ला और सिर पर झक्क व्हाइट कैप होती। टाँगों पर शानदार मोटे पैड कसे होते। मोटे मेंढक की तरह दिखते अपने उस रूप की कल्पना पर वह मन-ही-मन मुस्कुराता। दूसरे लड़के चकित हो उसे खेलता देखते रहते और वह दनादन रन पर रन बना रहा होता। ये छक्का...ये चौका...नहीं-नहीं, नॉट आउट हूँ!...वह बड़बड़ाते हुए कभी-कभी उठ बैठता तो उसे माता-पिता की डाँट भी खानी पड़ती।

मार्च का महीना था। होली का त्यौहार अभी-अभी बीता था। ठेकेदार ने आस-पास के गाँवों के सभी मज़दूरों को सप्ताह भर की छुट्टी दे रखी थी, लेकिन केशव के माता-पिता को उसने त्यौहार में छुट्टी नहीं दी। कहा, ''तुम्हारा गाँव बहुत दूर है, तुम्हें छुट्टी दे दी तो फिर जाने कब लौटोगे। फिर तुम्हारा बेटा भी तो यहीं आ गया है। अब गाँव जाने का क्या मतलब!''...असल मतलब तो ठेकेदार को अपना था। उसे लाखों रुपयों के अपने सामान की रखवाली जो करवानी थी। होली के दीवाने लड़के उसकी बाँस-बल्लियों को आग में झोंक सकते थे। फिर कच्ची दीवारों, छतों को पानी भी देते रहना था। इस परिवार को छुट्टी देना उसके हित में नहीं था।

इधर अकस्मात् मिली छुट्टी का लाभ उठाकर कॉलोनी के लड़कों ने होली के नाम से मोहल्ले में चंदा किया, कुछ अपना भी जोड़ा। होली के नाम से मुहूर्त पूर्व दो-चार लकड़ियाँ जला दीं, और शहर जाकर जमा चंदे से नयी क्रिकेट सामग्री के साथ एक शील्ड भी खरीद ली। चार दिनों तक चलने वाले उनके इस टेस्ट-मैच में, जीतने वाली एक टीम का उस शील्ड पर कब्ज़ा होना तय था। लड़के दो टीमों में बँटे और कुछ दिनों अभ्यास भी करते रहे, फिर अपनी-अपनी टीम को जिताने के लिए मैदान में उतर गये। केशव को किसी भी टीम में जगह नहीं मिली थी।

कुछ समय तक खेल अच्छा चलता रहा। फिर एक बल्लेबाज़ ने ऐसा

छक्का मारा कि सब हक्का-बक्का रह गये। बॉल पास की निर्माणाधीन एक तीन मंज़िला इमारत की छत पर चली गई, जिसमें ऊपर जाने के लिए मज़दूरों ने दीवार के पीछे बाँस की 'चाली' डाल रखी थी। दूसरी मंज़िल तक कच्ची सीढ़ियाँ तो थीं, मगर उससे तीसरी मंज़िल की कच्ची छत तक नहीं जाया जा सकता था। लड़कों के पास वह नया इकलौता बॉल था और इमारत के पीछे की हिलती चाली से चढ़कर छत तक जाना उनके लिए मुश्किल काम था। उनका खेल रुक गया और वे एक-दूसरे को कोसते, गाली देते नीम के नीचे आकर खड़े हो गये।

''दस बार कहा कि यहाँ से कहीं और जाकर इस मैच को खेलते हैं, मगर तुम लोग माने नहीं। अब लो!''

''सब इस मनोज की गलती है, जितने इतनी ज़ोर से बिल्डिंग की तरफ़ मारा था। अब वही जाकर बॉल लाये या फिर अपने पैसे से नई बॉल खरीदे। आज का दिन तो खराब हो ही गया समझो!''

''मुझे क्या पता था कि बॉल इतनी ज़्यादा उछल जायेगी! तुम लोगों ने यदि यहीं सामने रोक ली होती तो वह पीछे जाती ही क्यों?...कमज़ोरी तुम्हारी है!''

''अब आधा दिन बचा है और पास में कोई दुकान भी नहीं है!''

लड़कों के पास दो पुराने बॉल थे, मगर वे फट से गये थे और बल्लेबाज़ी करती टीम ने उन बॉलों से खेलने से साफ़ मना कर दिया था। सभी लड़के भुनभुनाते हुए नीम की छाया में ही निराश बैठ गये। केशव भी वहाँ पहले बैठा था, जो अब वहाँ पर नहीं था। तब कहाँ था वह?

अचानक निराश लड़कों के बीच उनकी बॉल आकर गिरी। चकराये चकित लड़कों ने देखा कि उस इमारत की छत पर, जिसमें बित्ता भर पानी छत पकाने के लिये भरा था, केशव मुस्कुराता हुआ खड़ा था और वहाँ से हाथ हिला रहा था। लड़के उछल पड़े। एक बड़े लड़के ने ख़ुश होकर कहा, ''वाह! टार्जन है ये तो! चलो यार, काम बन गया।''

अपनी नई बॉल मिल जाने पर लड़के केशव के नीचे आने का इंतज़ार किये बिना, फिर अपने खेल में रम गये। घण्टे भर तक किसी का ध्यान केशव की तरफ़ गया ही नहीं। जब उनकी बॉल झाड़ी के अंदर चली गई और खेल ज़रा देर रुक गया, तब उन्हें केशव की फिर ज़रूरत महसूस हुई। मगर केशव था कहाँ?

''अबे, देखो सालो, वो लड़का छत से उतरा कि नहीं ?''

दो लड़के दौड़कर इमारत के पीछे बँधी चाली की ओर गये और जो देखा तो चिल्ला पड़े, ''अबे, ये तो मर गया लगता है!''

बाकी लड़के भी घबराकर उस तरफ़ दौड़े। दो लड़के दूर की एक इमारत में पानी दे रहे उसके पिता को सूचना देने दौड़े। एक लड़का जो अपने साथ वॉटरबैग लेकर आता था, उसने ज़मीन पर मुड़े-तुड़े बेसुध से पड़े केशव के सिर पर पानी के छींटे मारे। केशव के शरीर में हल्की-सी हरकत हुई और वह कुनमुनाने लगा, ''मेरी टाँग...मेरा हाथ... !''

घबराये एक लड़के ने जो एक टीम का कप्तान भी था, कहा, ''चौक तक दौड़कर दो लोग जाओ और कोई भी ऑटो, टैक्सी मिले फ़ौरन लेकर आओ। तुरन्त हॉस्पिटल ले जाना होगा। हम इसे उठा कर बिल्डिंग के सामने वाले हिस्से में ले चलते हैं!''

लड़कों ने जतन से केशव को उठाया और इमारत के सामने वाले हिस्से की समतल ज़मीन पर ले आये। इतने में केशव के माता-पिता भी दौड़ते हुए आ गये। पिता ने तो अपने दर्द को बयाँ नहीं होने दिया, मगर केशव की माँ चीखकर रो पड़ी। तभी ऑटो भी आ गया। केशव को जल्दी से उसमें लिटाया गया। उसके माता-पिता भी तत्क्षण उसके साथ ऑटो में सवार हो गये।

हुआ यह था कि केशव बॉल लाने के लिए इमारत के पीछे लगी बाँसों की चालियों पर, जैसे कि वह गाँव के पेड़ों पर चढ़ जाता था, ज़रा मुश्किल से ही सही, चढ़ता चला गया और छत पर जा पहुँचा था। जब उतरने की बारी आई तो, दूर-दूर फ़ासले में लगी, एक के नीचे एक चाली पर पहुँच पाना उसकी छोटी-छोटी टाँगों के लिए मुश्किल हो गया। बड़ी मुश्किल से वह एक चाली पर आया और अगली चाली पर पहुँचने की जल्दी में सीधे नीचे की चाली पर जा कूदा। उसकी एक टाँग चाली पर पहुँच भी गई, मगर उसके हाथ समय पर उस चाली के बाँसों को नहीं पकड़ पाये। वह दूसरी अन्य चालियों से टकराता हुआ सीधे ज़मीन पर आ गिरा था। इधर की ज़मीन टूटी-फूटी ईंटों से भरी हुई थी। अब उसके एक हाथ और एक टाँग की हड्डी, जिसके बल पर वह गिरा था, टूट गई थी।

इधर लड़कों में अपराधबोध घर कर गया। उन्होंने आगे का खेल बंद ही

कर दिया। शाम होते-होते कॉलोनी के घरों में, और खासकर खिलाड़ी लड़कों के घरों में, यह बात पहुँच गई कि उनके लड़कों के खेल में सहायक एक मज़दूर का लड़का घायल हो गया है और उसकी हड्डियाँ टूट गई हैं! उन खिलाड़ी लड़कों के घरों के लोग घबरा गये कि कहीं थाने में रिपोर्ट हो गई तो उनके लड़कों के साथ-साथ उन्हें भी पूछताछ के लिए बुला लिया जायेगा! और इस समय, जब सरकारी-तंत्र चीख-चीखकर घर में ही रहने और समूह में न चलने की हिदायत दे रहा है और परसों रात को नौ बजे 'जनता कर्फ्यू' में 'ताली-थाली' बजाने का कार्यक्रम भी घोषित हो गया है, पुलिस एक अतिरिक्त अपराध भी दर्ज न कर ले। उन्होंने अपने लड़कों को आगे क्रिकेट खेलने की साफ़ मनाही कर दी।

लड़कों का दूसरा दिन खाली-खाली बीता। वे आपस में सोच-विचार करते रहे। अपने अधूरे मैच के साथ उन्हें केशव के लिए भी दुख था। उन्होंने तय किया कि बिना घर के लोगों को बतलाये, क्योंकि बतलाने से इजाज़त नहीं मिल सकती थी, कल वे अपनी साइकिलों से हॉस्पिटल जायेंगे, जहाँ केशव का इलाज हो रहा है। उन्होंने दोपहर का समय तय किया और एक-एक कर सभी नीम के पेड़ के पास जमा होने लगे। मगर तभी उन्होंने देखा, केशव के अस्थायी डेरे के पास एक ऑटो आकर खड़ा हुआ और उसमें से केशव के माता-पिता उतर कर डेरे के अंदर जा रहे हैं। मगर केशव? उन्होंने अपने एक साथी को अकेले चुपचाप जाकर केशव के बारे में खबर लाने के लिए तैयार किया।

वह लड़का गया और ऑटोवाले से, जो अपना ऑटो खड़ा कर पास ही टहल रहा था, कुछ बात की और ऑटो में झाँक कर चला आया। लौटकर उसने घबरायी आवाज़ में धीरे-धीरे, गोया कोई और न सुन ले, कहा, ''अबे, ऑटो में केशव एक करवट लेटा है! मुझे उसने नहीं देखा। उसके एक हाथ और एक पैर में प्लास्टर चढ़ा हुआ है। ऑटोवाले ने बतलाया कि वे सभी अपना सामान बटोरकर उसी ऑटो से अभी बस स्टैण्ड जा रहे हैं। वहीं से बस से अपने गाँव भी निकल जायेंगे।''

''बेचारे लड़के की हड्डियाँ टूट गई हैं यार, और वह भी हमारे कारण!''

लड़के चिंतित नज़र आये, फिर उन्होंने जल्दी-जल्दी कुछ फ़ैसले किये। वे अपने घर की ओर भागे। घरवालों से भी जल्दी-जल्दी कुछ बात की, समझाया और वापस कुछ सामानों के साथ उस रास्ते पर आ खड़े हुए, जहाँ से

होकर ऑटो लौटने वाला था।

गरीब मज़दूर परिवार, जिसका अपना यहाँ कोई स्थायी ठिकाना नहीं था, अपनी कुल दो-तीन गठरियाँ लेकर जल्दी ही वापस ऑटो में आ बैठा। बार-बार चढ़ाने-उतारने से केशव को तकलीफ़ न हो, इसीलिए उन्होंने उसे ऑटो में ही लेटे रहने दिया था। यूँ भी तेज़ दवा के असर से केशव ऊँघ रहा था। कल ही केशव के पिता ने अपने ठेकेदार से सम्पर्क कर अपने गाँव लौटने की सूचना दे दी थी। इस परिस्थिति में ठेकेदार भी क्या करता, उसने उन दोनों की बकाया मज़दूरी अस्पताल में ही भिजवा दी थी।

ऑटो चल पड़ा और जब उन खिलाड़ी लड़कों के सामने पहुँचा तो उन्होंने सड़क घेर कर उसे रोक लिया।

''अंकल, केशव कैसा है?''

''आँटी, डॉक्टर क्या बोले? जल्दी ठीक तो हो जायेगा ना?''

सारे लड़के चारों तरफ़ से ऑटो को घेरकर खड़े थे और लेटे हुए केशव को देखते हुए उसके माता-पिता से पूछ रहे थे। कुछ लड़कों ने अपना हाथ बढ़ाकर केशव को ज़रा-सा छू भी लिया। केशव तकलीफ़ में तो था, मगर अब लड़कों की आवाज़ सुन कर जाग गया था और इन्हें देखता हुआ लेटे-लेटे मुस्कुरा रहा था। वह अपने से उठकर बैठ नहीं सकता था। उसने अपना एक साबुत हाथ ज़रा-सा ऊपर उठाया तो लड़के उससे हाथ मिलाने को टूट पड़े।

''अब तो ठीक है, बेटा! डॉक्टर ने दो महीने इसे आराम करने के लिए कहा है। बहुत सारी दवाई भी दी है। यह बच गया, यही बहुत है बेटा!'' उसकी माँ ने भीगी आँखों से उन्हें देखते हुए कहा। सामने की सीट पर बैठा पिता चुप ही रहा। शायद वह आगे की सोच रहा था, 'गाँव में ही कुछ काम-धंधा ढूँढ़ना पड़ेगा, अब लौटना नहीं होगा यहाँ!'

''तुम जल्दी ठीक हो जाओगे केशव, भगवान कसम!'' लड़कों की एक दूसरी टीम के कप्तान ने कहा और अपने हाथ में रखा बिस्कुट का पैकेट केशव की माँ को सौंप दिया, ''आँटी, इसे रास्ते में भूख लगेगी तो खिलाइयेगा!''

''अब जब तुम लौटोगे केशव, तो हमारी टीम से खेलना!'' पहली टीम के कप्तान ने केशव को ऑफ़र दिया।

ऑटोवाले को लगा कि अब बात खत्म हो गई है, उसने बंद कर दिये

गये अपने ऑटो के इंजन को फिर चालू कर लिया। ऑटो घुरघुराने लगा, मगर वह आगे बढ़ नहीं सकता था, क्योंकि लड़कों ने अभी उसके निकलने के लिए जगह नहीं छोड़ी थी। लड़के आपस में जल्दी-जल्दी कुछ बतियाये और एक साथ फिर ऑटो में झुक आये। उन्होंने अपने हाथों का बल्ला, पैड, स्टम्प, बॉल, और वह शील्ड जो किसी टीम की नहीं हो सकी थी, और जो वे अपने घर जाकर अभी लिवा लाये थे, ऑटो के पीछे की जगह में केशव को दिखाते हुए धर दिया। एक कप्तान ने अपनी जेब से व्हाइट कैप निकाली और केशव के सिर की तरफ़ धर दी।

''जब तुम्हारे हाथ पैर ठीक हो जायें तो गाँव में प्रेक्टिस करते रहना केशव! तुम्हारी बहुत याद आयेगी हमको!'' लड़कों ने कहा और ऑटो को आगे बढ़ने के लिए जगह छोड़ दी। ऑटो आगे बढ़ने लगा तो केशव ने अपनी माँ से कहा, ''माई, मुझे सीट से टिका के बिठा दे!''

माँ ने वैसा ही किया। फिर उसने अपने पिता से कहा, ''बाबू, मुझे कैप पहना दो!''

पिता ने व्हाइट कैप केशव के सिर पर पहना दी। झकाझक झक मारती हुई कैप सिर पर चढ़ कर इतराने लगी। केशव अब सीट से टिककर और पैर लम्बे कर बैठा था। ऑटो में लड़कों द्वारा धर दिये गये सामान पर उसने एक विजेता की नज़र डाली और माता-पिता की ओर देखकर मुस्कुराया। दो दिनों से हलकान उसके माता-पिता के चेहरे पर भी उसे देखकर मुस्कान उभर आयी। अपने बेटे की ख़ुशी में शामिल उनकी आँखों में ख़ुशी का पानी छलक उठा। ऑटो के आगे बढ़ने से दूर होती क्रिकेट टीमों को, जो अब भी एक जगह खड़ी, ऑटो की तरफ़ देखती हाथ हिला रही थीं, केशव ने अपने साबुत हाथ से सिर की कैप उतारी और ऑटो के बाहर निकालकर लहराने लगा।

❑❑❑

राजपाल एण्ड सन्ज़ की स्थापना एक शताब्दी पूर्व 1912 में लाहौर में हुई थी। आरम्भिक दिनों में अधिकतर धार्मिक, सामाजिक और देश-प्रेम की पुस्तकें प्रकाशित होती थीं और हिन्दी के अतिरिक्त अंग्रेज़ी, उर्दू व पंजाबी भाषा में भी पुस्तकें प्रकाशित की जाती थीं।

1947 में भारत-विभाजन के बाद राजपाल एण्ड सन्ज़ को नए सिरे से दिल्ली में स्थापित किया गया और साहित्यिक पुस्तकों के प्रकाशन का आरम्भ हुआ। रामधारी सिंह दिनकर, महादेवी वर्मा, बच्चन, अज्ञेय, शिवानी, आचार्य चतुरसेन, विष्णु प्रभाकर, राजेन्द्र यादव, मोहन राकेश, रांगेय राघव, कमलेश्वर और अन्य साहित्यिक लेखकों की कृतियाँ यहाँ से प्रकाशित होने लगीं। राजपाल एण्ड सन्ज़ से प्रकाशित *मधुशाला, कुरुक्षेत्र, मानस का हंस, आवारा मसीहा, कितने पाकिस्तान, आषाढ़ का एक दिन* जैसी पुस्तकें हिन्दी साहित्य की 'क्लासिक पुस्तकें' मानी जाती हैं और आज भी लोकप्रियता के शिखर पर हैं। भारत के राष्ट्रपतियों और प्रधानमंत्रियों की पुस्तकें प्रकाशित करने का गौरव भी राजपाल एण्ड सन्ज़ को प्राप्त है। नोबेल पुरस्कार से सम्मानित अर्थशास्त्री डॉ. अमर्त्य सेन की सभी पुस्तकों के हिन्दी अनुवाद यहाँ से प्रकाशित हैं। अन्तरराष्ट्रीय चर्चित पुस्तकों के अनुवाद, विश्वविख्यात कोशकार डॉ. हरदेव बाहरी द्वारा सम्पादित 'राजपाल' शब्दकोशों की शृंखला और किशोरों के लिए सैकड़ों पुस्तकें राजपाल एण्ड सन्ज़ से प्रकाशित हुई हैं।

पाठकों के स्वस्थ और सुरुचिपूर्ण मनोरंजन और ज्ञानवर्धन के लिए समर्पित राजपाल एण्ड सन्ज़ से हिन्दी और अंग्रेज़ी में पुस्तकें प्रकाशित होती हैं जो देश के सभी बड़े पुस्तक-विक्रेताओं और विश्व भर के ऑनलाइन विक्रेताओं के यहाँ उपलब्ध हैं।

राजपाल एण्ड सन्ज़

1590 मदरसा रोड, कश्मीरी गेट, दिल्ली-6, फोन: 011-23869812, 23865483
email: sales@rajpalpublishing.com, facebook: facebook.com/rajpalandsons
website: www.rajpalpublishing.com

www.ingramcontent.com/pod-product-compliance
Lightning Source LLC
Chambersburg PA
CBHW030319160726
47992CB00005B/2077